جنوب مشرقی ایشیا سے
کچھ افسانے

انتخاب وترتیب

اشعر نجمی

Bright Books

Janoob Mashriqi Asia Se Kuchh Afsane

by Ashar Najmi

Bright Books, Thane, India
1st Edition : October 2024
ISBN: 978-81-981566-7-9

Bright Books

Mira Road East, Dist. Thane, India
nidabattiwala@gmail.com

فہرست

پیش لفظ

اشعر نجمی

زیر نظر انتخاب کو ایک ذاتی انتخاب سمجھا جانا چاہیے۔ بیشتر تراجم مطبوعہ ہیں لیکن ان میں سے کچھ غیر مطبوعہ بھی ہیں۔ دوسری زبانوں سے اردو میں ترجمہ ہونے والے نثر پاروں کی فہرست کافی طویل ہے جس کی ببلیوگرافی تو بنائی جاسکتی ہے لیکن انھیں ایک جگہ اکٹھا کرنا ایک مشکل کام ہے۔ لہٰذا، ہم زیر نظر انتخاب کو ترتیب دیتے ہوئے اس کی لگام کو اپنی گرفت میں رکھنے پر مجبور تھے۔

اس انتخاب پر کام کرتے ہوئے سینکڑوں کتابیں، رسائل، ویب سائٹس، اخباروں وغیرہ میں سے نثر پارے منتخب کیے گئے تھے لیکن اگر ان تمام کو شامل اشاعت کرلیا جاتا تو شاید دس جلدیں بھی ناکافی ہوتیں، لہٰذا سخت ترین انتخاب کے اصولوں کو وضع کرنے کے بعد جو کچھ ہے، وہ آپ کے سامنے حاضر ہے۔

زیر نظر شمارہ انتخاب میں نئے، پرانے اور بہت پرانے ترجمے بھی شامل اشاعت ہیں۔ مطبوعہ تراجم کا لازمی مطلب ہمیشہ یہ نہیں ہوتا کہ وہ تمام قارئین کی نظروں سے گزرے بھی ہوں، چونکہ ہندوستان میں چھپنے والے بیشتر تراجم کی رسائی پاکستانی قارئین تک نہیں ہو پاتی اور اسی طرح پاکستان میں شائع ہونے والے تمام تراجم ہندوستانی قارئین تک نہیں پہنچ پاتے۔ پھر یہ بھی ضروری نہیں کہ اپنے ہی ملک میں شائع شدہ تمام تراجم بھی ہمارے زیر مطالعہ رہے ہوں۔

ہم نے کوشش کی ہے کہ اس انتخاب میں مصنفین کے علاوہ مترجمین کے بھی مختصر تعارف پیش کیے جائیں کہ انھی کے توسط سے ہم تک دنیا بھر کی زبانوں کے نثر پارے پہنچتے رہے ہیں، ان کے اس احسان سے زبانوں کے علاوہ ثقافتیں بھی ثروت مند ہوتی ہیں اور ہم سب ان کے ایک طرح سے مقروض ہیں۔ پھر بھی کچھ مصنفین اور مترجمین کا تعارف ہمیں نہ مل سکا، لہٰذا ہم کوشش کے باوجود بے بس نظر آئے۔

فعل احتمالی

کیتھرین لم (سنگاپور)

ترجمہ: مصطفی نذیر احمد

کیتھرین لم، Catherine Lim Poh Imm (پ: ۱۹۴۲ء) ایک سنگاپوری فکشن رائٹر ہیں جن کے موضوعات سنگاپوری سوسائٹی اور روایتی چینی ثقافت پر مبنی ہوتے ہیں۔ کیتھرین نے ۱۹۷۰ سے لکھنے کا آغاز کیا، اب تک ان کے نو افسانوی مجموعے شائع ہو چکے ہیں۔ زیر نظر افسانہ ان کے تیسرے مجموعے سے لیا گیا ہے جو ۱۹۸۷ء میں شائع ہوا تھا۔ اس کہانی کی ابتدا میں جس منصوبے کا تمسخر اڑایا گیا ہے، وہ تخیلاتی نہیں بلکہ سابق وزیر اعظم لی کو آن یو کی حکومت نے واقعی ایسا منصوبہ تجویز کیا تھا۔ کیتھرین شادی شدہ ہیں اور ان کے دو بچے ہیں۔ وہ سنگاپور کے ترقیاتی انسٹی ٹیوٹ برائے نصاب تعلیم سے منسلک ہیں اور انگریزی زبان میں درسی کتابیں لکھتی ہیں۔

جب حکومت کو تعلیم یافتہ خواتین کے درمیان غیر شادی شدہ رہنے اور اس طرح ملک کو ان ذہین بچوں سے، جنھیں مستقبل میں ملک کی اقتصادی ترقی میں اہم کردار ادا کرنا تھا، محروم کرنے کے بڑھتے ہوئے رجحان پر تشویش لاحق ہوئی تو اس نے رشتے طے کرانے کے ایک منصوبے کا آغاز کیا۔

وزیر اعظم نے خود ایک اہم پالیسی تقریر میں جب قوم کو اس رجحان کے خطرات سے آگاہ کیا تو غیر شادی شدہ تعلیم یافتہ خواتین کو یوں لگا کہ وہ سب کی نگاہوں کا مرکز ہیں۔ ہر شخص یہ جاننا چاہتا تھا کہ انھوں نے شادی کیوں نہیں کی؟ وہ اپنے رفیق حیات میں کن خوبیوں کی متلاشی ہیں اور کیا سنگاپوری مرد کسی لحاظ سے نامکمل ہیں؟ چونکہ مستقبل میں ملک کی باگ ڈور سنبھالنے کے لیے حد درجہ ضروری اذہان فراہم کرنے والیوں کی حیثیت

سے یہ تعلیم یافتہ خواتین خصوصی اہمیت کی حامل تھیں، اس لیے انھوں نے اپنے آپ کو عجیب وغریب صورت حال میں پایا۔ حکومت جسے عام طور پر ان طریقوں سے کام کروانے کی ضرورت نہیں پڑتی تھی، ان کی خوشامد اور چاپلوسی کر رہی تھی اور مردوں کو یکسر نظرانداز کرتے ہوئے صرف ان کی رائے لی جا رہی تھی۔ وزیر اعظم سے کچھ کم استحقاق رکھنے والے ایک وزیر نے اس بات کی بلاواسطہ معلومات حاصل کرنے کے لیے کہ پڑھی لکھی سنگاپوری عورت مزید پڑھے لکھے سنگاپوری مرد سے شادی کیوں نہیں کرنا چاہتی۔ خود چند تعلیم یافتہ خواتین کا انٹرویو کیا، ان کے دلائل سن کر وہ قائل ہو گیا کہ سب قصور سنگاپوری مردوں کا ہے، لہٰذا انٹرویو ختم ہونے کے بعد اس نے اپنی توجہ پڑھے لکھے مردوں کی طرف مبذول کی۔ انھیں ان کے غلط رویے پر جھڑکا اور سختی سے مشورہ دیا کہ وہ خود کو بدلیں۔ اس کی وجہ یہ تھی کہ مرد تعلیم یافتہ ہونے کے باوجود ابھی تک اس عقیدے پر یقین رکھتے تھے کہ خوشگوار ازدواجی زندگی گزارنے کے لیے انھیں اپنے سے کچھ کم پڑھی لکھی عورت سے شادی کرنی چاہیے، کیوں کہ صرف اسی طرح ازدواجی برتری کو، جو ایشیائی مرد کے لیے اہم ہوتی ہے، یقینی بنایا جا سکتا ہے۔ نتیجتاً ہر سال یونیورسٹی سے نکلنے والی ایسی تعلیم یافتہ خواتین کی تعداد میں ہر سال اضافہ ہو رہا تھا۔ شادی کی مارکیٹ میں جن کی مانگ کم تھی، اس طرح ایک متعلقہ سرکاری عہدیدار کے الفاظ میں 'صف نسواں' کے بنیادی فریضے سے محروم ہو رہی تھیں۔

اس تنگ نظری کے علاوہ سنگاپوری مرد میں ایک اور عیب بھی تھا، وہ لباس بننے سنورنے اور معاشرتی نفاست پسندی کے معاملات میں مغربی مرد سے افسوس ناک حد تک پیچھے تھا۔ وزیر نے جن غیر شادی شدہ تعلیم یافتہ خواتین کا انٹرویو لیا، ان میں سے جو ذرا بے باک تھیں، انھوں نے دوٹوک الفاظ میں سنگاپوری مردوں میں معاشرتی نزاکت کے فقدان کی بات کی، ایک نے تو وزیر کے منھ پر یہاں تک کہہ دیا کہ سنگاپوری مرد قطعی غیر دلکش، تنگ نظر اور حاسد ہیں، اپنے دفتر میں تو وہ صحیح الدماغ ہوتے ہیں لیکن باہر عام زندگی میں وہ بہکی بہکی باتیں کرتے ہیں، جیسے انھیں یقین نہ ہو کہ کیا کہنا یا کس طرح پیش آنا ہے اور خواتین کی موجودگی میں تو وہ قطعی طور پر پھوہڑپن کا مظاہرہ کرتے ہیں۔

''ایسے مردوں سے کون شادی کرنا چاہے گا۔'' انٹرویو دینے والی ایک خاتون نے خطیبانہ انداز میں پوچھا۔ وزیر نے اس کا جائزہ لیا اور اس نتیجے پر پہنچا کہ وہ صحیح کہہ رہی ہے۔ سنگاپوری خواتین اتنی خود مختار ہو رہی تھیں کہ ان کے لیے مردوں کی لغویات کو اس سے زیادہ برداشت کرنا ممکن نہیں رہا تھا۔ مردوں کے حق میں یہی بہتر تھا کہ انھیں ان کا رویہ تبدیل کرنے پر مجبور کیا جائے اور معاشرتی آداب سکھائے جائیں۔ وزیر نے دل ہی دل میں فیصلہ کیا کہ وہ وزیر تعلیم سے ملے گا اور پوچھے گا کہ کیا معاشرتی آداب کو سولہ اور سترہ سالہ طالب علموں کے نصاب میں شامل کیا جا سکتا ہے۔ جب اس نے شائستگی سے انٹرویو ختم ہونے کا اشارہ کیا اور اس خاتون کو پُراعتماد انداز میں باہر جاتے دیکھا تو اسے یقین ہو گیا کہ وہ مسئلے کی جڑ تک پہنچ گیا ہے۔ اگر اسے اپنی مرضی کرنے کا اختیار ہوتا تو وہ یہ حکم دے دیتا کہ تمام کنوارے مرد اپنی ضد پر اڑے رہے تو دفتر میں ان کی سالانہ ترقی رک جائے گی، لیکن اس منصوبے کو عملی جامہ پہنانے کا کام سوشل ڈویلپمنٹ یونٹ کے ذمے تھا جس کا نگران ایک انتہائی محتاط اور

حقیقت پسند سینئر وزیر تھا، اپنی ٹاسک فورس کو کبھی یہ تاکید کرنے سے نہ چوکتا کہ اپنے منصوبے کو جس حد تک ممکن ہو خفیہ رکھیں، لہٰذا سوشل ڈویلپمنٹ بڑی بہادری سے اس ہرزہ سرائی سے بچا رہا جس کا نشانہ کچھ لوگ بشمول مخصوص اراکین پارلیمنٹ اسے بنانے پر تلے ہوئے تھے۔ یہ محکمہ چپکے سے لیکن تسلی بخش طریقے سے کنوارے مردوں اور عورتوں کے متعلق معلومات جمع کرتا اور اس طرح کے مختلف پروگرام ترتیب دینے کی منصوبہ بندی کرتا رہا، جن کا مقصد ان کو اچھے ماحول میں ایک دوسرے کے قریب لانا تھا۔ اس لیے ڈانس پارٹیاں اور تفریحی دورے منعقد کیے گئے، چونکہ ان پر اچھی خاصی لاگت آئی۔ اس لیے حزب مخالف کے کچھ ارکان نے سوال بھی کیا کہ ٹیکس دہندگان کا پیسہ اتنی بے دردی سے کیوں لٹایا جا رہا ہے لیکن یہ اعتراضات سنجیدہ نوعیت کے نہیں تھے اور ان کا مقصد اسمبلی میں محض شور و غل مچانا تھا جو پورے دن کی اُکتانے اور تھکا دینے والی کاروائی کے بعد زیادہ خوشگوار نہیں معلوم ہوتا تھا۔ ان اعتراضات سے سوشل ڈویلپمنٹ یونٹ کی راہ میں کوئی رکاوٹ حائل نہ ہوئی۔ اصل رکاوٹ تو غیر شادی شدہ افراد کا کنوارے رہنے کا عزم تھا، لہٰذا ایک سال تک پوری تگ و دو کرنے کے باوجود یہ محکمہ صرف دو شادیاں کرانے میں کامیاب ہوسکتا۔

مسلمہ طور پر کنواری عورتوں کی سب سے بڑی تعداد اسکولوں میں پائی جاتی تھی۔ صرف مس پونیا کے اسکول میں پانچ کنواریاں تھیں؛ مس پونیا جن کی عمر چھیالیس برس تھی، وائس پرنسپل مادام چینگ جو پچاس کے پیٹے میں تھیں، مس ڈی سلوار جو بیالیس سال کی تھیں اور مس ہواود مس ٹانگ جو تقریباً پینتیس سال کی تھیں۔ وہ سب زیادہ حسین و جمیل بھی نہیں تھیں۔ ادھر وہ اپنی شادی شدہ رفقا کار کے مقابلے میں واضح طور پر سادہ اور بدلباس دکھائی دیتیں۔ پھر بھی مس پونیا بہتوں سے بہتر تھیں، اس کی بنیادی وجہ ان کی ساڑی جس کے رنگوں کے انتخاب کے معاملے میں وہ بہت زیادہ محتاط تھیں۔ سنہری زنجیری بالیاں اور دیگر زیورات تھے۔ گو مس ڈی سلوا کے جو بہت بھڑکیلے رنگوں کی ساڑیاں اور بڑے بڑے زیورات پہنتی تھیں، اس کے برعکس مس پونیا بہت نفیس زیورات اور مدھم رنگوں کا لباس پہنتی تھیں، ان میں وہ بہت پُرکشش نظر آتیں۔ مس ڈی سلوا کو جس کے بارے میں سب کا خیال تھا کہ وہ بہت غیر شائستہ ہے، حالاں کہ اس کے سامنے سب اس کے لباس اور زیورات کی تعریف کرتے، نکال کر مس پونیا بہ سانی اسکول کی سب سے قابل پیشکش کنواری خاتون تھیں۔ دبلی پتلی اور پراگندہ صورت وائس پرنسپل مادام چینگ کسی طرح بھی اس دوڑ میں شامل نہیں تھیں۔ مس ہووائی چن ایسی عمر میں، کب کچھ خواتین اپنی جوانی کے عروج پر ہوتی ہیں، بوڑھی اور تھکی تھکی دکھائی دیتی تھیں، جب کہ مس اینی ٹانگ جو کسی بیماری کی وجہ سے بہت زیادہ موٹی ہوگئی تھیں، کا چہرہ کسی زمانے میں یقیناً خوبصورت ہوگا لیکن اس کی دلکشی بہت عرصہ پہلے ہی ٹھوڑی پر سلوٹیں پڑنے کے ساتھ غائب ہوچکی تھی۔ شادی شدہ اساتذہ بشمول مرد اساتذہ اس بات پر متفق تھے کہ ان کی کنواری ہم کاروں کا بیاہا جانا ناممکن ہے۔ اس بات پر اتفاق کرنے کے بعد ان کی یہ پوچھ گچھ کیا مس ہو، یا مس ٹانگ، یا مس پونیا کو رشتے طے کرانے کے منصوبے کے تحت ہونے والی دعوتوں میں مدعو کیا گیا تھا یا نہیں، میں کاٹ دینے والا تیکھا پن تھا۔ اس طرح کا سوال کبھی براہ راست نہیں کیا گیا، حتیٰ کہ مس ڈی سلوا جو کھلم کھلا مردوں

پر ڈورے ڈالتی تھیں، سے بھی نہیں، کیوں کہ اگر اسے کسی قسم کی ہتک محسوس ہوتی تو وہ بدمزاجی پر اتر سکتی تھی۔ اس طرح کا سوال سن کر مس ہو کے چہرے پر سرخی کی لہر دوڑ گئی ہوتی جب کہ مس ٹانگ پریشان ہوگئی ہوتی اور اس نے اپنی بڑی بڑی آنکھیں سوال پوچھنے والے کے چہرے پر مرکوز کر دی ہوتیں۔

اور مس پونیا، نفاست پسند مس پونیا کو اس سوال سے اتنا شدید دھچکا لگا ہوتا اور ان کے چہرے پر اتنی پریشانی امڈ آتی کہ سوال پوچھنے والا اشرمندہ ہو گیا ہوتا۔ اس کی وجہ یہ تھی کہ مس پونیا کسی سے بھی اس قسم کے موضوع پر گفتگو نہیں کرتی تھیں اور اپنے آپ میں مگن رہتی تھیں، پھر بھی وہ ایک مرتبہ محبت کر چکی تھی، نہایت شدید محبت۔ بیس سال سے بھی زیادہ عرصہ پہلے وہ ڈاکٹر چیلیم نامی ایک نوجوان کی محبت میں گرفتار ہوئی تھیں یا پھر دوسرے الفاظ میں وہ پہلی ہی نظر میں ان کی زلف کا اسیر ہو گیا تھا اور جب اس نے انھیں یہ بتانے کے لیے خط لکھا تو یہ ان کی محبت کی ابتدا تھی۔ وہ ایک دوسرے کو خفیہ طور پر خط بھیجتے۔ کل ملا کر مس پونیا نے چھ خط لکھے اور انھیں آٹھ خط موصول ہوئے۔ اس کے بعد مس پونیا کے باپ کو خبر ہوئی اور یہ معاملہ جسے وہ موجب رسوائی سمجھتا تھا، اختتام پذیر ہو گیا۔

باپ بہت سخت اور قدامت پسند تھا اور مس پونیا اس کی اکلوتی بیٹی تھی، اس نے کبھی کھل کر نہیں بتایا کہ ڈاکٹر چیلیم جیسے اچھے خاندانی پس منظر، تعلیمی ریکارڈ اور باکردار نوجوان میں کیا کمی ہے، لیکن اپنی بیٹی کی شادی اس کے ساتھ نہ کرنے کے فیصلے پر اٹل رہا۔ مس پونیا کی پھوپھو، جنھوں نے اسے بہترین موقع گنوا دینا قرار دیا کیوں کہ چھبیس سالہ مس پونیا نوجوان نہیں رہی تھیں، اس پر بہت ناراض تھیں۔ انھوں نے اس کے باپ کو بہت ڈانٹا حتیٰ کہ رشتہ داروں سے شکایت بھی کی کہ اس کے رنڈاپے نے اسے خود غرض بنا دیا ہے اور وہ صرف اپنے آرام کے متعلق سوچتا ہے۔ کچھ عرصہ بعد وہ نوجوان مزید تعلیم کی غرض سے برطانیہ چلا گیا اور مس پونیا نے اسے دوبارہ کبھی نہ دیکھا۔

اس کے بعد کے سال اطاعت شعاری سے علیل باپ کی تیمارداری میں گزرے۔ مس پونیا نے کبھی شکوہ یا شکایت نہ کی لیکن اپنے دل میں وہ اپنی محبت کو کھونے کا ماتم کرتی رہی۔ چونکہ وہ اپنے جذبات واحساسات کسی کے سامنے ظاہر نہیں کرتی تھیں اور کسی کو اپنا ہم راز بنانے سے کتراتی تھیں، اس لیے انھوں نے اپنی محبت کو بیٹی اور استانی کی حیثیت سے روزمرہ کی مصروفیات تلے دبا دیا لیکن اپنے کمرے میں اکیلے پڑے پڑے ڈاکٹر چیلیم کے برطانیہ جانے کے بعد تنہا مہینوں کے دوران مس پونیا بہت غمگین ہو جاتی تھیں۔ انھوں نے خودکشی کرنے کے متعلق بھی غور و خوض کیا تھا۔ بے اطمینانی اور اپنے باپ کے لیے دل میں بسنے والے غصے کے خلاف طویل جدوجہد وہ کر رہی تھیں۔ اس کا علم صرف انھیں تھا۔ آخر کار یہ جدوجہد بھی ختم ہوگئی اور ماضی کو بھلانے کے عزم کے ساتھ وہ پہلے سے زیادہ اطاعت شعار ہوگئیں۔

اپنی محبت کو بھلانا اتنا مشکل نہیں تھا جتنا اسے کسی خالص چیز میں بدلنا تھا۔ مس پونیا کی اذیت کی کٹھالی میں پڑ کر ڈاکٹر چیلیم کی محبت ہر قسم کی آمیزش سے پاک ہوگئی تھی۔ لہٰذا اب یہ ان کے دل میں محفوظ قیمتی ترین سونا تھی، کیوں کہ انھوں نے سنا تھا کہ ڈاکٹر چیلیم نے بھی شادی نہیں کی۔ اپنی تعلیم مکمل کرنے کے بعد اس نے ملائشیا

میں سکونت اختیار کرلی جہاں وہ ایک بڑے نجی اسپتال سے منسلک تھا لیکن اس نے کبھی شادی نہ کی۔ مس پونیا سن چکی تھیں کہ رشتہ داروں کی طرف سے اس کی شادی کروانے کی کوششیں کی گئیں لیکن وہ جوانمردی کے ساتھ کنوارہ ہی رہا۔ یہ بات صرف مس پونیا جانتی تھیں، کیوں کہ وہ شکستہ دل تھا اور شکستہ دل ہی لوٹا تھا۔ اس عورت کو جس سے وہ شادی نہیں کر سکا تھا، بھلانا اس کے لیے تقریباً ناممکن تھا۔ مس پونیا کا باپ اسّی سال کا ہو کر انتقال کر چکا تھا۔ اس وقت مس پونیا کی عمر چالیس سال تھی اور ان کی صحت تقریباً بیس سال سے ان کے وفادار دل میں دفن تھی، اس یقین سے کہ اس شخص نے، جس نے بہت عرصہ پہلے ان سے اظہار محبت کیا تھا، ان کی یاد بھی اپنے وفا شعار دل میں زندہ رکھی ہوئی ہے۔ ان کی خفیہ محبت کو قریب قریب مذہبی خصوصیت بخش دی تھی، درحقیقت وہ خاصی مطمئن تھیں۔

ہر روز وہ ڈاکٹر چیلیم کے متعلق سوچتیں اور اپنے کمرے کی تنہائی میں اس کے خطوط بار بار پڑھتیں اور سوچتیں کہ کوئی اور عورت اس کے دل میں وہ جگہ نہیں بنا سکی جو ان کی تھی۔ انھوں نے اس کی زندگی میں ایک خلا چھوڑ دیا تھا، جیسا کہ اس نے اپنے آخری خط میں کہا تھا اور وہ خلا نہیں بھرا تھا۔ درحقیقت وہ خلا بھرا بھی نہیں جا سکتا تھا، کیوں کہ وہ پہلے ہی ان کی یاد سے پاک ہو چکا تھا۔ اس خیال سے مس پونیا کی آنکھوں میں آنسو آ جاتے اور یہ آنسو مسرت اور گہری ممنویت کے ہوتے۔

اسکول میں پڑھاتے ہوئے مس پونیا نے اس راز کو دل میں چھپائے رکھا۔ ان کی الگ تھلگ سادہ دنیا بھی کینہ توز لاف گزاف سے آزاد نہیں تھی۔ انھیں ڈاکٹر چیلیم اور اس کے کچھ ہم کاروں کی لا ابالی نا کتخدا زندگی کی خبریں ملتی رہتیں، لیکن یہ افواہیں ان کے لیے پریشان کن تک نہیں تھیں، کیوں کہ بہت عرصہ پہلے ڈاکٹر چیلیم کے لیے اپنی محبت اور اپنے لیے اس کی محبت کو ارفع محبت کی قربان گاہ پر مقدس بنانے کے بعد کوئی بھی چیز جو اس ترفع میں اضافہ نہیں کرتی تھی، ان کے شعور سے خارج ہو جاتی تھی۔

''مجھ سے محبت کی جاتی ہے،'' مس پونیا نے سوچا، انھیں کبھی ڈاکٹر چیلیم کے ساتھ دوبارہ رابطہ کرنے کی کوشش کرنے کا خیال نہیں آیا تھا۔ ان کے باپ کا انتقال ہو چکا اور بظاہر کوئی وجہ نہیں تھی کہ وہ شادی نہ کر سکتے۔

''مجھ سے محبت کی جاتی ہے اور میں محبت کرتی ہوں'' مس پونیا نے سوچا، ان کی محبت میں پوری دنیا پر محیط ہو جانے کی طاقت تھی۔ یہ محدود قسم کی محبت نہیں تھی بلکہ کائناتی محبت تھی جو سب تک پہنچتی اور ہر ایک کو ان کے چہیتے باپ کو جو بہت پہلے اس دنیا سے جا چکا تھا، ان کا خیال رکھنے والی پھوپھو کو، ان کی دوستوں کو، ان کی طالبات کو، اسکول کی پرنسپل کو، زود رنج مس ٹانگ کو، واہیات مس ڈی سلوا کو اور تمام مرد اساتذہ کو اپنے احاطے میں لیتی۔ مس پونیا کو جن کا راز ان کے دل میں محفوظ تھا، اس بات کی ذرا بھی پرواہ نہیں تھی کہ لوگ ان کے متعلق کیا رائے رکھتے ہیں۔ ان کا راز ان کے گرد ایک حفاظتی قلعہ بن چکا تھا، لہٰذا وہ حال اور مستقبل کی زیادتیوں سے بچ جاتیں اور خوش تھیں۔ کسی بھی خوش کن راز کو ایک عرصہ کے بعد دنیا کے سامنے آشکار ہونے کی ضرورت ہوتی ہے۔ مس پونیا نے جو ثانوی جماعت کی طالبات کو انگریزی پڑھاتی تھیں، تختۂ سیاہ پر کسی اور نام کی بجائے 'ڈاکٹر سی' لکھ دیا۔ پہلی مرتبہ ایسا کرنے کے بعد انھیں اپنی ہمت پر حیرت ہوئی۔ انھوں نے فقرہ پڑھا، طالبات نے ہم آواز ہو کر ان کے ساتھ

پیچھے فقرہ دہرایا۔ ان کے محبوب کے نام میں کسی طلسم کی طرح مسحور کردینے والی طاقت تھی۔ مس پونیا نے ایسے بہت سے دوسرے جملے بنائے جن میں 'ڈاکٹرسی' آتا تھا اور طالبات کو اس کا نام دہراتے ہوئے سنا، پھر بھی ان کا راز محفوظ رہا کیوں کہ طالبات کو کسی قسم کا شبہ نہ ہوا۔ لیکن جب 'ڈاکٹرسی' نے ایسے جملوں میں بھی آنا شروع کردیا جن کا طب سے کوئی تعلق نہیں تھا تو ہوشیار طالبات کو حیرت ہوئی اور انھوں نے ایک دوسرے سے سرگوشی کی: ''مس پونیا 'ڈاکٹرسی' کے متعلق کیوں لکھ رہی ہیں؟ کیا یہ ان کے عاشق کا نام ہے؟''

اس دریافت پر ہیجانی کیفیت محسوس کرتے ہوئے انھوں نے سوچا کہ مس پونیا سے پوچھیں کہ 'ڈاکٹرسی' کون ہے اور 'سی' کون سے نام کا مخفف ہے؟ لیکن پھر ایسا نہ کرنے کا فیصلہ کیا۔ جماعت کی سب سے نڈر طالبہ فونگ ین نے ایک صبح مس پونیا کی میز پر گلاب کا پھول اور کارڈ، جس پر ''تمھارے عشق 'ڈاکٹرسی' کی طرف سے'' لکھا ہوا تھا، رکھ دیے اور سب نے مس پونیا جماعت میں آنے اور اپنے عاشق کے تحفے پر ردعمل کا اظہار دیکھنے کے لیے سانس روک کر انتظار کیا۔ مس پونیا کا فوری ردعمل یہ تھا کہ انھوں نے گلاب اور کارڈ کو دور پھینک دیا، کیوں کہ کسی اور لکھائی میں لکھا ہوا نام ان کے لیے بیگانہ تھا اور لفظ 'عاشق' کا استعمال تو بدتمیزی کی انتہا تھی، پھر انھوں نے خود کو فوراً سنبھالا اور اپنے حواس بحال کیے، صرف ایک منٹ بعد وہ ایسا کرنے میں کامیاب ہوگئیں اور پھر اس دن کا سبق پڑھانا شروع کردیا۔

مس پونیا سے زیادہ مضبوط اعصاب والا کوئی شخص اس طرح کی گھٹیا شرارت سے پریشان نہ ہوا ہوتا اور لاتعلقی سے ڈاکٹرسی کا حوالہ دینا جاری رکھتا جیسے کچھ بھی نہ ہوا ہو، اس طرح شرارت کرنے والی لڑکی کو سزا دیتا لیکن مس پونیا نے یہ اشارہ ملتے ہی کہ ان کا راز خطرے میں ہے، اسے دوبارہ محفوظ کرلیا اور پہلے سے بھی زیادہ احتیاط سے اس کی حفاظت کرنے کا عزم کرلیا۔ انھیں اپنے راز کے آشکار ہونے کا پچھتاوا تھا، کیوں کہ وہ جانتی تھیں کہ اب فونگ ین جیسی عام لڑکیاں یہ قیمتی نام لیں گی۔ سبق ختم ہونے کے بعد وہ ہمیشہ کی طرح پُراعتماد انداز سے چلتی ہوئی جماعت سے باہر آگئیں۔ فونگ ین بھاگی بھاگی پھول اور کارڈ واپس لینے آئی، اسے کچھ لڑکیوں کی طنز آمیز ہنسی برداشت کرنا پڑتی۔

اور اب اس راز کو دنیا کے ناپاک کانوں اور آنکھوں سے دور رکھنے کی ضرورت پہلے سے بھی زیادہ تھی۔ جب تعلیم یافتہ کنواری خواتین کے مسئلے نے دوبارہ سر ابھارا تو سوشل ڈویلپمنٹ یونٹ پر بہتر کارکردگی دکھانے کا دباؤ پہلے سے زیادہ ہوگیا۔ نتیجتاً اخبارات نے ایک مرتبہ پھر اس موضوع میں دلچسپی لینا شروع کردی اور مس پونیا جیسی غیر شادی شدہ خواتین ایک مرتبہ پھر غیر ضروری توجہ کا مرکز بن گئیں۔ مس پونیا کو شبہ تھا کہ ان کا راز اب کمرۂ جماعت کی دیواروں سے باہر نکل چکا ہے اور اسکول میں ہر طرف پھیل چکا ہے کیوں کہ اسٹاف روم میں ہونے والی سرگوشیوں سے انھیں پتہ چل چکا تھا کہ کچھ لوگ ان کی زندگی میں ایک مرتبہ کسی شخص کی موجودگی سے آگاہ ہیں۔ بہرحال اس سلسلے میں کسی نے ان سے چھیڑ خانی نہیں کی۔ خوش قسمتی سے مس ڈی سلوا ایک ایسے رومان میں مگن تھیں جسے خفیہ رکھنے کی انھوں نے کبھی کوشش نہیں کی، اس لیے وہ کسی دوسرے کے معاملات پر توجہ نہیں دے رہی

تھیں۔ بظاہر مس ڈی سلوا چھٹیاں گزارنے بیرون ملک جاتی تھیں اور مرد اساتذہ کے مطابق اسکول واپسی پر بہت زیادہ تھکی تھکی نظر آتی تھیں۔ جب بھی وہ اپنے متعلق گفتگو کرتیں، مرد اساتذہ بڑے انہماک سے سنتے اور پھر ایک دوسرے کو اس کے متعلق گدگدی آمیز باتیں بتانے کے لیے کینٹین کا رخ کرے، لہٰذا خوش قسمتی سے مس ڈی سلوا نے اپنی توجہ کا رخ مس پونیا کی طرف نہیں کیا۔

مس پونیا نے اپنے راز کے گرد خاموشی کا گھیرا ڈال دیا اور اپنی زندگی دوبارہ وہیں سے شروع کی جہاں وہ وقتی طور پر منقطع ہوگئی تھی۔

''مجھ سے محبت کی جاتی ہے اور میں ابھی تک محبت کرتی ہوں،'' مس پونیا نے سوچا، لیکن تھوڑی رنجیدگی کے ساتھ، کیوں کہ ان کے راز کے اردگرد کی فضا مس ڈی سلوا کی دنیا کی فضا سے آلودہ ہوگئی تھی۔ مس پونیا نے خود کو یہ سوال کرتے ہوئے پایا اور پھر سوال کرنے پر اپنے آپ کو ملامت کی، ''کیا یہ درست ہے کہ ڈاکٹر چیلیم نے مجھ سے بے وفائی کی ہے؟'' شک کے بند پھاٹک اب کھل چکے تھے اور وہ نہ چاہتے ہوئے بھی لاتعداد سوالوں کے سیلاب میں بہہ چکی تھیں۔ ''میں نے اس سے اس وقت شادی کیوں نہ کی؟ میرے میں اپنے باپ کے فیصلے کے خلاف مزاحمت کرنے کی ہمت کیوں نہ تھی؟ میں نے ایسا کیوں کیا۔۔۔میں نے ایسا کیوں کیا۔۔۔اگر میں نے صرف۔۔۔اگر میں نے صرف۔۔۔''

مس پونیا نے جو اس سمت سے سراسیمہ تھیں، جو ان کے خیالات اختیار کر رہے تھے، اینٹھن کے ساتھ سانس لینے کی کوشش کی اور اردگرد دیکھا اور مطمئن ہوئیں کہ وہ کمرے میں اکیلی ہیں۔ انھوں نے سر درد کی گولی کھائی اور منھ ہاتھ دھو کر اور احتیاط سے بال بنا کر واپس اسکول چلی گئیں۔ آج سہ پہر کے وقت لائبریری میں مطالعہ کرنے والی لڑکیوں کی نگرانی کرنے کی باری ان کی تھی۔ فونگ ین چل کر ان کے پاس آئی اور بڑی اخلاص مندی سے ہکلانے لگی، ''میں اپنی جمعہ والی حرکت پر شرمندہ ہوں، میرا مقصد آپ کو ناراض کرنا نہیں تھا، میں واقعی شرمندہ ہوں۔'' مس پونیا مسکرائیں اور حلیمی سے کہا، ''ٹھیک ہے فونگ ین۔'' اور طمانیت سے آگے چل پڑیں۔ فونگ ین دوڑی دوڑی ان تک پہنچی اور دوبارہ گویا ہوئی، ''مس پونیا، اب ہم سب جانتے ہیں کہ 'ڈاکٹر سی' آپ کے نہیں، مس ڈی سلوا کے عاشق کا نام ہے۔ انھوں نے ہمیں ان کے متعلق بتا دیا ہے۔''

''فونگ ین، مس ڈی سلوا نے تمھیں کیا بتایا ہے؟''

''انھوں نے ہمیں بتایا ہے کہ ان کا نیا دوست بہت ہی کامیاب ڈاکٹر ہے، اس کا نام ڈاکٹر چیلیم ہے اور وہ کوالا لمپور میں رہتا ہے، وہ جون میں شادی کر رہے ہیں اور ہنی مون اٹلی میں منائیں گے۔'' فونگ ین نے مسکراتے ہوئے کہا۔

''بس بس فونگ ین تمھیں گپیں نہیں ہانکنی چاہئیں۔''

''لیکن میں گپیں نہیں ہانک رہی مس پونیا، مس ڈی سلوا نے ہمیں واقعی یہ سب کچھ بتایا ہے، وہ بہت خوش تھیں۔''

مس پونیا پُرسکون انداز سے لائبریری میں لڑکیوں کی نگرانی کرتی رہیں لیکن غم کا چشمہ پھوٹ چکا تھا اور اسے روکا نہیں جا سکتا تھا، وہ ان کے گلے تک پہنچ گیا۔ لہٰذا ہر مرتبہ جب بیچاری مس پونیا کسی لڑکی کے جو کسی لفظ کا مطلب پوچھنا چاہتی تھی، سوال کا جواب دینے کے لیے بولتیں تو ان کی آواز کانپتی، پھر اس غم نے آنکھوں تک پہنچنے اور انھیں بھر دینے کی دھمکی دی تو کوئی اور نہ چارہ پاتے ہوئے انھوں نے اپنی سوچوں کا دھارا بدلا تا کہ اپنی توجہ کسی اور چیز پر مرکوز کر سکیں۔ اب انھوں نے اپنا سر گرامر کی کتاب پر جھکا دیا اور اگلے ہفتے فعل احتمالی کے سبب کی تیاری کرنے کی کوشش کی۔

مس ڈی سلوا نے انھیں اپنے اندر گم اس حالت میں پایا اور انھوں نے سرگوشی کی؛ ''فارغ ہونے کے بعد اسٹاف روم میں آ جانا، میں تمھیں ایک دلچسپ بات بتانا چاہتی ہوں جس کا تم سے بھی تعلق ہے۔''

مس پونیا نے اپنی کتاب کی طرف توجہ کرنے سے پہلے صرف اپنا پُرسکون چہرہ اوپر اٹھایا تا کہ کمزور مسکراہٹ کے ساتھ کہہ سکیں، ''کیوں نہیں۔''

جب لائبریری کا گھنٹہ ختم ہوا تو مس پونیا اپنی ساڑی اپنے گرد سمیٹتی ہوئی اسٹاف روم میں گئیں، جہاں مس ڈی سلوا اکیلی بیٹھی ان کا انتظار کر رہی تھیں۔ مس ڈی سلوا نے جو اسکول کی واحد خاتون سگریٹ نوش تھیں، سگریٹ جلایا، ایک لمبا کش لیا اور پھر اپنے گول ہونٹوں سے دھواں خارج کرنے کے لیے اپنی ٹھوڑی اوپر اٹھاتے ہوئے مس پونیا کی طرف دیکھنے اور ان کا بغور جائزہ لینے کے لیے اپنے چہرے کا رخ ان کی طرف موڑ دیا۔

''مجھے نہیں معلوم تھا کہ تم ڈاکٹر چیلیم کو جانتی ہو!'' انھوں نے اپنی کرسی سے ٹیک لگا کر ایک کو جھکتے ہوئے تا کہ ایک لاتعلق احساس برتتی ہوئی اپنے سامنے بیٹھی ہوئی مس پونیا کا جائزہ لے سکیں۔

''میں اسے بیس سال سے بھی زیادہ عرصہ پہلے جانتی تھی۔'' مس پونیا نے پُرسکون انداز سے کہا، جب کہ اس بیہودہ سگریٹ نوش عورت کو اپنے محبوب کا نام لیتے ہوئے سن کر اس کے دل میں غصے کی لہر دوڑ گئی تھی۔

''تم اسے بیس سال پہلے جانتی تھی، میں اسے اب جانتی ہوں، جلد ہی میری اور اس کی شادی ہونے والی ہے۔'' اس نے اپنی آنکھوں میں ایک فتح مند چمک کے ساتھ سیدھا اصل موضوع کی طرف آتے ہوئے کہا۔

حال نے ماضی کو للکارا۔ حال ماضی کو تباہ کرنے کی کوشش کر رہا تھا لیکن مس پونیا اپنے حواس بحال رکھے اور خاموش اور مستحکم آواز میں جواب دیا، ''وہ مجھ سے تب بھی محبت کرتا تھا، وہ مجھ سے اب بھی محبت رکھتا ہے۔''

''تم یہ کس طرح کہہ سکتی ہو؟'' مس ڈی سلوا نے مطالبہ کیا، ''وہ مجھ سے شادی کر رہا ہے۔'' اس کا لہجہ کرخت ہو گیا۔ یہ اشتعال انگیز منطق کی کرختگی نہیں تھی۔ وہ مس پونیا کے دعوے کی غیر معقولیت آشکار کرنے میں دلچسپی نہیں رکھتی تھی بلکہ اس کے اندر خوف تھا، کیوں کہ وہ اپنی شادی سے دو ہفتے پہلے خود کو یقین دلانا چاہتی تھی کہ جس آدمی کی تلاش کرنے میں اس نے اپنی پوری زندگی گزاری تھی اور آخر کار ڈھونڈ لیا تھا، وہ کسی اور سے محبت کرنے کا ارادہ تو نہیں رکھتا۔ پُرعزم اور پوری طرح محفوظ مس ڈی سلوا کے چیلیم کی زندگی میں داخل ہونے کے بعد اس کی سابقہ محبتیں جن میں اسکول کی وہ طالبات بھی شامل تھیں، جو اپنے گھر والوں سے چھپ کر اچھا وقت گزارنا چاہتی تھیں،

کسی شکست خوردہ فوج کی طرح بکھر گئی تھیں۔

چیلم ان نوجوان من موجی لڑکیوں سے تھوڑا اکتانا شروع ہو گیا تھا اور ان کے بدلے میں مس ڈی سلوا جیسی عورت اسے زیادہ برا سودا نہیں محسوس ہوئی تھی۔ مس ڈی سلوا اپنی تمام حریفوں پر غالب آ گئی تھی اور پھر اس لمحے جب اس نے محسوس کیا کہ اس کے لیے میدان خالی ہے تو چیلم نے اسے مس پونیا کے متعلق بتایا۔ اس نے بتایا کہ مس پونیا ایک شریف خاتون ہے جس سے وہ بہت سال پہلے محبت کرتا تھا اور شادی کی تجویز پیش کر چکا تھا۔ اس کا تذکرہ اتفاقیہ طور پر اس نے کیا تھا۔ درحقیقت وہ اس کے متعلق سب کچھ بھول چکا تھا اور مس ڈی سلوا کی کسی بات پر ہی اسے اچانک یاد آیا تھا کہ اس کی منگیتر اسی اسکول میں پڑھاتی ہے جس میں وہ خاتون جسے وہ بہت عرصہ پہلے شادی کی دعوت دے چکا تھا، اس نے کسی پونیا کے متعلق پوچھا۔ مس ڈی سلوا نے، جو جام تیار کر رہی تھیں، فوراً اس کی طرف دیکھا اور اس کے تاثرات کا جائزہ لیا۔ اس کو شدید نظروں سے اپنی دیکھتا ہوا پا کر چیلم وقتی طور پر پریشان ہو گیا اور مس ڈی سلوا نے اس سے اخذ کیا کہ اس کے پہلے دعوے کے برعکس مس پونیا اس کی پہلی اور حقیقی محبت تھی۔

مس ڈی سلوا کا احساس عدم تحفظ ایک مرتبہ پھر اس کے خیالات کو بے چین کرنے کے لیے لوٹ آیا۔ اس سے فرق نہیں پڑتا تھا کہ چیلم کی معشوقائیں منظر سے غائب ہو چکی تھیں یا نہیں۔ اس سے یہ فرق نہیں پڑتا تھا کہ مستقبل میں کوئی خطرہ نہیں ہے، کیوں کہ وہ اچھی طرح جانتی تھیں کہ چیلم کو کس طرح قابو میں رکھنا ہے۔ جس بات سے فرق پڑتا تھا (کیوں کہ یہ اس کی موجودہ خوشی کی کاملیت پر دھبہ تھی) وہ یہ تھی کہ ماضی میں چیلم کی زندگی میں ایک عورت رہ چکی تھی اور اس عورت کی یاد اس کے اور اس کے عاشق کے درمیان حائل ہو رہی تھی۔

ڈاکٹر چیلم سے بے خبری میں ہونے والے اس انکشاف کے بعد کے دنوں میں مس ڈی سلوا کی ملکیت اور تحفظ کی تمام جبلتیں بیدار ہو گئیں تا کہ چیلم سے ماضی کے بارے میں ہر بات اگلوا سکیں اور اسے اس وقت تک چین کا سانس نہ لینے دیں، جب تک وہ اسے ہر بات نہ بتا دے اور یہ یقین دہانی نہ کرا دے کہ وہ عورت اس کے لیے کوئی معنی نہیں رکھتی، وہ اس سے تب بھی محبت نہیں کرتا تھا اور اب بھی۔ وہ اس کے متعلق کبھی نہیں سوچتا۔ بیس سال پہلے کے واقعات کو ڈاکٹر چیلم قریب قریب بھول چکا تھا۔ درحقیقت مس ڈی سلوا کی زبان سے اس کے چہرے کے تاثرات روشن ہو گئے تھے، اس بات سے بے خبر کہ اس کی منگیتر کی آنکھیں تمام وقت اس کے چہرے پر جمی رہیں، ڈاکٹر چیلم نے مس پونیا کی خوب صورتی اور باپ کے ساتھ اس کی وفا شعاری کے متعلق سوچا۔ اپنی منگیتر کو حسد کی آگ میں جلتا دیکھ کر اسے وہ خوش کن احساس ہوا جس کا تجربہ کسی آدمی کو تب ہوتا ہے جب وہ جانتا ہو کہ اس سے ایک نہیں دو عورتیں محبت کرتی ہیں اور اس کی محبت کے لیے ایک دوسرے سے لڑ کے لیے تیار ہیں، لیکن جب مس ڈی سلوا کی تفتیش زیادہ مستقل اور تنگ مزاج ہو گئی تو یہ احساس جھنجھلاہٹ میں بدل گیا اور وہ یہ کہنے پر مجبور ہو گیا کہ یہ اس کا ذاتی مسئلہ ہے۔ اب مس ڈی سلوا قائل ہو چکی تھیں کہ اس کا منگیتر کچھ چھپا رہا ہے اور وہ پہلی مرتبہ جھگڑے۔ جس طرح عشاق کے جھگڑے بآسانی طے ہو جاتے ہیں، انھوں نے وعدہ کیا کہ آئندہ یہ موضوع نہیں چھیڑیں گے لیکن مس ڈی سلوا نے دل ہی دل میں کوالالمپور سے واپس لوٹتے ہی مس پونیا سے مڈبھیڑ کرنے

کی منصوبہ بندی کرنا شروع کر دی۔

''وہ تم سے محبت نہیں کر سکتا، کیوں کہ وہ میرا شوہر بننے والا ہے۔ تم کس طرح کہہ سکتی ہو کہ وہ تم سے محبت کرتا ہے؟'' اس نے مس پونیا سے پوچھا۔

''میں کسی کو اپنے راز میں شریک کرنے کا ارادہ نہیں رکھتی؛ کم از کم تم کو نہیں۔'' مس پونیا نے دھیمی آواز میں کہا اور جانے کے لیے اٹھ کھڑی ہوئیں۔

''رکو،'' مس ڈی سلوا نے کہا، ''تم اس سے اتنے سال نہیں ملیں اور نہ ہی وہ تم سے ملا، کیا تم یہ نہیں سمجھتیں کہ اگر اسے تمھارا تھوڑا سا بھی خیال ہوتا تو اس نے تم سے ملنے کی کوشش کی ہوتی؟ لہٰذا میں یہ کہوں گی کہ تم جھوٹ بول رہی ہو۔ اس طرح تم لوگوں کو یہ تاثر دینا چاہتی ہو کہ کوئی تمھیں ٹوٹ کر چاہتا ہے۔ حتیٰ کہ طالبات بھی جانتی ہیں، لیکن یہ ہمیشہ ایک آرزو مند خواب رہا ہے۔ تمھارے لیے یہی بہتر ہے کہ اس خواب سے جاگ جاؤ، دو ہفتے بعد میری اور تمھارے محبوب کی شادی ہو رہی ہے۔''

''تم سے بات کرنا بے کار ہے۔'' مس پونیا نے اسی اعتماد سے کہا جو مس ڈی سلوا کو پاگل کیے دے رہا تھا، ''جیسا کہ میں نے کہا ہے، میرا کسی کو اپنے راز میں شریک کرنے کا ارادہ نہیں ہے۔ تمھاری شادی کا اس سے کوئی تعلق نہیں ہے۔ اس نے غم میں میری کفالت کی ہے، میری طاقت رہا ہے، کفالت کی یہ طاقت صرف محبت میں ہوتی ہے۔''

''تم محبت کے متعلق کیا جانتی ہو؟'' مس ڈی سلوا نے، جو مس پونیا کے خوابوں کے محل کو چکنا چور کرنے کے درپے تھے، حقارت سے کہا، ''تم ایک بے حس عورت ہو۔ اگر ڈاکٹر چیلیم نے تم سے شادی کی ہوتی تو یہ اس کی بدقسمتی ہوتی۔ وہ اتنا محبت کرنے والا انسان ہے۔'' وہ مس پونیا کی خود اعتمادی کو پاش پاش کرنے کی کوشش میں جھگڑے پر اتر آئی۔ مس ڈی سلوا نے بے قراری سے اپنی کرسی پر جگہ بدلی، اس کی آنکھیں چمک رہی تھی۔ وہ نہیں چاہتی تھی کہ مس پونیا ابھی کمرے سے جائیں لیکن وہ نہیں جانتی تھی کہ انھیں کمرے میں کس طرح ٹھہرایا جا سکتا ہے۔

''تم نے مجھے جو بتایا ہے، وہ اس سے بہت مختلف ہے جو ڈاکٹر چیلیم نے مجھے بتایا۔'' اس نے حقارت آمیز لہجے میں بات جاری رکھی۔ اس نے اپنی نئی چال کے ردِعمل کا انتظار کیا۔

مس پونیا برابر کا جوڑ تھیں، انھوں نے کہا: ''جھوٹ بولنے کا کوئی فائدہ نہیں، اس نے تمھیں کچھ نہیں بتایا، تم خواہ کتنی بھی کوشش کیوں نہ کرو، وہ تمھیں کبھی کچھ نہیں بتائے گا۔ وہ ایسا نہیں کر سکتا، تم جانتی ہو وہ ایسا نہیں کر سکتا اور یہ ہمیشہ راز ہی رہے گا۔'' اس کے ساتھ وہ شاہانہ انداز میں چلتی ہوئی کمرے سے باہر چلی گئیں۔ مس ڈی سلوا نے، جو اب کمرے میں اکیلی رہ گئی تھی، ایک اور سگریٹ سلگا لیا۔

''کیا بکواس ہے،'' وہ بڑبڑائی ''وہ شخص مجھ سے شادی کرنے والا ہے۔ اس نے بیس سال پہلے اس سے شادی کرنے کی خواہش کا اظہار کیا تھا۔ وہ اس کے بعد دوبارہ کبھی نہ ملے تو پھر اس راز کا کسی چیز سے کیا تعلق

ہے۔ وہ جان بوجھ کر مجھے غلط راہ پر لگا رہی ہے حسد کی وجہ سے۔''

بیالیس سالہ مس ڈی سلوا کبھی کبھی اپنی اور چیلیم کی محبت کے معیار کو بہتر بنانے کی آرزو کرتی۔ وہ اپنی جوانی کی بے آرام خالی برسوں کو خیر باد کہنے اور سچی اور وفادار محبت والی گھریلو زندگی کو خوش آمدید کہنے کے لیے تیار تھی۔ مس پونیا کو اس کی ڈاکٹر چیلیم کے ساتھ شادی کا خیال ڈرا رہا تھا۔ ان کی مقدس محبت کی بے حرمتی کے خوف نے اب شدت اختیار کر لی، کیوں کہ یہ خوف اسکول کی ایک ہم کار کی صورت میں تھا۔ لیکن پونیا اپنی محبت کے مزار پر تمام عمر منت کی شمع جلائے رکھنے کے متعلق پُرعزم تھیں۔

''مجھ سے محبت کی جاتی ہے،'' مس پونیا بڑبڑائیں لیکن اس نوجوان کی تصویر جو ان سے شادی کا خواہش مند تھا، کوالالمپور کے ایک ہوٹل کے کمرے والے ادھیڑ عمر شخص کی تصویر میں گڈ مڈ ہوگئی۔ لہٰذا انگریزی زبان کی استانی نے اپنا فقرہ درست کیا اور افسردگی سے بڑبڑائیں، ''مجھ سے محبت کی جاتی تھی۔'' انھوں نے وحشت سے ارد گرد دیکھا۔ انھیں صرف اپنی خواب گاہ کی چاروں دیواریں نظر آئیں اور یقین ہوگیا کہ ان کا راز محفوظ ہے۔

اگر انھوں نے اس وقت اپنے باپ کی مرضی کے خلاف اس سے شادی کرنے پر اصرار کیا ہوتا تو کیا ہوا ہوتا۔ اگر انھوں نے گھر سے بھاگ کر شادی کر لی ہوتی تو اب۔۔۔ اس طرح کرنے کے خیال سے ہی مس پونیا کا سانس چڑھ گیا، لیکن جب یہ خیال ایک مرتبہ ان کے ذہن میں بیٹھ گیا تو اس خیال نے ایک نئی شکل اختیار کر لی اور سینکڑوں مناظر میں منتظر ہوگیا۔ انھوں نے ہر منظر کو بڑھتے ہوئے تجسس کے ساتھ دیکھا۔ کیا ہوا ہوتا! ان کے حلق سے ہلکی سے چیخ نکلی، کیا ہوا ہوتا، اور کیا ہوا تھا۔ ان کا باپ بیمار تھا اور چاہتا تھا کہ صرف وہ اور کوئی نہیں، اس کی عیادت کرے۔ ان کا اپنے باپ کے پاس جانا اور اسے روتے ہوئے بتانا کہ وہ اس نوجوان سے کتنی محبت کرتی ہیں اور شادی کرنا چاہتی ہیں، ایک حادثہ تھا۔ مس پونیا کے باپ نے ان کی طرف دیکھا اور خاموش رہا۔ پھر انھوں نے دیکھا کہ اس کی آنکھیں بھیگ گئی ہیں۔ وہ بھاگی بھاگی اس کے پاس گئیں اور چلائیں: ''ابا ابا، میں آپ کا ساتھ کبھی نہیں چھوڑوں گی، میں وہی کروں گی جو آپ کہیں گے۔'' پھر بھی ان کے باپ کے آنسو تب تک بہتے رہے جب تک انھوں نے ڈاکٹر چیلیم سے یہ کہنے کا وعدہ نہ لے لیا کہ اس سے آئندہ نہیں ملیں گی۔ انھوں نے اگلے ہی دن اسے یہ بتا دیا اور وہ چلا گیا اور وہ بیس سال تک اسے کھونے کا سوگ مناتی رہیں۔

''تمھارا باپ بہت خود غرض ہے،'' ڈاکٹر چیلیم کے ان کی زندگی سے چلے جانے کے بعد کچھ عرصہ بعد ایک شام، جب وہ رات کے کھانے کے بعد خاموش بیٹھے تھے تو ان کی پھوپھو نے دھیمی آواز میں کہا، ''اگر تمھاری ماں زندہ ہوتی تو اس نے کبھی اس طرح نہ ہونے دیا ہوتا۔'' ان کی پھوپھو نے اپنی بھتیجی کا ہاتھ پکڑے بات جاری رکھی، جب کہ دونوں عورتوں نے آنسو بہائے، اور ساتھ والے کمرے میں بوڑھا سوتے میں پریشان ہوگیا، وہ کچھ بولا۔

''میرے باپ کو کچھ نہ کہیں۔'' مس پونیا نے اپنا ہاتھ اپنی پھوپھو کے ہاتھ سے چھڑاتے ہوئے کہا اور

تیزی سے سیڑھیاں پھلانگ کر اپنے کمرے میں چلی گئیں۔

جیسے جیسے مس پونیا نے اسکول کے ایک اور تھکا دینے والے ہفتے کی تیاری شروع کی، اداسی اور بیچارگی کے وہ دن پوری شدت کے ساتھ لوٹ آئے۔ مس ڈی سلوا اپنی شادی کی تیاریوں کے لیے چھٹی لے چکی تھیں۔ یہ مس پونیا کے لیے باعث اطمینان تھا۔ وہ بات نہ ماننے والی لڑکی فونگ ین، جس کا خیال تھا کہ کسی شخص کو اس کا راز چھپانے میں مدد دینے کے لیے اسے دوسرے لوگوں کے راز بتانے چاہئیں، مس ڈی سلوا کے عشق کے متعلق جاننے والی ہر بات مس پونیا کو بتا کر ابھی تک ان سے اپنے گزشتہ رویے کی تلافی کرنے کی کوشش کر رہی تھی۔

''وہ اٹلی میں ہنی مون منا رہے ہیں۔'' اس نے مس پونیا کو راز میں شریک کرتے ہوئے بتایا اور مس ڈی سلوا کہتی ہیں کہ ان کا عروسی جوڑا تین ہزار ڈالر میں بنا ہے۔ کہتی ہیں کہ وہ کم از کم ایک بچہ ضرور پیدا کریں گی۔''

''فونگ ین!'' مس پونیا نے درشتی سے کہا، ''میں تمھیں کتنی بار کہہ چکی ہوں کہ گپیں مت ہانکا کرو اور اپنے کام سے کام رکھا کرو۔''

مس پونیا نے اپنے بیڈروم کی تنہائی میں خطوط کھنگالنے شروع کر دیے۔ انھیں وہ خط مل گیا جس کی انھیں تلاش تھی اور اس میں وہ جملہ بھی مل گیا جو وہ ڈھونڈ رہی تھیں۔ ہاں، اس نے بچوں کا حوالہ دیا تھا۔ اس نے لکھا تھا کہ وہ ان سے شادی کرنا چاہتا ہے اور ان سے بہت سے بچوں کا باپ بننا چاہتا ہے۔ یہ جملہ پڑھتے ہوئے مس پونیا کو محسوس ہوا کہ جیسے ان کے چہرے اور گردن پر سرخی کی لہر دوڑ گئی ہے۔ اگر انھوں نے اس وقت ڈاکٹر چیلیم سے شادی کر لی ہوتی تو اب تک ان کے کتنے بچے ہو چکے ہوتے؟ ان کے بہت سے بچوں کا باپ۔۔۔ مس پونیا نے یہ سطر بار بار پڑھی، اس سطر میں امید تھی اور برکت تھی اور خوشگوار زندگی کا وعدہ تھا۔ اور یہ سب خواب ان کے خودغرض باپ کی وجہ سے چکنا چور ہو گئے تھے۔

''اوہ، میرے خدا۔'' اس خیال سے متحیر مس پونیا نے سوچا اور اپنے ہاتھ سے اپنے سر کو یوں تھام لیا جیسے وہ خیال فرار ہو گیا تھا اور ان کے کانوں میں کڑکنے کے لیے لوٹ آیا تھا۔ انھوں نے آہستہ آہستہ اپنے ہاتھ کانوں سے ہٹائے اور بے بسی سے چاروں طرف دیکھا، ''مجھے بدحواس نہیں ہونا چاہیے۔ یہ حد درجہ ضروری ہے کہ میں اپنے حواس میں رہوں۔''

لہٰذا جب مس پونیا گرامر کا سبق پڑھانے کے لیے جماعت میں گئیں تو وہ مکمل طور پر پُرسکون تھیں۔ ان کے چہرے پر ہلکی سی زردی کے علاوہ اس ذہنی کشمکش کے کوئی واضح آثار نہیں تھے جس سے وہ کچھ دیر پہلے گزری تھیں۔ چھٹیوں سے پہلے آخری ہفتہ ہونے کی وجہ سے لڑکیاں پڑھنے کا ارادہ نہیں رکھتی تھیں لیکن مس پونیا نے انھیں اپنی تعلیم اور زندگی کو سنجیدگی سے لینے کا مشورہ دیا اور فعل احتمالی پڑھانا شروع کر دیا۔ یہ ایسا موضوع نہیں تھا جو چھٹیوں سے ایک ہفتہ پہلے پندرہ سالہ لڑکیوں کے لیے دلچسپی کا باعث ہو سکتا تھا، لیکن بہت جلد پڑھائی میں ذرا بھی دلچسپی رکھنے والی طالبات بھی اپنی توجہ مس پونیا پر مبذول کرنے پر مجبور ہو گئیں۔ آناً فاناً پوری جماعت میں دلچسپی کی لہر دوڑ گئی۔ ہر کوئی مس پونیا کی طرف دیکھ رہا تھا جو فعل احتمالی پڑھاتے ہوئے بحث کر رہی تھیں، ہنس رہی

تھیں، رو رہی تھیں۔

''تمھیں مزید مثالیں چاہئیں؟'' مس پونیا نے طالبات سے پوچھا، حالاں کہ انھوں نے ایسا کوئی مطالبہ نہیں کیا تھا۔ ''سنو میں تمھیں بہت سی مثالیں دوں گی۔ سنو اگر میں نے ان کے مشورے پر عمل کیا ہوتا تو میں زیادہ خوش وخرم ہوتی۔ اگر میں اتنی بیوقوف نہ ہوتی تو اتنی مصیبت زدہ نہ ہوتی۔ اگر وہ اتنا خود غرض بوڑھا نہ ہوتا تو۔۔۔ اگر میں نے گھر سے بھاگ کر شادی کر لی ہوتی۔۔۔۔ اگر۔۔۔'' مس پونیا کی آواز شدت اختیار کرتے ہوئے غم کے ساتھ اونچی ہوتی گئی۔ وحشت زدہ مس پونیا نے اپنی طالبات کو ہدایت کی کہ وہ فعل احتمالی کی مثالیں دہرائیں۔ انھوں نے بے چینی سے ایک دوسرے کی طرف دیکھا تاکہ آنکھوں آنکھوں میں پوچھ سکیں کہ ان کی انگریزی کی استانی کو کیا ہو رہا ہے۔ ہچکچاہٹ کے ساتھ ان کے حکم پر تعمیل کی۔ ایک ایک کر کے مس پونیا کی زندگی کے پچھتاوؤں کو دہراتی ہوئی آوازیں ان کے بڑھتے ہوئے غم میں کمی واقع کرنے میں ناکام رہیں۔ انھوں نے چیخنا چلانا جاری رکھا: ''اگر ان سے صرف۔۔۔ اگر میں نے صرف۔۔۔'' اور یہ وہ لمحہ تھا جب خوف کا سحر ٹوٹا اور لڑکیاں اپنی اپنی جگہوں پر سے اٹھیں، کچھ دوڑی دوڑی باہر گئیں تاکہ پرنسپل اور استانیوں کو بتا سکیں کہ مس پونیا عجیب وغریب حرکتیں کر رہی ہیں، جب کہ باقی مس پونیا کے پاس گئیں اور انھیں کرسی پر بٹھا دیا۔ فونگ ین گرم مشروب لینے بھاگی بھاگی باہر گئی۔ جب پرنسپل اور وائس پرنسپل پہنچیں تو انھوں نے مس پونیا کو چپ چاپ کرسی پر بیٹھے کوئی مشروب پیتے ہوئے پایا۔ کچھ فکر مند طالبات ان کے پاس کھڑی تھیں۔

پرنسپل نے بے چینی سے تختۂ سیاہ کی طرف دیکھا اور کہا، ''اچھا تو آپ فعل احتمالی پڑھا رہی تھیں مس پونیا۔''

مس پونیا نے کمزور مسکراہٹ کے ساتھ جواب دیا، ''جی ہاں میری پوری زندگی ہی فعل احتمالی رہی ہے۔''

''کیا آپ گھر جا کر آرام کرنا چاہیں گی؟'' وائس پرنسپل نے حلیمی سے دریافت کیا اور مس پونیا نے احسان مندانہ لہجے میں کہا، ''جی ہاں بہت بہت شکریہ۔'' انھوں نے اپنی ساڑی اور کتابیں سمیٹیں، اپنی آنکھیں پونچھیں اور جانے کے لیے تیار ہو گئیں۔

دیوانے کا خواب

مختار لوبس (انڈونیشیا)

ترجمہ: نسیم شاہد

مختار لوبس انڈونیشیا کے معروف ترین صحافیوں میں سے ہیں۔ صحافت ہی کیا، کسی بھی لحاظ سے انھیں ایک ممتاز شخصیت قرار دیا جاسکتا ہے۔ وہ ۱۹۲۰ء میں وسطی سماٹرا کے علاقے فنان کباؤ میں پیدا ہوئے۔ ان کی ساری جسمانی اور اخلاقی صلاحیتیں جمہوریت کے لیے وقف تھیں۔ لوبس نے بے شمار سفر کیے۔ اپنی گرفتاری سے پہلے کے دس برس میں انھوں نے ملایا، برما، ہندوستان، تھائی لینڈ، ہانگ کانگ، فلپائن، امریکہ، جاپان، کوریا اور آسٹریلیا کا دورہ کیا، اس سفر نے انھیں ایک طرح سے بین الاقوامی شہری بنا دیا۔ اس پر مستزاد ان کا بے شمار زبانوں کا علم ہے۔ انھیں انگریزی، ولندیزی، فرانسیسی، ہسپانوی، جرمن اور جاپانی زبانوں پر عبور حاصل تھا۔ حالاں کہ بیرون ملک ان کی زیادہ شہرت بطور صحافی کے ہے لیکن وہ دراصل صحافی سے آگے بھی بہت کچھ تھے۔ ان کی دلچسپیاں لفظ کے محدود مفہوم میں صرف 'سیاسی' نہیں تھیں، ان کا اصل مسئلہ تو انسان کا بطور انسان کے وقار کا حصول تھا۔ یہی ان کی سب تحریروں، تخلیقی مصروفیات و تراجم اور ثقافتی سرگرمیوں کی روح ہے۔

مترجم نسیم شاہد پاکستان کے نامور کالم نگار ہیں۔

۲۶ سالہ کونت، جمہوریہ انڈونیشیا کا شہری اور جکارتہ میں حکومتی سول سروس کا ایک ادنیٰ سا قاصد ہے، جس کی ماہوار تنخواہ ۳۲۵ روپے ہے۔ دو بچوں کا باپ ہے اور تیسرے کی آمد آمد ہے۔ وہ روزانہ سول سروس کے دیگر چھوٹے ملازمین کی طرح، اس ٹرک کے پیچھے لٹک کر دفتر پہنچتا ہے جو محکمے نے اس مقصد کے لیے مختص کیا ہوا

ہے۔ آج اس کا ٹرک بہت سے دوسرے ٹرکوں کے ساتھ، چھوٹے ملازمین کو لے کر، اس ریلی میں شرکت کے لیے جارہا ہے جو مغربی نیوگنی کو آزاد کرانے کی جدوجہد کے سلسلے میں منعقد ہو رہی ہے۔ وہ دوسرے لوگوں کے ساتھ مل کر مسلسل مغربی نیوگنی کی آزادی کے لیے گیت گا رہا ہے۔ وہ جب بھی گاتا: ''میرے صبر کی انتہا ہو چکی ہے۔۔۔'' تو اسے یوں محسوس ہوتا جیسے واقعتاً اس کے صبر کا پیمانہ لبریز ہو چکا ہے جیسے اگر ابھی اسے کوئی حکم دے تو وہ فوراً اس جزیرے میں جا کر ظالم اور خبیث نوآبادکاروں کو نکال باہر کرے گا۔

وہ اپنے اندر ایک ایسے کونت کو دیکھتا ہے، جو سبز فوجی لباس میں، سر پر ہیلمٹ اور گردن میں سرخ اسکارف پہنے ہوئے ہے۔ اس کے دائیں ہاتھ میں رائفل ہے اور وہ اس حالت میں کھڑا ہے جیسے ابھی ساحل سمندر کی طرف حملہ آور ہوا چاہتا ہے۔ اس کے بعد تصویر کچھ دھندلا سی جاتی ہے۔ تصویر کے مختلف ہیولے یکے بعد دیگرے اس کے ذہن میں جھلملانے لگتے ہیں۔ وہ ساحل سمندر پر لیٹ جاتا ہے اور بموں کے ہیبت ناک دھماکے، اور توپوں اور ٹینکوں کے گولوں کی گھن گرج سنتا ہے، بارود کی بو سونگھتا ہے اور خود کو اس پر حملہ آور ہونے کے لیے اکساتا ہے۔ تب اسے اپنی فتح کا منظر نظر آتا ہے اور ایک فاتح کی حیثیت سے اس کی واپسی ہوتی ہے۔ اس کا استقبال ایک ہیرو کے طور پر کیا جاتا ہے۔ صدر اسے ایک تمغے سے نوازتے ہیں، اس کی بیوی تیناح اس پر فخر کی نگاہ ڈالتی ہے۔ اس کے بچے اس کی ٹانگوں سے لپٹ جاتے ہیں۔ پھر اس کی ترقی ہو جاتی ہے۔ وہ اب قاصد نہیں رہتا۔ اب اسے شام کے وقت سائیکل رکشہ چلانے کی ضرورت نہیں، کہ جس میں اسے شام کے چھ بجے سے لے کر رات کے دو بجے تک اپنا خون پسینہ ایک کرنا پڑتا تھا۔ لیکن یہ تصوراتی تصویر زیادہ قائم نہیں رہتی۔

جب کبھی اس کی بیوی پوچھتی کہ وہ ملازمت کے باوجود سائیکل رکشہ کیوں چلاتا ہے تو وہ اسے بتاتا کہ ایمانداری سے زندہ رہنے کے لیے ایسا کرنا ضروری ہے۔ اس کی تنخواہ تو اتنی بھی نہیں تھی کہ جس سے صرف کھانے پینے کے اخراجات ہی پورے ہو سکتے۔ ہر رات سائیکل رکشہ چلا کر کمائے جانے والے بیس روپے انھیں اس قابل بناتے تھے کہ وہ غربت میں عزت کی زندگی گزار سکیں۔ اس نے تین سال تک دن رات کام کیا۔ وہ کمزور سا تھا۔ سائیکل رکشہ چلا کر اس کی ٹانگوں کے پٹھے پھول گئے تھے۔ اس کی آنکھیں نیند کی کمی کے سبب سرخ اور بے نور سی ہو چکی تھیں۔ کسی کو اس سے یہ پوچھنے کی فرصت نہ تھی کہ وہ اس قدر مشقت کیوں کرتا ہے؟ اور نہ ہی کسی کو اس بات کی پرواہ تھی کہ اگر وہ بیمار پڑ گیا تو کیا ہوگا؟ اگر کوئی اس بارے میں اس سے پوچھتا تو شاید وہ جواب میں کہتا: ''زندگی مختصر ہے۔ میں جانتا ہوں کہ ہر بات کا فیصلہ قسمت ہی کرتی ہے۔'' وہ ہر بات کو اسی حوالے سے دیکھتا تھا کہ وہ قسمت کی مرضی سے وقوع پذیر ہوتی ہے۔ اس کی زندگی کو ایسا ہی ہونا تھا جیسی کہ وہ ہے۔ اس میں کسی کا کوئی قصور نہیں اور نہ ہی اس کے لیے کسی کو موردالزام ٹھہرایا جا سکتا تھا۔ اور اس نے واقعتاً کسی کو موردالزام نہیں ٹھہرایا؛ نہ حکومت کو، نہ رہنماؤں کو، حتیٰ کہ خدا کو بھی نہیں۔ وہ بے لوث اور فرماں بردار تھا۔ وہ نماز پڑھتا اور باقاعدگی سے روزے رکھتا۔ وہ اپنے قومی رہنماؤں پر اعتماد کرتا اور اس بات پر یقین رکھتا تھا وہ جو کچھ کہتے ہیں سچ ہے۔ اس معاملے پر بحث ومباحثے کی اس کے نزدیک کوئی گنجائش نہ تھی۔ اگر کوئی اپنا اس سے اختلاف کرتا تو وہ بڑی سادگی

سے کہتا؛ ''تمھیں اس بارے میں فکر مند ہونے کی ضرورت نہیں، وہ اگر ہم سے زیادہ نہ جانتے ہوتے تو کبھی ہمارے رہنما نہ بن سکتے۔ کیا بن سکتے؟ اگر وہ احمق ہوتے تو کیا ہمارے رہنما ہوتے؟ اگر وہ تمھیں کچھ کرنے کے لیے کہتے ہیں تو تمھیں کر گزرنا چاہیے، وہ زیادہ بہتر جانتے ہیں۔ وہ اگر زیادہ نہ جانتے ہوتے تو رہنما بن ہی نہیں سکتے تھے۔''

کونت، دوسرے ہزاروں لوگوں کے ساتھ خشک موسم کی چلچلاتی دھوپ میں کھڑا، لیموزین گاڑی میں بیٹھ کر ریلی سے خطاب کے لیے آنے والے رہنماؤں کا منتظر تھا۔ وہ اس بات کے احساس سے عاری تھا کہ بھوکا پیاسا رہ کر جان بوجھ کر جلسے میں تاخیر سے آنے والے رہنماؤں کی تقریروں کو سننے کے لیے انتظار کرنا کتنی احمقانہ بات ہے۔ اس قسم کا انتظار اس کی طرز زندگی کا حصہ تھا۔ اسے عظیم رہنماؤں کو کاروں میں بیٹھے دیکھ کر بہت خوشی ہوتی تھی۔ پھر جب تقریریں شروع ہوتیں تو کونت گرمی کی شدت، بھوک پیاس حتیٰ کہ اپنے سائیکل رکشہ کو بھی بھول جاتا۔ ہر بار جب کوئی رہنما نیا اور مکاری سے بھرا نعرہ لگواتا تو کونت پورے زور سے اس کی تائید میں چلا کر جواب دیتا۔ اس نے ۱۹۴۵ء کے آئین کی بنیاد کے لیے دوبارہ اپنی جاں نثاری وقف کر دی۔ وہ ہر صدارتی حکم پر یقین رکھتا تھا۔ اسے سوئیکارنو کے ۱۹۵۹ء میں بنائے گئے منشور پر اعتماد تھا، جس میں جمہوریت، سوشلزم، اقتصادیات اور قومی کردار کے بارے میں رہنما اصول بیان کیے گئے تھے۔ وہ مغربی نیوگنی کی جدوجہد کا حامی تھا۔ وہ ان تمام باتوں کے بارے میں کبھی بھی شکوک وشبہات کا شکار نہیں ہوا تھا۔ وہ ہمیشہ اپنے دوستوں کو فخر سے بتاتا تھا کہ اس نے ملک میں جاری انقلاب میں شرکت کا کوئی موقع ہاتھ سے نہیں جانے دیا۔

اپنے دل کے کسی نہاں خانے میں وہ اپنے والدین سے اس بات پر ناراضگی محسوس کرتا تھا کہ انھوں نے اسے گیارہ سال پہلے کیوں پیدا نہیں کیا۔ جب آزادی کی تحریک شروع ہوئی تو وہ صرف گیارہ برس کا تھا۔ اس کی خواہش تھی کہ اس وقت اسے بائیس برس کا ہونا چاہیے تھا۔ تاہم اسے خوشی اس بات کی تھی کہ وہ اب بھی اس انقلاب میں حصہ لے سکتا ہے۔ اس شام ریلی میں کی جانے والی تقریریں بہت شاندار تھیں۔ حتیٰ کہ دفتر واپس جانے اور وہاں سے گھر لوٹنے تک، وہ انھیں کے سحر میں مبتلا تھا۔ کھانا کھانے اور ایک گلاس پانی پینے کے بعد اچانک اسے کمزوری کا احساس ہوا۔ اس کے سر میں درد ہونے لگا۔ اس نے بیوی سے کہا کہ وہ اس کا سر، ٹانگیں اور کمر دبائے۔ ایک وزیر نے تو بہت عمدہ تقریر کی، اس نے اپنی بیوی کو بتایا، ''اگر ہر آدمی 'کمیٹیڈ' ہو جتنا کہ وہ ہے، تو ہم مغربی نیوگنی بہت عرصہ پہلے حاصل کر چکے ہوتے۔''

شام کے چھ بجے اس کا دوست صبح کی شفٹ ختم کر کے رات کی شفٹ کے لیے سائیکل رکشہ اس کے پاس لے آیا۔ کونت نے نہا کر شام کی نماز پڑھی اور اس کے بعد رکشہ لے کر مرکزی ہائی وے کی طرف روانہ ہو گیا۔

بری ساعتوں کا آغاز رات ساڑھے گیارہ بجے ہوا۔ اس کے سر میں دوبارہ شدت سے درد شروع ہو گیا۔

طبیعت کو زیادہ خراب ہوتے دیکھ کر اس نے گھر واپس جانے کا فیصلہ کیا۔ وہ پندرہ روپے کما چکا تھا اور یہ سائیکل رکشہ کا کرایہ ادا کرنے کے لیے کافی تھا۔ اچانک ایک کار اس کے سامنے نمودار ہوئی۔ اس کا دروازہ کھلا

ہوا تھا جو اس کے کندھے سے ٹکرایا، جس سے سائیکل رکشہ کا توازن بگڑ گیا اور وہ سڑک پر جا گرا۔ کار کا دروازہ بند ہو گیا اور وہ فراٹے بھرتی ہوئی ایک طرف کو نکل گئی۔ لوگ اس کی طرف دوڑے اور شور و غل برپا ہو گیا۔

''کتنا حرام زادہ ہے، ٹکر ماری اور کار بھگا کر لے گیا۔''

''پولیس کو بلاؤ۔''

''اسے مت ہلاؤ۔''

''خدایا خیر کرے، اس کا خون تو بہت تیزی سے بہہ رہا ہے۔''

''نہ نہ، اسے مت چھیڑو۔''

''اگر مجھے وہ حرام زادہ نظر آ جائے تو اسے قتل کر دوں گا۔''

''وہ الو کا پٹھا ہمیں انسان ہی نہیں سمجھتا، اس لیے کہ اس کے پاس کار ہے۔''

''کیا کسی نے اس کا نمبر نوٹ کیا؟''

''بہت اندھیرا تھا، کچھ نظر نہیں آیا۔''

''اگر حالات ایسے ہی رہے تو لازماً ایک دوسرا انقلاب بھی آئے گا۔''

جوں ہی بہت زیادہ ہجوم ہوا، ٹریفک رک گئی۔ کار والوں نے بے صبری سے ہارن بجانا شروع کر دیے۔ پولیس آئی۔ تھوڑی دیر بعد ایمبولینس بھی سائرن بجاتی پہنچ گئی۔ کونت کو ہسپتال لے جایا گیا اور کسی نے اس کے گھر بھی اطلاع کر دی۔ کئی گھنٹوں بعد ڈاکٹر آیا۔ اس نے خون کی بوتلیں مانگیں۔ کونت کی بیوی کا خون چیک کیا گیا لیکن وہ خون کی کمی کا شکار نکلی۔ خاندان کے کسی دوسرے فرد کی تلاش ہوئی۔ پانچ دوستوں سمیت ساری فیملی اس مرض کا شکار تھی بلکہ بعض کو تو چند دوسری بیماریاں بھی لاحق تھیں۔ اب ان کے لیے سب سے بڑا مسئلہ یہ تھا کہ خون کہاں سے حاصل کیا جائے، اس کی بیوی دے سکتی ہے اور نہ دوسرے عزیز و اقارب اور دوست۔ ریڈ کراس کے بلڈ بینک خون مل تو سکتا تھا مگر اس کے لیے کسی اور گروپ کا اتنا ہی خون فوراً جمع کرانا پڑتا تھا۔ اب ایسا صحت مند آدمی کون تھا جو کونت کے لیے خون دیتا؟ شاید کونت خوش قسمت تھا۔ بلڈ بینک کا ایک ملازم کونت کے لیے خون دینے پر تیار ہو گیا۔ انھوں نے جلدی سے خون کی بوتل لی اور ہسپتال پہنچ کر نرس کے حوالے کر دی جو فوراً ہی مریض کے لیے اندر لے گئی۔ تناح باہر شدت سے انتظار کر رہی تھی۔ کچھ دیر بعد ڈاکٹر نے باہر آ کر اسے گھر چلے جانے کو کہا کہ خدا نے چاہا تو وہ ٹھیک ہو جائے گا، اس لیے وہ اطمینان سے صبح آ جائے۔ تناح اس خبر پر بڑی حد تک مطمئن ہو گئی۔

دوسری صبح جب وہ کونت کی خبر لینے ہسپتال آئی تو اسے بتایا گیا کہ کونت بے ہوشی کے عالم میں انتقال کر گیا ہے۔ وہ اس کی لاش لے جا سکتی ہے۔ تناح یہ خبر سن کر سکتہ کے عالم میں بے ہوش ہو گئی۔ اس دوران بلڈ بینک کے ملازم اور ڈاکٹر کے درمیان جو گفتگو ہو رہی تھی، اسے نہ کونت سن سکتا تھا نہ تناح۔ بلڈ بینک کا ملازم اس لیے ڈاکٹر سے جھگڑ رہا تھا کہ کونت کے لیے دیا جانے والا اس کا خون ایک وزیر کو لگا دیا تھا، جس کا ایکسیڈنٹ تقریباً اسی

وقت ہوا تھا، جب کونت کو حادثہ پیش آیا تھا۔ وزیر کو بچانے کے لیے خون کی اشد ضرورت تھی اور اتفاق سے اس کے خون کا گروپ بھی وہی تھا جو کونت کا تھا۔

''لیکن کیوں؟'' ملازم نے غصے سے کہا۔ ''میں نے تو رکشہ ڈرائیور کی مدد کی تھی، کیوں کہ کوئی اور اسے خون دینے کو تیار نہ تھا۔''

''اپنے غصے پر قابو پاؤ۔'' ڈاکٹر نے اسے جواب دیتے ہوئے کہا، ''ایک وزیر کسی سائیکل رکشہ چلانے والے سے، اس ملک کے لیے سوگنا زیادہ اہم ہے۔ کیا تم اس سے اتفاق نہیں کرو گے؟''

بلڈ بینک کا ملازم ڈاکٹر کی اس بات سے قطعاً مطمئن نہیں تھا۔ لیکن اگر کونت سننے کے قابل ہوتا تو ڈاکٹر کی یہ بات سن کر یقیناً مسکراتا۔ یہ سوچ کر کہ انقلاب کے لیے اس کی خدمات کسی کام تو آئیں۔ اس نے اپنی جان دے دی تا کہ رہنماؤں میں سے ایک رہنما زندہ رہ کر شاید اس انقلاب کو جلد نتیجہ خیز بنا دے جو آزادی کے لیے ضروری ہے۔

باغیوں کا گڑھ

جوزے ڈیلیسے جونیئر (فلپائن)

ترجمہ: مصطفی نذیر احمد

جوزے ڈیلیسے جونیئر، Jose Dalisay Jr. ۱۹۵۴ء میں رومبلون کے جزیرے پر واقع ایک گاؤں میں پیدا ہوئے۔ ان کا خاندان بعد میں نقل مکانی کر کے منیلا آ گیا۔ ۱۹۷۰ء میں انھوں نے یونیورسٹی کی تعلیم کا آغاز کیا لیکن مالی دشواریوں کے باعث ایک سال بعد ہی تعلیمی سلسلہ منقطع کرنے پر مجبور ہو گئے۔ اگلی دہائی کے دوران وہ مختلف پیشوں سے، جن میں صحافت بھی شامل تھی، منسلک رہے۔ بعد میں نھوں نے یعنی ۱۹۸۴ء میں فلپائن یونیورسٹی سے انگریزی میں بی اے کیا اور اگلے دو سال تک یہیں پڑھایا۔ اسکالرشپ کے تحت مشی گن یونیورسٹی میں انھوں نے تخلیقی ادب میں ایم ایف اے کیا، پھر وسکونسن یونیورسٹی سے انگریزی میں پی ایچ ڈی مکمل کی۔ زیر نظر افسانہ فلپائن میں نیو پیپلز آرمی کی بغاوت کی ہو بہو تصویر کشی کرتی ہے۔ ڈیلیسے کے افسانوں کے دو مجموعے شائع ہو چکے ہیں۔ وہ بالی اور چین میں ہونے والے ادبی کانفرنسوں میں فلپائن کی نمائندگی کر چکے ہیں۔ فی الحال وہ فلپائن یونیورسٹی کے شعبۂ انگریزی کے رکن ہیں۔

دھندلا دھندلا سا نور کا تڑکا ہوا، جیسے شکست خوردہ فوج کا سپاہی سویرے کے بگل بجنے پر مایوسی کے ساتھ اٹھ کھڑا ہوتا ہے۔ بلا مقصد، بلا وجہ، سپاہی کی طرح۔ سرمئی آسمان پر سورج کسی زرد دھبے کی مانند تھا۔ وہ کانپا، ٹھٹھرا اور تیزی سے اس سیلن میں تحلیل ہو گیا جو پڑاؤ اور اس میں موجود ہر شے پر چھائی ہوئی تھی اور بخارات سے بھرپور ہوا نے ہر خیمے گھوڑوں کی لید، گھاس، جوان جگہوں سے پامال ہو چکی تھی جہاں سے بارود سے لدے ہوئے چھکڑے گزرے تھے، الکحل اور ایتھر، پیپ بھرے زخم، بارود اور جلی ہوئی لکڑی میں صبح کو دھکیل دیا۔

جنگ کی سختیوں کے باوجود فیرارز ہوش منداور بااخلاق شخص تھا۔ روزانہ اس کا سابقہ ٹوٹی ٹانگوں اور کٹے پھٹے انسانی اعضا سے پڑتا اور وہ انھیں ٹھیک کرنے کی کوشش کرتا۔ خون اس کے پیشے کا حصہ تھا، موت کی طبعی حقیقت کا پہلا سبق ہے جو کوئی بھی سرجن سیکھتا ہے۔ فوج کے ڈاکٹروں کو تو بدترین تجربات کا سامنا کرنا پڑتا، بڑی تعداد میں لوگ ایک دوسرے پر پِل پڑتے اور جب ان کا کام ختم ہو جاتا تو انھیں چھکڑوں میں ڈال کر واپس لایا جاتا۔ وہ ان سے پُرسکون انداز میں ملتا، تدفین پر مامور دستہ اس کے پاس موجود ہوتا، موت کی تصدیق کرنا ان کا سب سے آسان کام تھا۔ یہ فیصلہ کرنا بھی اس سے تھوڑا ہی زیادہ مشکل تھا کہ زخمیوں میں سے کس کس کو محاذ جنگ پر واپس بھیجا جائے۔

بیماری کا بہانہ کرنے والوں کو وہ اپنی تجربہ کار نظر سے فوراً بھانپ لیتا۔ ان کے چہرے ہمدردی کے طلب گار ہوتے لیکن فیرارز کے پاس اس بڑے خیمے میں، جسے وہ میدانی اسپتال کہتے، شدید زخمیوں کے لیے بھی کافی جگہ نہیں تھی۔ صرف ان لوگوں کو محاذ جنگ سے عارضی رخصت ملتی جو اپنے دو پیروں پر چلنے کے قابل نہ ہوتے۔ کم از کم تین لوگ پہلے ہی بخوشی اپنے پاؤں ضائع کر چکے تھے، ان کے زخموں کی نوعیت مشکوک تھی لیکن فیرارز نے فوجی عدالت کے کام میں معاونت کی زحمت گوارا نہ کی۔

فیرارز جنگ اور فوج، جس سے اس کا برائے نام تعلق تھا، کی زیادہ پرواہ نہیں کرتا تھا، جنگ کی بے مقصدیت اس پر بہت پہلے عیاں تھی۔ مقامی باشندوں نے انقلاب برپا کر دیا تھا اور اس انقلاب کو طاقت سے کچلنے کی مہم انھیں سونپی گئی تھی۔ ان کی بٹالین قصبوں اور گاؤں سے جن کے نام بزرگوں کے ایک سلسلے پر رکھے گئے تھے، گزرتی ہوئی اندرونی علاقوں میں داخل ہوگئی۔ بیابان میں ہر آبادی اپنے سے پہلے والی آبادی سے زیادہ آفت زدہ دکھائی دیتی۔ فیرارز کو وہ بوڑھا آدمی یاد تھا جو انھیں سان وکٹورینو میں ملا۔ وہ دنیا و مافیہا سے بے خبر تھا اور اس کے منھ سے پان کی پیک بہہ رہی تھی۔ فیرارز کو سانافے کا سردار بھی یاد تھا جو اپنے جھنڈے کی نقل کے ساتھ دوڑا دوڑا ان کے استقبال کے لیے آیا۔ انھیں گولیاں مارنے کے بعد ان کے دیہات جلا دیے گئے اور فوج آگے بڑھ گئی۔ ان کے جانے کے بعد مقامی لوگ تازہ بانس اور تاڑ کے پتوں کے ساتھ دوبارہ نمودار ہوتے۔ ایک دن سے بھی کم میں گاؤں دوبارہ بن جاتے اور ناریل کی شراب کے ساتھ سؤر ذبح کیے جاتے۔ لوگ جی بھر کر تفریح کرتے، ناچتے اور سیر ہونے کے بعد وقفے وقفے سے سوتے۔

پہاڑوں میں باغیوں کی پوری فوج موجود تھی، جس کے اپنے جرنل، کرنل اور کپتان تھے۔ یہ افسر وردیاں پہنتے تھے جب کہ جوانوں کے لیے لباس کی کوئی قید نہیں تھی۔ فیرارز نے یہاں تک سنا تھا کہ وہ کیلے کے پتے بھی پہن لیتے ہیں اور پھر اسی طرح بھیس بدلے دشمن کے خیموں میں گھس کر ان کی گردنیں کاٹ دیتے ہیں۔ افواہوں کے مطابق باغی لوگ بندروں کو بھی اس کام کی تربیت دیتے، وہ سوئے ہوؤں پر سانپ اور جونکیں چھوڑ دیتے اور ندیوں کنوؤں کو مغویوں کے خون سے رنگ دیتے۔ فیرارز جانتا تھا کہ ان افواہوں میں زیادہ صداقت نہیں ہے، تذبذب کی وجہ سے لوگ کم از کم چوکنے تو رہتے تھے۔ لاشیں آتی رہیں، کسی کے گردے میں گولی لگی ہوتی تو

کسی کے دماغ میں۔ نہ وہاں بندر تھے اور نہ ہی تیز دھار والے پتے، صرف مرگ آور گولیاں اگلتی ہوئی بندوقیں تھیں۔ دشمن کی فوج بھی تربیت یافتہ نوجوانوں پر مشتمل تھی۔ جہاں تک فیرارز کا تعلق تھا، وہ کسی شخص یا کسی چیز کے لیے کوئی غیر معمولی جذبہ نہیں محسوس کرتا تھا اور اپنے ساتھی افسروں کے برعکس جنگ سے خاصا لاتعلق تھا لیکن اس کے ساتھ ساتھ وہ یہ بھی سمجھتا تھا کہ انسانوں کا آپس میں جھگڑنا اور ایک دوسرے کا قتل و غارت کرنا انسانی عقل ناقص ہونے کی وجہ سے ایک قدرتی امر ہے۔

فیرارز اپنی ذمہ داریاں کسی وابستگی کے بغیر اور مستقل مزاجی سے ادا کرتا تھا۔ جنگ سے قبل وہ کچھ عرصہ کے لیے دارالحکومت کے خیراتی اسپتال میں کام کر چکا تھا۔ وہ ہر قسم کے مریضوں کا علاج کر چکا تھا اور اسے تمام بیماریوں کے متعلق معلومات تھی۔ اس میں وہ صلاحیت پیدا ہو چکی تھی جسے لوگ بصیرت اور اہلیت سے تعبیر کرتے تھے۔ وہ ہر لحاظ سے بہترین ڈاکٹر تھا لیکن شیو کرتے ہوئے اپنی آنکھوں میں تھکن دیکھ کر اسے احساس ہوتا کہ وہ بور ہو چکا ہے اور بیماری اور زخموں سے نفرت کرتا ہے۔

انھیں باغیوں کے گڑھ میں داخل ہوئے پانچ دن ہو چکے تھے۔ وہ باغیوں کے ایک دستے کا پیچھا کرتے ہوئے آئے تھے جو تعداد میں ان سے ایک چوتھائی سے زیادہ نہیں تھے۔ مقابلے کے لیے بے چین جوان جنگلوں میں گھس گئے۔ پہلے گشتی دستوں کو کوئی نہ ملا، ان کے بعد آنے والوں کا استقبال وحشیانہ فائرنگ سے کیا گیا۔ پہلا دستہ واپس مڑا لیکن ایک مرتبہ پھر اسے کوئی نہ ملا۔ اپنے ساتھیوں کی لاشیں واپس لاتے ہوئے انھیں کسی عجیب و غریب مقامی لہجے میں قہقہے اور چیخیں سنائی دیں۔ جو لوگ انھیں لوٹنے کی دھمکی دے رہے تھے، وہ ان کا مذاق اڑا رہے تھے۔

اسے دوپہر سے کچھ پہلے دینگاس نامی سپاہی کی سر بریدہ لاش کے ساتھ واپس لایا گیا۔ اس کی مشکیں کسی ہوئی تھیں۔ چوبیس سالہ دینگاس گزشتہ رات اگلے مورچے پر پہرہ دے رہا تھا اور اپنے سے پہلے والے چند خوش نصیبوں کی جنگجوؤں کے سحر میں گرفتار ہو گیا تھا۔ یہ نہ تو افواہ تھی اور نہ ہی شیطان کا کام۔ بعض راتوں کو جب موسم سازگار ہوتا، جبلت ساتھ دیتی اور موذی جانوروں کی طرف سے حملے کا خطرہ نہ ہوتا تو ایک خاندان کے جگنو اولتی تلے گیند کی شکل میں جمع ہوتے۔ رات کے وقت یہ روشن چھتے مہاگنی کے پتوں کے رنگ والے آسمان میں نیچے لٹکے ہوئے چاند کی طرح لرزتے۔ کبھی کبھی اس طرح کی گیند اچانک اپنی جگہ سے ہلتی یا ہزاروں خمیوہ، لافانی چنگاریوں میں منتشر ہو جاتی۔ جب دینگاس اس کی طرف بڑھا تو ایسے ہی ہوا۔ محفوظ فاصلے پر پہنچ کر جگنوؤں نے دوبارہ گیند کی شکل اختیار کر لی جو دھند میں روشن الاؤ کی مانند تھی اور دینگاس اپنی قسمت پر پھولے نہ سماتا اور ان الفاظ کے متعلق سوچتا ہوا جو وہ اپنی بیوی کے نام خط میں استعمال کرے گا، جگنوؤں کے پیچھے بھاگا، رائفل اس کے پہلو سے ٹکرا رہی تھی۔ یک دم سے اس کا سامنا دشمن سے ہو گیا۔

دینگاس اپنی جگہ پر جم گیا، کندھے پر سے رائفل اتاری اور ان انگلیوں کو پرے دھکیلنے کی سر توڑ کوشش کرنے لگا جو اس کی انتڑیوں میں اتر رہی تھیں۔ اس نے چیخ ماری لیکن وہ اس کے حلق سے باہر نہ آسکی۔ وہ اپنے

دشمن کو پرے دھکیلنے میں کامیاب ہوگیا۔ بے وفا جگنو خطرہ محسوس کرتے ہوئے اُڑ گئے۔ ڈینگاس نے ایک درخت کے ساتھ ٹیک لگائی اور اپنی رائفل کو سینے سے لگا لیا جیسے وہ مقدس صلیب ہو۔ وہ آدمی یقیناً دشمن تھا، کیوں کہ اس کے ساتھ پہرے پر مامور واحد شخص اس کا اچھا دوست سائمن تھا جو اس وقت چوکی میں سو رہا تھا۔ سائمن نے کبھی یہ روشنیاں نہیں دیکھی تھیں، دیکھتا تو اس کی کہانی سے بہت لطف اندوز ہوتا لیکن سائمن پہلے ہی ایک باغی کو گولی مار چکا تھا، جب کہ اس سے پہلے ڈینگاس کا سامنا کبھی کسی باغی سے نہیں ہوا تھا۔ اس کے سینے میں ایک جذبہ ابھرا، ایک قسم کی جرأت، ذرا سی ہمت کر کے وہ بھی اپنا پہلا شکار کر سکتا تھا۔ اس نے اپنا سانس ہموار کیا اور رائفل پر گرفت ڈھیلی کر کے دشمن کا انتظار کرنے لگا۔

گولی اس کے دل کے نیچے انتڑیوں میں لگی لیکن کسی ہڈی کو نقصان نہیں پہنچا۔ اسے تکلیف سے زیادہ حیرت ہوئی اور وہ ناک اور منہ کے بل کیچڑ میں گر گیا۔

بوٹ چھپ چھپ کرتے ہوئے اس کی طرف بڑھے، اس کے قدموں کے قریب آ کر رک گئے اور پھر اس کے پہلو کی طرف مڑے۔ وہ جو کوئی بھی تھا، اسے اپنی سانس درست کرنے میں وقت لگا۔

اسے درد کا پہلا احساس حرکت پر ہوا، بوٹوں والے شخص نے اسے رائفل کے کچوکے سے سیدھا کرنے کی کوشش کی۔ اس شخص کو دوبارہ رائفل استعمال کرنے پر اکسانے کے بجائے باغی اپنا وزن ایک طرف کو منتقل کرتا ہوا خود ہی سیدھا ہو گیا۔ اسے اپنی رگوں میں پگھلی ہوئی آگ دوڑتی محسوس ہوئی، لیکن اس نے اس ٹھنک کے خلاف کچھ نہ کیا جو اس کے پیروں سے اوپر کی طرف رینگ رہی تھی۔ اسے اپنے منہ میں نمک اور تیل کا ذائقہ محسوس ہوا۔ اس کا سر ایک طرف کو ڈھلک گیا، آدمی دوسری طرف تھا۔ اپنی آنکھوں کو تھوڑا سا کھولتے ہوئے اس نے دیکھا کہ بو (ایک طرح کا بڑا سا وزنی چاقو جو چھرے کی مانند ہوتا ہے) اس کی پہنچ میں پڑا ہے۔ اس نے جیسے ہی حرکت کی، فوجی فوراً تن گیا اور رائفل اس کے جبڑے سے لگا دی۔

وہ بے حس و حرکت پڑا رہا اور اپنی آنکھیں بند کر لیں۔ فوجی جانتا تھا کہ وہ زندہ ہے لیکن اس نے فیصلہ نہیں کیا تھا کہ اس کے ساتھ کیا سلوک کرے۔ رائفل کی نالی باغی کے جبڑے سے اوپر اٹھی، فوجی اس پر جھک گیا۔ باغی نے اس کی سانس سے اندازہ لگایا کہ اس کا منہ کتنے فاصلے پر ہے۔ ایک ہاتھ نے اس کی جیب کی تلاشی لی، پھر یک دم رک گیا۔ فوجی کو پہلی مرتبہ احساس ہوا کہ اس کا دشمن باوردی ہے۔ گو ابھی وہ نوعمر ہی تھا لیکن اس کی آنکھیں کسی بالغ شخص کی تھیں۔ پھر جیسے ہی لڑکے نے بولو پکڑا اور ایک دردناک چیخ کے ساتھ ڈینگاس کا سر تن سے جدا کیا۔ یہ آنکھیں یک دم کھلیں اور ٹکٹکی باندھ کر اسے دیکھنے لگیں۔

اس صبح سائمن نے ہی باغی اور اپنے سر بریدہ دوست کو دریافت کیا۔ سائمن حیرت و استعجاب سے منہ کھولے یہ منظر دیکھتا رہا، پھر لڑکے کے جسم پر غصہ اتارنا شروع کر دیا۔

سائمن نے ڈینگاس کی رائفل اٹھائی اور لڑکے کے چہرے کا نشانہ باندھ کر فائر کر دیا، لیکن رائفل کا چیمبر خالی تھا۔ سائمن نے رائفل ہوا میں بلند کی اور پوری طاقت کے ساتھ باغی کے منہ پر دے ماری۔ دانت ٹوٹنے کی

آواز اور ایک بمشکل قابل سماعت کراہ سنائی دی۔

سائمن چیخا اور خوف سے رائفل پرے پھینک دی جیسے وہ شیطان کی چھڑی ہو۔ لڑکا زندہ تھا۔ دینگاس کے کیچڑ میں پڑے ہوئے چہرے سے بھی ایسا ہی خوف اور حیرت ٹپک رہی تھی۔

اپنا اوورکوٹ کندھوں کے گرد سمیٹتے ہوئے پھاٹک پر میجر بھی فیرارز اور تدفین پر مامور دستے کے ساتھ آ ملا۔ بارش کے آثار نمایاں تھے۔ میجر چھوٹے قد کا آدمی تھا، گو ایسا دکھائی دیتا تھا کہ کسی زمانے میں وہ کہیں کہیں سے بھرے جسم کا ہو گا لیکن وہ کمزور نہیں تھا، توانائی اس کے اندر کوٹ کوٹ کر بھری ہوئی تھی۔

وہ ایک عملی آدمی تھا جو خودنمائی کو جذبات بلکہ آرام وسکون پر بھی ترجیح دیتا تھا۔ اپنی ہتھیلیاں رگڑتا ہوا فیرارز اس کے ساتھ کھڑا ہوا خاصا احمق دکھائی دیتا تھا۔ یہ سردی سے زیادہ بے صبری تھی، یا پھر بے چین اعصاب کا نتیجہ، کھانا تیار تھا اور چھکڑا تھا کہ آنے کا نام ہی نہیں لے رہا تھا۔ سائمن سے بات چیت کرنے کے بعد فیرارز اس کے پاس ہی ٹھہر گیا تھا۔ اسے پہلے ہی یقین ہو چکا تھا کہ سائمن کو کوئی دیرپا نقصان نہیں پہنچا اور چند دنوں میں مرچ مصالحہ لگا کر وہ خود ہی اپنی کہانی کا مرکزی کردار بن جائے گا لیکن میجر نے بروقت پہنچ کر اصل کہانی سن لی تھی اور باغی اور دینگاس کی لاش منگوانے کے لیے آدمی بھیج چکا تھا۔

بوندا باندی شروع ہو گئی اور فرارز نے اپنے سر پر ٹوپی رکھ لی۔ میجر نے جو کھلی جگہ میں ہمیشہ ٹوپی پہنتا تھا ،اس پر سرسری نظر دوڑائی اور دوبارہ سڑک کو تکنے لگا۔

میجر کے دماغ میں ہندسے، منصوبے اور ہر قسم کے خطرناک اور شیطانی خواب گردش کر رہے تھے۔ اندرونی علاقوں میں آنے کے بعد پانچ دن سے بھی کم ہیں، دشمن کی چھ لاشوں کے مقابلے میں وہ تقریباً دو درجن آدمی گنوا چکا تھا۔ اس نے ان چھ کی چھ لاشوں کا معائنہ کیا تھا اور ان سب کو ناقابل بازیافت طور پر اور بے فائدہ طور پر مردہ پا کر مشتعل ہو گیا تھا۔ شک وشبہ سے بالاتر ہونے کے لیے اس نے اپنی تلوار کا کونا ان میں سے ایک کی آنکھ میں چبھویا تھا، انڈے کی سفیدی کی طرح کوئی چیز باہر نکلی۔ اس نے مردہ آدمی کا کالر ایک طرف ہٹایا اور گردن کی ایک جانب زخم کا نشان دیکھا۔ وہ سب کے سب کسان تھے، ان کے پاؤں بڑے بڑے تھے اور ایڑیاں پھٹی ہوئی تھیں۔ اس کے اپنے آدمیوں کی لاشیں بھی زیادہ تر جوتوں کے بغیر واپس آئیں، بلکہ جب انھیں واپس لانے میں تھوڑی تاخیر ہو جاتی تو وہ قابل کراہت انداز میں برہنہ ہوتیں لیکن اس سے بڑھ کر قابل نفرت بات یہ تھی کہ ان دو درجن میں سے بہت سوں کے کان اور ناک غائب تھے، یا پھر ضروری ترین حصے بری طرح کٹے ہوئے تھے۔ چونکہ سب کے سب آدمیوں کو گولیوں سے ہلاک کیا گیا تھا، یہ اخذ کرنا پڑا کہ دشمن یہ گھناؤنا کھیل اضافی طور پر کھیل رہا ہے۔ ایک آدمی ایسا بھی تھا، جو زندہ واپس آیا لیکن اس کے ہاتھ کلائیوں سے بڑی نفاست سے کاٹ دیے گئے تھے۔ ڈاکٹر کی دواؤں کا اثر ہونے سے پہلے اس کی ہولناک چیخیں گونجتی رہیں اور اب دینگاس کا سر کاٹ دیا گیا تھا۔ میجر نے اس سر کٹے فوجی کے متعلق سوچا جس کے پاس چیخنے کے لیے منہ بھی نہیں تھا۔

میجر نے سڑک پر آتے ہوئے چھکڑے کی طرف دیکھا جسے ایک مقامی بیل کھینچ رہا تھا۔ بیل کا سر ایک

طرف سے دوسری طرف کو جھول رہا تھا۔ بیوقوف دینگاس نے بھی یقیناً اپنی گردن اسی طرح سے آگے کو نکالی ہوگی۔

فیرارز نے اپنی جیب سے رومال نکالا اور ناک صاف کی۔ تدفین پر مامور دستہ اپنے بیلچوں پر جھکے ہوئے دو آدمیوں پر مشتمل تھا۔ انھوں نے ماندگی سے چھکڑے کی طرف دیکھا۔ فیرارز نے جگہ تبدیل کی اور بے خیالی سے رومال تہہ کیا۔ قبر کھودنے والوں میں سے جو زیادہ لمبا تھا، اس نے اپنا بیلچہ گیلی زمین سے باہر کھینچا جو ہلکی سی آواز کے ساتھ باہر آ گیا۔

ہلکی بارش میجر کی ٹوپی کے چمکیلے چھجے پر سے پھسلی، اس نے ٹوپی اپنی آنکھوں پر تھوڑی سی جھکا لی، لہٰذا اب اسے افق خمیدہ نظر آ رہا تھا۔ اس تعیناتی سے پہلے اکیڈمی میں لوگ کہا کرتے تھے کہ اس کی شخصیت میں ایک خاص جاذبیت ہے، عورتوں کے لیے لطیف حس مزاح اور مردانہ مباحثوں کے لیے حالات حاضرہ کا تباہ کن علم۔ لیکن بندوں سے بھرے ہوئے ان جزیروں میں میجر کو اپنی جاذبیت اور بذلہ سنجی دکھانے کے کم ہی مواقع ملے تھے۔ ان کی جنگ کی مختصر مدت میں اس صبح تک اسے اپنے جسم میں وہ سنسنی محسوس ہوئی تھی جو کسی بھی جنگ کے پہلے دن محسوس ہوتی ہے۔

وہ باغی سے ملنا اور ان کے پہلے زندہ قیدی کی موجودگی کی تصدیق خود کرنا چاہتا تھا۔ اگر سائمن کی اطلاع درست تھی تو دشمن فوج کا ایک افسر ان کے ہاتھ آ گیا تھا۔ یہ نہیں تھا کہ میجر مقامی عہدوں کو خاطر میں لاتا تھا، عین ممکن تھا وہ لڑکا کچھ کام کی باتیں بتا سکے۔

چھکڑا ان کے سامنے آ کر رکا اور میجر نے دشمن کو دیکھا۔ اس کا نوجوان چہرہ مقامی لوگوں کی طرح سادہ تھا۔ گالوں کی ہڈیاں اوپر کو اٹھی ہوئی ناک چپٹی اور جبڑا ابڑا تھا۔ وہ ایک سپاٹ چہرہ تھا جس نے میجر کو کچھ نہ بتایا۔ فیرارز نے چھکڑے میں پڑے ہوئے ٹوٹے پھوٹے جسم کو دیکھا اور اسے ایک اور چہرہ نظر آیا۔ ایک ایسا چہرہ جسے بے دردی سے پیٹا گیا تھا۔ اس کے ہونٹ کٹے اور سوجے ہوئے تھے۔ ایک ٹوٹے ہوئے دانت کا نوکدار کونا کھلے منھ سے باہر جھانک رہا تھا۔ ایک گال سیاہ پڑ رہا تھا۔ یہ ٹوٹی ہوئی ہڈیوں، گندگی اور سیال؛ خون، تھوک، کیچڑ اور بارش کا ملغوبہ تھا جیسے لڑکا رائفل کے بٹوں اور چمڑے کی ایڑیوں کے ساتھ طوفان میں بغیر کسی حفاظت کے گھومتا رہا ہو۔ فیرارز نے ان آدمیوں پر نظر دوڑائی جو چھکڑے کے ساتھ گئے تھے۔ وہ کہیں اور دیکھ رہے تھے۔ کوئی بھی دینگاس کی لاش یا سر جو بوری میں پڑے ہوئے تھے، لانے کے لیے نہیں جا رہا تھا۔

میجر نے لڑکے کی وردی کا جائزہ لیا جس پر نہ کوئی نام تھا اور نہ ہی عہدے کا نشان۔ میجر نے اندازہ لگایا کہ وہ لڑکا غالباً نائیک تھا اور اس کی عمر سولہ برس تھی۔ دشمن ہر حربہ استعمال کرنے پر مجبور تھا۔ لڑکے پاس کوئی آتشیں ہتھیار نہیں تھا۔ وہ بہت ہی غریب باغی تھا لیکن پھر بھی میجر نے اس کے لیے رحم یا ہمدردی کا جذبہ محسوس نہیں کیا۔

فیرارز کھانسا اور میجر نے اثبات میں سر ہلایا۔ ڈاکٹر نے لڑکے کی قمیص کھولی اور زخم کا معائنہ کیا۔ اس نے چھکڑے کے نگران سارجنٹ سے کچھ پوچھا جس نے جواب میں کندھے اچکائے۔ وہ لڑکے کے جسم پر جھکا اور

اس کے دوسرے بازو پر ہاتھ پھیرا۔ وہاں کچھ نہ پا کر ایک لمحے کے لیے اس نے سوچا کہ کسی فوجی نے انتقاماً اس لڑکے کا بازو کاٹ دیا ہے لیکن آستین کے باہر والے حصے پر زیادہ خون نہیں لگا ہوا تھا۔ فیرارز نے بازو جسم کے نیچے سے باہر نکالا، بازو ٹوٹا ہوا تھا۔

لڑکے کو گولی لگی تھی، اس کی ہڈیاں ٹوٹی ہوئی تھیں اور اسے بے دردی سے پیٹا گیا تھا۔ فیرارز نے متوقع پیچیدگیوں اور اس جسم میں ہونے والی ٹوٹ پھوٹ کے متعلق سوچا۔ ہذیان کے دورے، گلتا سڑتا ہوا گوشت اور ان سب باتوں سے بڑھ کر یہ کہ لڑکے کی زندگی میں کوئی امید باقی نہیں بچی تھی۔ فیرارز قریب قریب افسردہ ہو گیا۔

''یہ نہیں بچے گا۔'' اس نے شائستگی سے ایک طرف ہوتے ہوئے میجر سے کہا اور دوبارہ رومال سے ناک صاف کی۔ موسم انتہائی خراب تھا لیکن اسے اپنی بھوری اونی جیکٹ کے اندر سردی نہیں لگ رہی تھی۔ اس نے لڑکے، جو کسی طرح بھی چھکڑے کی سواری کے قابل نہیں لگتا تھا، متعلق سوچا کہ اس کا مزید ایک گھنٹے بچنا بھی مشکل ہے۔

میجر نے بغیر کچھ کہے بغور لڑکے کے جسم کی طرف دیکھا۔ فیرارز نے انگلی کے اشارے سے دونوں گورکنوں کو بلایا جو اپنے بیلچے پھینک کر دوڑے دوڑے آئے۔ انھوں نے لڑکے کو پیروں سے پکڑ کر چھکڑے سے نیچے کھینچا، جب انھوں نے اسے ٹوٹے ہوئے بازو سے پکڑنے کی کوشش کی تو اس کا جسم ایک طرف کو لٹک گیا۔ فوجی ہنسنے لگے۔ ڈینگاس کی کٹی ہوئی گردن نے ان کی طرف دیکھا جیسے ان کی ہنسی میں شریک ہونا چاہتی ہو۔ اب کوئی ڈینگاس سے خوفزدہ نہیں تھا، انھوں نے اپنا خوف لڑکے پر اتار دیا تھا۔ فیرارز نے ہاتھ بڑھا کر بوری کا منھ کھولا اور اس کے اندر جھانکا، مسکراہٹیں غائب ہو گئیں اور ہر شخص نے اپنے دل میں ڈاکٹر سے التجا کی کہ سر کو وہیں پڑا رہنے دے جہاں وہ تھا۔ فیرارز کو صرف پیشہ وارانہ تجسس تھا۔ وہ اس سے پہلے لاشوں پر ہر قسم کے تجربے کر چکا تھا لیکن کبھی اتنے فیصلہ کن انداز میں نہیں۔

''اسے زندہ کرو۔'' میجر نے کہا۔

فیرارز کو فوراً احساس ہو گیا کہ میجر ڈینگاس کی بات نہیں کر رہا۔ لڑکے کو بچانا قریب قریب ناممکن تھا، لیکن میجر تو پہلے ہی اپنے آدمیوں کو اسٹریچر لانے کا حکم دے چکا تھا۔ کسی کے وہم و گمان میں بھی نہیں تھا کہ اسٹریچر کی ضرورت پڑے گی۔

فیرارز چھکڑے کے قریب کھڑا تھا اور لڑکا اس کے قدموں میں پڑا تھا۔

''میں اسے نہیں بچا سکتا۔'' اس نے کہا۔

''کوشش کرو فیرارز۔ اس سے تمھارا فائدہ ہو گا۔''

''میں تمھیں بتا رہا ہوں، یہ لڑکا۔۔۔''

''جیسا میں کہہ رہا ہوں ویسا کرو۔'' میجر چلایا۔

فیرارز بھی غصے میں کانپنے لگا لیکن میجر دوبارہ سے اس کے پاس آیا اور زیادہ دھیمی آواز میں بات کی۔

''اسے بچاؤ۔ یہ لڑکا ہماری مدد کر سکتا ہے۔ اسے بچانے میں میری مدد کرو۔''

یہ درست تھا۔ فیرارز نے اپنا غصہ کم کرنے کے لیے ٹھنڈی سانس بھری اور کام کی مشکلات کے متعلق سوچ بچار کرنے لگا۔

بستر پر تین دن گزارنے کے بعد لڑکا ہوش میں آ گیا اور چیخنے چلانے لگا۔ یہ خبر سنتے ہی فیرارز دوڑا دوڑا خیمے میں واپس آیا۔ اس نے لڑکے کو اپنے خیمے میں منتقل کرنے پر اصرار کیا تھا۔ اسے اس بات کا پورا یقین تھا کہ تندرست ہونے کے بعد لڑکے سے اچھا سلوک نہیں کیا جائے گا۔ وہ لڑکا دشمن تھا، اس نے ان کے ایک فوجی کو ہلاک کیا تھا۔ وہ اس بات کا مستحق نہیں تھا کہ اس کا علاج اور تیمارداری اتنے شاہانہ انداز میں کی جائیں۔ میجر نے فیرارز کی تجویز مان لی تھی لیکن اس کے خیمے کے گرد پہرے دار مامور کر دیے گئے تھے۔

فیرارز نے تین دن تک دیوانہ وار کام کیا۔ وہ لڑکے کے زخم دھوتا اور ان پر مرہم پٹی کرتا، بازو کو صحیح جگہ پر جماتا اور سوجن پر ٹھنڈی پٹیاں رکھتا۔ اس نے پھپھوندی لگے ہوئے بکسوں سے اپنی کتابیں نکالیں، ان پر سے گرد جھاڑی اور مریض کو تندرست کرنے کے جذبے کو دوبارہ زندہ کیا۔ جب اس کا کام مکمل ہو گیا تو اس کے پاس لڑکے کے ہوش میں آنے کا انتظار کرنے کے سوا اور کوئی کام نہیں تھا۔ یونیورسٹی میں داخل ہونے کے بعد سے اس نے خود کو کبھی اتنا ایماندار آدمی نہیں محسوس کیا تھا۔

بہت جلد لڑکے کی ملاقات میجر سے ہونے والی تھی۔ فیرارز کو خود بھی قطعی طور پر لڑکے کے بارے میں میجر کے منصوبوں کا علم نہیں تھا۔ یقیناً لڑکا کسی خاص اہمیت کا حامل نہیں تھا، لیکن اس نے ان کے ایک فوجی کو ہلاک کیا تھا اور وہ بھی بہت ہولناک طریقے سے، وہ حیوانی عمل تھا، کسی بھی طرح جنگی فعل نہیں۔ بلاشک و شبہ لڑکے کو دینگاس سے اپنا تحفظ کرنے کی ضرورت پڑ سکتی تھی۔ شاید لڑکے کو یرغمال بنا لیا جائے، ہاں شاید میجر نے ایسا بھی سوچا ہو۔ شاید لڑکے کا تبادلہ ان کے کسی گمشدہ فوجی سے کر لیا جائے۔ فیرارز نے خود کو اپنی سوچوں میں لڑکے کی زندگی کی بھیک مانگتے ہوئے پایا اور اسے اپنی امیدوں پر، جو آندھی میں پتوں کی مانند تھی، افسوس ہوا۔

اس کا نام میکاریگ تھا اور عمر پندرہ سال تھی۔ اس کے بارے میں بس یہی کچھ پتہ چلا تھا۔ وہ آزادی کی فوج میں سپاہی تھا۔ اس نے اپنی وردی کی طرف اشارہ کیا۔ وہ کسی رشتہ دار کی تھی، جو غالباً کپتان تھا، وہ پورے یقین سے نہیں کہہ سکتا تھا۔ اوپر پہاڑوں میں جہاں وہ ٹھہرے ہوئے تھے، بہت سردی تھی۔ اس رات انھوں نے اسے لکڑیاں لینے بھیجا تھا۔ وہ قمیص اس نے ادھار مانگی تھی، کیوں کہ اس کا کپڑا موٹا تھا۔ وہ راستہ بھول گیا تھا۔ کیسے؟ میکاریگ نے یاد کرنے کی بہت کوشش کی لیکن اس کا ذہن بالکل خالی تھا۔ پہلے سوال آسان تھے۔ اس کے اعصاب تن گئے اور اس نے سانس لینے کی کوشش کی۔ اس کے سینے میں درد کی لہر دوڑ گئی، اسے اپنا بایاں پہلو بھی اصل سے تین گنا بڑا محسوس ہو رہا تھا۔ الفاظ اس کے ہونٹوں سے، جنھیں وہ بمشکل علیحدہ کر سکتا تھا، پھسلتے تھے اور وہ بھی بڑی تکلیف کے ساتھ، وہ مجسم درد تھا۔ اس پر بھی وہ آدمی اس سے توقع کر رہا تھا کہ وہ سوچے۔

اس آدمی کی داڑھی مضحکہ خیز تھی لیکن میکاریگ ہنس نہیں سکتا تھا۔ اس آدمی نے اسے چمچہ چمچہ کر کے

پیالے سے سوپ پلایا تھا۔ اسے صرف نمک کا ذائقہ محسوس ہوتا لیکن حلق سے اترنے کے بعد اس کی حدت اچھی لگتی۔

اس آدمی کی آواز خیمے کے باہر سے آنے والی دوسری آوازوں سے مختلف تھی۔ اس آدمی کی آواز ٹھوس تھی اور اس کا لہجہ کرخت تھا لیکن لڑکا اس آواز کا عادی ہو چکا تھا۔ وہ رات کو اس سے باتیں کرتی اور لوری دے کر سلاتی۔

اس نے جگنوؤں کو درختوں میں دیکھا تھا۔ وہ بہت خوب صورت تھے۔ وہ کسی خواب کی مانند تھے۔ جب آپ انھیں چھونے کی کوشش کرتے تو وہ ہنستے ہوئے آپ کا ساتھ چھوڑ جاتے اور جب میکاریگ نے یہ یاد کیا تو وہ مسکرانا چاہتا تھا لیکن درد کی وجہ سے ایسا نہ کر سکا۔

خیمے کا دروازہ پھڑپھڑاتا ہوا کھلا اور لڑکے نے، جو اسی طرف دیکھ رہا تھا، چیخنا چلانا شروع کر دیا۔

میجر نے اس پر کوئی توجہ نہ دی اور فیرارز سے، جس نے ابھی تک پیالہ اور چمچ پکڑے ہوئے تھے، مخاطب ہوا۔ فیرارز کی گود میں سوپ کے قطرے گرے۔

''کیا یہ کتا تندرست ہو گیا ہے؟''

''تھوڑا تھوڑا۔'' فیرارز اپنی گود صاف کرتے ہوئے بڑبڑایا۔ ''ابھی ہل نہیں سکتا۔''

''کھا چکا ہے؟'' میجر نے کہا۔ میجر نے گھڑسواری والے چابک ڈنڈے سے پیالے کی طرف اشارہ کیا۔

''تم نے ہی مجھے اس کی دیکھ بھال کرنے کے لیے کہا تھا۔'' فیرارز نے ناراض نظر آنے کی ناکام کوشش کرتے ہوئے کہا۔

''یہ لڑکا ہمیں بچائے گا۔'' میجر نے خوشگوار انداز میں کہا۔

''یہ مجھے پہلے ہی بچا چکا ہے۔''

میجر نے حقارت سے اس کی طرف دیکھا۔ ''ضرورت سے زیادہ بیوقوف مت بنو۔''

آنسو میکاریگ کے گالوں پر بہہ رہے تھے۔ میجر اچانک اس کی طرف مڑا اور ڈنڈا اس کی ناک پر دے مارا۔ میکارگ اپنا منھ کھولنا چاہتا تھا لیکن درد کی وجہ سے ایسا نہ کر سکا۔

''کیا تمھارے منھ میں زبان نہیں ہے؟ کیا تم بول سکتے ہو؟ کیا ہم بولنے میں تمھاری مدد کریں؟''

میکاریگ کی آنکھیں اوپر کی طرف گھومیں۔ میجر ڈنڈا اس کے حلق کے اندر گھسیڑ رہا تھا۔ میکاریگ نے خون اور سوپ کی قے کر دی۔

فیرارز اپنا چہرہ ہتھیلیوں میں چھپائے سسکیاں لے رہا تھا اور منھ ہی منھ میں دعا مانگ رہا تھا۔

''تم نے قے کی۔'' میجر نے لڑکے پر الزام لگایا۔ ''حرام زادے تم نے مجھ پر قے کی۔''

''بہت کم عمر ہے۔ میجر! خدا کے واسطے۔ بھٹک گیا ہے۔ اسے معاف کر۔۔۔۔''

میجر نے ڈنڈے کا سرا لڑکے کے زخم پر رکھ دیا۔

''دفع ہو جاؤ فیرارز۔''

''یہ کچھ نہیں جانتا بیوقوف۔''

''دفع ہو جاؤ'' میجر نے کہا، ''ورنہ تم خواہش کرو گے کہ تم نے اس لڑکے کو کبھی نہ دیکھا ہوتا۔''

''تم اسے مار ڈالو گے۔'' فیرارز نے باہر جاتے ہوئے چھینکا۔

ڈاکٹر کے پیچھے دروازہ بند ہو گیا۔ بارش ہو رہی تھی اور فوجی اپنے گھوڑوں کو تیزی سے محفوظ مقامات پر لا رہے تھے۔ ایک گھڑ سوار فیرارز کے پاس سے گزرا اور اسے کیچڑ میں لت پت کر دیا۔

''معافی چاہتا ہوں۔'' فیرارز نے کہا۔

حیرت زدہ سوار نے گھوڑے کی رفتار آہستہ کر لی۔

شور و غل میں سے ایک چیخ بلند ہوئی اور سوار نے اپنا گھوڑا تیزی سے آگے بڑھایا جیسے چیخ کے پہنچنے سے پہلے فرار ہونا چاہتا ہو۔

''معافی چاہتا ہوں۔'' فیرارز نے ایک مرتبہ پھر کہا۔

بھیانک خواب

بو یانگ (تائیوان)

ترجمہ: مصطفیٰ نذیر احمد

بو یانگ، Bo Yang (۷ مارچ ۱۹۲۰-۲۹ اپریل ۲۰۰۸ء) چین کے شہر 'کی فنگ' میں پیدا ہوئے۔ ۱۹۴۰ء کی دہائی کے آخری برسوں میں وہ نقل مکانی کر کے تائیوان آ گئے۔ انھوں نے معاشرتی تنقید پر مبنی مضامین لکھنے شروع کیے اور انسانی حقوق، جمہوریت اور آزادی کی حمایت میں بے شمار مضامین لکھے۔ اپنی تند خو صحافت کے سبب وہ حکومت کے زیرِ عتاب آ گئے، چنانچہ کمیونسٹوں کے ساتھ ساز باز کے الزام میں ۱۹۶۸ء سے ۱۹۷۷ء تک انھیں قید و بند کی صعوبت جھیلنی پڑی۔ بو یانگ نے افسانے بھی لکھے۔ وہ ایک سو سے زیادہ کتابوں کے مصنف ہیں، ان میں زیادہ تر رپورتاژ ہیں جن کی وجہ سے وہ نسبتاً زیادہ جانے جاتے ہیں۔

''کون ہے؟'' میں چلایا۔

نومبر کے وسط سے تائیوان کے اس مشہور پرانے قصبے میں جو آندھی شروع ہوتی ہے تو پھر نہیں رکتی۔ تمام دن اور تمام رات ایک مسلسل چنگھاڑتی ہوئی چیخ نما آواز کانوں میں پڑتی ہے۔ یہ بمباری کی زد میں آئے ہوئے کسی تیل کے کارخانے کا منظر پیش کرتی ہے۔ کالی مٹی مسلسل گردابی چکر بناتی ہوئی دھوئیں کے کثیف بادلوں میں تبدیل ہوتی رہتی ہے۔ درختوں کے جھنڈ سے جہاں درختوں کی شاخیں ٹوٹ کر زمین پر گرنے سے پہلے ہلتی رہتی ہیں، پتوں اور شاخوں کی ایک دوسرے کے ساتھ رگڑ کھانے کی کرخت آواز آتی ہے۔ مضبوطی سے بند کی ہوئی کھڑکیوں پر جمی ہوئی گرد کی تہہ دن بہ دن بتدریج موٹی ہوتی رہتی ہے۔ سورج کسی ایسے شخص کی آنکھوں سے مشابہ ہے جسے ابھی ابھی صرف لگا کر چاروں خانے چت گرا دیا گیا ہو، پھر وہ اپنی بدحواسی میں یہ کوشش کر کے اس

قابل ہو جاتا ہے کہ اٹھ جائے، لیکن زمین کو پہلے کی طرح واضح طور پر نہیں دیکھ سکتا۔

میں شن چو قصبے سے بڑی اچھی طرح واقف تھا۔ جس دن یہ واقعہ رونما ہوا، مجھے وہاں رہتے ہوئے پورے دو سال ہو چکے تھے۔ انسانی فطرت بنیادی طور پر سست ہوتی ہے۔ جب میں نے ایک دوست کی دعوت قبول کی اور اس کے اسکول میں پڑھانے کے لیے شن چو آیا تو میرا ارادہ صرف ایک سیشن ٹھہرنے کا تھا لیکن سیشن کے اختتام پر میرا گزارا اپنے رفقا کے ساتھ اچھا ہو رہا تھا اور مجھے اپنے طالب علم پسند تھے، لہٰذا میں نے فیصلہ کیا کہ میرے لیے وہاں ٹھہرنا اور تدریس جاری رکھنا ہی بہتر ہے۔ مجھے اس قدیم، پرانے قصبے کی طرف ایک بات پسند نہیں تھی اور تند خو آندھی تھی جو ہر سال موسم سرما میں لازمی طور پر چلا کرتی تھی۔

میں یہ نہیں کہوں گا کہ آندھی کے بارے میں میرا رویہ شن چو میں لمبا عرصہ رہنے کے بعد بدل گیا تھا لیکن آپ کا جسم کچھ عرصے بعد کسی بھی تکلیف کا عادی ہو جاتا ہے۔ اس سے نبٹنے کا جو طریقہ کار میں نے اختیار کیا، وہ منفی تھا کیوں کہ پڑھانے کے لیے اسکول جانے کے علاوہ میں پورا وقت اپنے کمرے میں بند رہتا۔ مجھے ایسا لگتا جیسے میں کسی آب دوز میں بند ہوں۔ جب بھی مجھے خیال آتا کہ میرے کمرے کی دیواریں کشتی کا بادبان ہیں اور میرے دروازے سے باہر کی دنیا ہمیشہ کی طرح پُرآشوب ہے، میں خود کو اپنی اس خوش قسمتی پر مبارک باد دیتا کہ میں اتنے گرم کمرے میں بند ہوں۔

جس دن شرمنگ آیا، ہماری سردیوں کی چھٹیوں کا آغاز ہی ہوا تھا۔ اگرچہ جس وقت میں نے رات کا کھانا مکمل کیا، ابھی چھ بھی نہیں بجے تھے مگر پہلے ہی تاریکی چھا رہی تھی۔ لہٰذا روشنی جلاتے ہوئے میں ایک کرسی پر جس کی پیٹھ دروازے کی طرف تھی، بیٹھ گیا اور کتاب پڑھنی شروع کر دی۔ میں نے شرمنگ کی دستک نہ سنی۔

کوئی ایسا شخص جسے بڑے شہر میں رہنے کے تمام پُرپیچ رواجوں اور آداب کی عادت پڑی ہو جب کسی ایسی سادہ اور دیہاتی جگہ پر آتا، جہاں میں رہ رہا تھا تو اسے کچھ چیزیں زیادہ درست معلوم نہیں ہوتیں۔ شرمنگ نے خود ہی دھکا دے کر دروازہ کھول دیا۔ جیسے ہی ناراض آندھی اندر داخل ہوئی، سرد ہوا نے میری پیٹھ میں گویا خنجر سا گھونپ دیا اور دیوار پر لٹکی ہوئی ویران دریا پر مچھلیاں پکڑنے والے شخص کی پینٹنگ اوپر اٹھ گئی اور اِدھر اُدھر لہرائی۔ جب میں نے اپنے کندھے کے اوپر سر گھما کر دیکھا تو مجھے کسی کی پرچھائی نظر آئی۔

''کون ہے؟'' میں چلایا۔

''دور سے آیا ہوا ایک مسافر، تائے پے سے آیا ہوں، ایک ملاقاتی۔''

''شرمنگ'' میں نے کہا۔ اتنے پرانے دوست کو اتنے لمبے عرصے میں پہلی مرتبہ دوبارہ دیکھنے پر میں جوش سے اچھل پڑا اور اس کا بریف کیس خود تھام لیا۔ ''تم نے آنے سے پہلے خط کیوں نہیں لکھا؟ تمھیں مجھے خط لکھ کر اپنی آمد سے مطلع کر دینا چاہیے تھا۔ تم نے وقت کس طرح نکال لیا؟ کیا تم آج کل بہت زیادہ مصروف نہیں ہوتے؟''

اس نے اپنا کوٹ اتار دیا اور کمرے میں موجود واحد آرام دہ کرسی پر بیٹھ کر سگریٹ سلگا لیا۔ میں نے

محسوس کیا کہ اس کا چہرہ زرد تھا۔ اس کے گال سوکھے ہوئے تھے، جیسے کسی نے انھیں چھری سے کتر دیا ہو، جس کی وجہ سے اس کے چہرے کی ہڈیاں زیادہ ابھری ہوئی معلوم ہوتی تھیں۔ اس کی آنکھیں اندر کو دھنسے ہوئے سوراخوں سے بے معنی طور پر باہر جھانک رہی تھیں اور اس کی پراگندہ صورت کو مزید نمایاں کر رہی تھیں۔

''کیا تم بیمار ہو؟'' میں نے پوچھا۔

''نہیں۔'' اس نے جواب دیا۔ ''میں صرف تھکا ہوا ہوں۔''

''تم یقیناً تھکے ہوئے ہو۔ کسی بڑی ہارڈ ویئر کمپنی کے چیئرمین کے کام کا بوجھ بلاشک وشبہ تھکا دینے والا ہوتا ہے؛ خصوصاً چالیس سال کی عمر کے بعد۔ شرمنگ تمھیں شادی کر لینی چاہیے۔ تم مجھ سے یہ بہانہ نہیں کر سکتے کہ تمھیں موزوں ساتھی نہیں ملتا۔''

اس نے میری بات کا جواب نہ دیا۔ اختلاف رائے کا اظہار کرنے کے لیے اس نے صرف اپنا سر نفی میں ملایا اور پھر آنکھیں بند کر لیں۔

''تم کس وقت یہاں پہنچے؟''

''آج صبح۔''

''اچھا؟ وہ کون سا ایسا کام تھا جو تمھیں پورے دن کے لیے یہاں لے آیا؟''

''میں ایک جنازے میں شرکت کے لیے آیا تھا۔'' اس نے ہچکچاتے ہوئے کہا۔

میں نے الماری سے ایک بستر نکالا اور کہا، ''تم میرے بستر پر سو سکتے ہو۔ تم تھکے ہوئے ہو، اس لیے ہم کل بات کریں گے۔ اگر تمھیں سردی نہ لگ رہی ہو تو غسل کر سکتے ہو، میں نے ابھی ابھی پانی گرم کیا ہے۔''

اس نے میری تجویز قبول کر لی۔ جیسے ہی اس نے منھ کھولتے ہوئے انگڑائی لی، سگریٹ کا باقی حصہ اس کے منھ سے فرش پر گر گیا۔ وہ نیچے جھکا، اسے اٹھایا اور واپس اپنے منھ میں دبا لیا۔ پھر وہ غسل خانے میں چلا گیا۔

جس دوران شرمنگ نہا رہا تھا، میں نے بستر بچھایا اور اس پر مچھر دانی ٹانگ دی۔ اصولی طور پر کسی آندھی زدہ مقام پر یا تو مچھر ہوتے ہی نہیں ہیں یا پھر بہت تھوڑی تعداد میں ہوتے ہیں لیکن شن چو اس اصول سے مستثنیٰ نظر آتا تھا۔ اصل میں میرا گھر مچھروں کے لیے ایک حقیقی جائے پناہ بن گیا تھا، لہٰذا مجھے بڑی احتیاط سے مچھر دانی کا معائنہ کرنا پڑتا۔ اس کام سے فارغ ہونے کے بعد میں کرسی پر بیٹھ گیا اور دوبارہ ناول پڑھنا شروع کر دیا۔

نہانے کے بعد شرمنگ میرے نائٹ گاؤن میں لپٹا ہوا باہر آیا تو اس کی حالت کافی بہتر نظر آتی تھی۔ وہ بیٹھ گیا اور اپنے گیلے بالوں میں کنگھی کرنے لگا۔ اگرچہ روشنی خاصی مدھم تھی مگر میں دیکھ سکتا تھا کہ اس کے قریب قریب چوتھائی بال سرمئی ہو چکے تھے۔

''تم کس کے جنازے میں شرکت کے لیے آئے تھے؟'' میں نے پوچھا۔

''ایک بوڑھی عورت کے۔''

’’میں نہیں جانتا تھا کہ اس علاقے میں تمھارا کوئی رشتہ دار یا دوست رہتا ہے۔‘‘

’’وہ میری بیوی تھی۔‘‘

میں اپنی ہنسی نہ روک سکا۔ منھ بھر چائے میرے حلق میں غرغرائی۔ کوشش کرکے میں نے اپنے گال پھلائے اور چائے کو باہر گرنے سے بچانے میں کامیاب ہوگیا، لیکن جیسے ہی ابلتی ہوئی چائے میرے حلق سے نیچے اتری، میں تکلیف سے چلا اٹھا۔

’’اس طرح نہ کرو۔‘‘ شر منگ نے سنجیدہ نظر آتے ہوئے کہا۔ اس نے کنگھی میز پر رکھ دی۔ ’’ینگ این، اگر تم چاہتے ہو کہ ہماری دوستی قائم رہے تو اس طرح کا خوفناک چہرہ نہ بناؤ۔‘‘

میں نے اسے کبھی اتنا سنجیدہ نہیں دیکھا تھا۔ میں نے اپنا پورا منھ کھول کر تعجب سے اس کی طرف دیکھا اور اس نے مجھے لگنے والے دھچکے یا پھر شاید میری حواس باختگی کو واضح طور پر محسوس کرلیا۔

’’یہ بالکل سچ ہے۔‘‘ اس نے آہ بھرتے ہوئے کہا اور ایک اور سگریٹ سلگا لیا۔

’’میں نے یہ بات اپنے دوستوں سے ہمیشہ چھپائی تھی، لیکن اب وہ فوت ہوچکی ہے۔ ینگ این، کیا تم جانتے ہو میرا تعلق کہاں سے ہے؟‘‘

’’ہونان سے۔‘‘

’’یہ درست ہے کہ میرا تعلق ہونان سے ہے لیکن کیا تم جانتے ہو کہ پچھلے جنم میں میرا تعلق کہاں سے تھا؟‘‘

’’شر منگ!‘‘

’’میں اپنے پچھلے جنم میں شن چو میں پیدا ہوا اور اپنی وفات تک وہیں رہا۔ اس وقت میری عمر پچیس سال تھی۔‘‘

’’تم آرام کیوں نہیں کرتے؟ تم بہت زیادہ تھکے ہوئے ہو۔‘‘

اگرچہ روشنی خاصی مدھم تھی مگر وہ سیدھی اس کے چہرے پر پڑ رہی تھی۔ اداسی سے اپنا سر موڑتے ہوئے اس نے سگریٹ کا لمبا کش لیا۔ کمرہ غیر معمولی طور پر بے رنگ نظر آتا تھا۔ باہر آندھی ابھی تک چیخ و پکار کررہی تھی اور کھڑکیاں متواتر ہل رہی تھیں۔

’’مجھے ہر چیز اچھی طرح یاد ہے۔‘‘ اس نے آہستہ اور محتاط آواز میں کہا۔ ’’اپنے بچپن سے میں نے بہت خواب دیکھے، اور اپنے خوابوں میں۔۔۔‘‘

’’ینگ این، میں تمھیں بتانا بھول گیا تھا کہ تائیوان آنے سے پہلے مجھے معلوم نہیں تھا کہ کیوئی یو آن کو، ڈریگن آئی (اژدہے کی آنکھ) بھی کہا جاتا ہے۔ صرف امیر گھرانوں سے تعلق رکھنے والے لوگ یا پھر مریض اس پھل کو کھانے کے متحمل ہوسکتے تھے۔ اس موقعے پر مجھے واضح کردینا چاہیے کہ مجھے کیوئی یو آن کبھی خصوصی طور پر پسند نہیں آیا تھا اور اگرچہ میرا گھرانہ خاصا متمول تھا، پھر بھی میں نے پہلی مرتبہ کیوئی یو آن بیس سال کی عمر میں

کھایا۔ بہرحال اپنے بچپن کے دنوں سے میں نے اکثر ڈریگن آئی رائیس گراویل (اژدہے کی آنکھ کی قسم کا چاول کا دلیہ) کھانے کا خواب دیکھا ہے۔''

''سنو'' میں نے کہا، ''آندھی کی آواز واقعی اونچی ہے۔ تمھیں تھوڑی دیر آرام کرنا چاہیے کہ میں بے معنی باتیں کررہا ہوں۔ یہ واقعی سچ ہے۔ اپنے بچپن کے دنوں میں ڈریگن آئی رائس گراویل کھانے کا خواب دیکھتا آیا ہوں۔ میں صحیح طرح نہیں کہہ سکتا کہ میں نے یہ خواب کس عمر میں دیکھنا شروع کیا۔ مجھے صرف اتنا یاد ہے کہ جب میں پانچویں یا چھٹی جماعت میں تھا تو مجھے اکثر یہ خواب آیا کرتا تھا کہ کوئی مجھے ڈریگن آئی رائس گراویل کھانے کی دعوت دے رہا ہے۔ جیسا کہ تم شاید جانتے ہو، ڈریگن آئی رائس گراویل سفید کھانڈ، کیوئی یوآن اور چاولوں سے بنایا جانے والا میٹھا دلیہ ہوتا ہے۔

''شروع میں میرا خواب بہت دھندلا تھا۔ مجھے صرف اتنا یاد ہے کہ کہر آلود تاریکی میں میرے سامنے کھانے کا پیالہ پڑا ہے اور میں اسے ہڑپ کیے بغیر نہیں رہ سکتا۔ پھر میں اچانک جاگ جاتا ہوں لیکن میری زبان کی نوک پر اس کا میٹھا ذائقہ موجود ہے۔

''میں نے یہ خواب ایک مرتبہ اپنی والدہ کو سنایا۔

''تم ایک لالچی بچے ہو'' والدہ نے کہا۔ ''جب تم دن کے وقت پیٹ بھر کر کھانا نہیں کھاتے تو تم کوئی عجیب وغریب سا خواب دیکھ لیتے ہو تا کہ اپنی نیند کے دوران بھوک مٹالو۔ وہ میٹھی ہوتی ہے؟ اور گاڑھی نہیں ہوتی؟ اور کیا؟ تم کس چیز کی بات کررہے ہو؟''

اس وقت مجھے معلوم نہیں تھا کہ کہ ڈریگن آئی رائس گراویل کہلاتی ہے۔ لہٰذا کوئی ایسا طریقہ نہیں تھا کہ میں جواب دے سکتا۔ بہرحال، جس دن والدہ نے میری ہنسی اڑائی، اس سے اگلے دن اپنے خواب میں مجھے ایک مبہم آواز سنائی دی، ''ڈریگن آئی رائس گراویل تیار ہے۔ آکر کھالو۔''

''یہ پہلا موقع تھا جب میں نے الفاظ ڈریگن آئی رائس گراویل سنے، لیکن یہ میرے ذہن پر نقش رہے اور جیسے جیسے میری عمر بڑھتی گئی، یہ زیادہ واضح ہوتے گئے۔ ایسا لگتا تھا کہ وہ آواز کسی کہر آلود پھیلے ہوئے ہاتھ سے آرہی ہے جس کی انگلیاں غائب ہیں۔ میں یہ بتا سکتا تھا کہ وہ زنانہ آواز ہے، لیکن میں کچھ دیکھ نہیں سکتا۔ اس وقت سے میں جانتا تھا کہ ڈریگن آئی رائس گراویل کیا ہوتی ہے، حالاں کہ مجھے معلوم نہیں تھا کہ ڈریگن آئی کیا چیز ہے۔

''کوئی نہیں سمجھ سکتا تھا کہ مجھے یہ خوب بار بار کیوں آتا ہے۔ میری والدہ نے جلد ہی مجھ پر ہنسنا چھوڑ دیا۔ کئی بار انھوں نے خود مجھے سوتے میں دلیہ کھانے کی آواز نکالتے سنا۔ ان کا خیال تھا کہ میں یقیناً کسی شیطانی روح کے شکنجے میں پھنس گیا ہوں، لیکن دوسرے اعتبار سے میں بالکل ٹھیک تھا۔ امتحانات میں میرے نمبر ہمیشہ اچھے ہوتے اور میری صحت بھی قابلِ رشک تھی لیکن ہر تھوڑے دنوں بعد مجھے خواب آتا کہ وہ عورت پکار رہی ہے۔ ''ڈریگن آئی رائس گراویل تیار ہے۔ آکر کھالو۔'' اس کی آواز ہر مرتبہ مزید دل سوز ہوجاتی۔

''ڈاکٹروں کا خیال تھا کہ میں بالکل ٹھیک ہوں۔ والدہ خاص طور پر سونگ پہاڑی گئیں اور ایک مشہور

تاؤ راہب کو ہمارے گھر آنے کی دعوت دی۔ وہ اس ڈر سے چوری چھپے آیا کہ شیطانی روح کو اس کی آمد اور رخصتی کا پتہ نہ چل جائے۔ اس دن دوپہر کو میرے گھر والوں نے ایک تیس فٹ اونچا تاؤ سائبان بنایا۔ سورج کے پہاڑوں کے پیچھے غروب ہونے کے فوراً بعد، بالکل اس وقت جب بھوت اور روحیں باہر نکلتی ہیں، وہ راہب چبوترے پر چڑھ گیا اور اپنے ہاتھ میں لکڑی کی تلوار تھامے اپنی جادوئی رسم ادا کی۔ جب کہ میں ایک زرد چرمی کاغذ پر، جس پر جادوئی منتر کندہ تھے، بیٹھا تھا۔ مجھے یاد ہے کہ اس نے مندرجہ ذیل الفاظ چلا چلا کر کہے، ''آسمان کے سردار، جلدی سے اس حکم کی تعمیل کرو۔ آئی خاندان کے پہلے بیٹے آئی شرمنگ کی نہ تو پچھلے جنم میں تم سے کوئی لڑائی تھی اور نہ ہی اس زندگی میں ہے۔ آج رات پہلے پہر کے تیسرے پہر سے پہلے پہلے اپنے غار میں واپس چلے جاؤ، ورنہ تمھارا انجام اچھا نہیں ہوگا۔ یہ حکم سب تک پہنچا دو۔'' ہر منتر کے بعد وہ اپنی تلوار ہوا میں لہراتا۔

میں نے شرمنگ کو ایک اور سگریٹ دیا۔ اس نے سگریٹ سلگایا، کئی مرتبہ کھانسا، چائے کا ایک گھونٹ پیا، مزید کئی مرتبہ کھانسا اور پھر اپنی آنکھیں بند کر لیں۔

''مجھے شاید سردی لگ گئی ہے۔'' اس نے کہا اور پھر اپنی بات جاری رکھنے سے پہلے ایک لمحہ کا وقفہ کیا۔

''میں کافی دیر تک اس کی قبر کے سرہانے کھڑا رہا۔ اس کا کوئی بچہ نہیں تھا اور اس کے پاس کوئی جائیداد نہیں تھی، لہٰذا اس کے جنازے میں صرف چند رشتے داروں اور چھ تابوت اٹھانے والوں نے شرکت کی۔ جب اسے دفنا دیا گیا تو وہ سب چلے گئے۔ جیسے ہی میں نے اس کی قبر کی طرف دیکھا، مجھے معلوم ہو گیا کہ وہ ہمیشہ سکون میں رہے گی۔ تیز آندھی نے میرے چلانے کی آواز کو دبا دیا لیکن میں جانتا تھا کہ ''مجھے اپنا نام پکارتے ہوئے سن سکتی ہے۔ میں نے اسے مایوس کیا تھا۔ وہ یقیناً کسی بادل کے کنارے کھڑی بیتابی سے میرا انتظار کر رہی ہوگی لیکن اب اسے یقیناً پتہ چل گیا ہوگا کہ اس کا خاوند ابھی تک زمین پر پُرسکون زندگی بسر کر رہا ہے اور اکٹھے جینے مرنے کے وہ وعدے سگریٹ کے کش جیسے بے معنی تھے۔ میں نہیں جانتا، آیا وہ خوش ہے یا غم میں آنسو بہا رہی ہے۔''

''شرمنگ!'' میں نے کہا ''تمھیں بہت تیز بخار ہے اور تم بہکی بہکی باتیں کر رہے ہو۔'' میں کھڑا ہو گیا، ''تم تھوڑی دیر سو کیوں نہیں جاتے۔ ہم باقی باتیں کل کر لیں گے۔''

''تمھارا خیال ہے کہ میں بہکی بہکی باتیں کر رہا ہوں؟ ایسی کوئی بات نہیں ہے۔ میری بات ختم ہونے کا انتظار کرو۔ پھر تمھیں پتہ چل جائے گا کہ میرا ذہنی توازن بالکل درست ہے۔ مجھے صرف اپنی بیوی کی موت کا غم نڈھال کر رہا ہے اور یہ کس طرح ممکن ہے کہ مجھے غم نہ ہو؟ جب موت، دو محبت کرنے والے میاں بیوی کو ایک دوسرے سے جدا کر دے تو وہ پیچھے کیا چھوڑتے ہیں؟

''مجھے واپس تاؤ راہب کی طرف آنے دو۔ وہ راہب تقریباً آدھی رات تک اچھلتا کودتا رہا۔ اگلے دن وہ واپس چلا گیا، لیکن وہ میرے خواب روکنے میں کامیاب نہ ہو سکا۔ رفتہ رفتہ میں نے اپنے خوابوں پر دھیان دینا شروع کر دیا۔ مجھ پر انکشاف ہوا کہ میں ہمیشہ چاند کی ہر پندرہ تاریخ کو ڈریگن آئی رائس گروایل کھانے کا خواب دیکھتا ہوں۔''

''تم ہر پورے چاند پر اپنے حواس کھو بیٹھتے تھے؟'' میں نے حیرت سے کہا۔
شرمنگ بے دلی سے ہنسا اور پھر حیرت و استعجاب سے مجھے گھورنے لگا، ''نہیں۔'' اس نے کہا، ''میں اپنے حواس نہیں کھو بیٹھتا تھا۔ مجھے صرف ڈریگن آئی رائس گروایل کے متعلق خواب آتا تھا۔ تمھیں ڈرنے کی ضرورت نہیں، کیوں کہ اگر چہ آج چاند کی پندرہ تاریخ ہے، آسمان پر چاند موجود نہیں ہے۔ کیا میں صحیح نہیں کہہ رہا؟''

''میرا یہ مطلب نہیں تھا،'' میں نے بمشکل کہا۔
''میں یہ خواب گزشتہ کئی سال سے باقاعدگی سے دیکھ رہا ہوں۔ رفتہ رفتہ یہ میری زندگی کا حصہ بن گیا اور میں اسے کسی قسم کی مصیبت نہیں سمجھتا تھا۔ بہر حال میرے گھر والوں کے علاوہ کسی کو اس بات کا علم نہیں تھا۔ ہم پرانے دوست ہیں، لیکن میں نے تمھیں کبھی نہیں بتایا، کیوں کہ میرے خیال میں ایسا کرنے کی کوئی ضرورت نہیں تھی۔ اب تمھارا ردِعمل دیکھ کر میں اس نتیجے پر پہنچا ہوں کہ تمھیں اس راز میں شریک نہ کرنے کا فیصلہ درست تھا۔
''بہر حال میرے خواب پیچیدہ ہوتے گئے۔ اب وہ پہلے کی طرح دھندلے دھبے نہ رہے۔ میری آنکھوں کے سامنے ایک پرانا قصبہ نمودار ہوا، جو میں نے اس سے پہلے نہیں دیکھا تھا لیکن میرے قدم جانتے تھے کہ وہ کہاں جا رہے ہیں۔ جیسے میں چند دنوں کی غیر حاضری کے بعد گھر لوٹ رہا ہوں۔ میں ایک زرد دروازے کے سامنے رکا اور پھر ذرا بھی ہچکچاہٹ کے بغیر اندر چلا گیا۔ گھر کے اندر ہر چیز تاریک تھی اور ایک میز کے سوا کچھ موجود نہیں تھا۔ اس میز پر ابلتے ہوئے ڈریگن رائس گروایل کا پیالہ پڑا تھا۔''
میں شرمنگ کو بے یقینی سے گھورتا ہوا اس کی بات سنتا رہا۔
''اس کے بعد مجھے جب بھی خواب آیا'' اس نے کہا، ''میں ہمیشہ ان گلیوں سے ہو کر ڈریگن آئی رائس گروایل کھانے جاتا۔ رفتہ رفتہ ان گلیوں سے میری آشنائی صرف خواب تک محدود نہ رہی اور میں جاگتے ہوئے بھی ان سے پوری طرح واقف ہوتا۔ میں نے کبھی کسی کو نہ دیکھا لیکن جب میں نے اس رندھی ہوئی آواز کو پکارتے سنتا کہ، 'ڈریگن آئی رائس گروایل تیار ہے۔ آ کر کھا لو'، تو میں اپنے خواب میں ہی اسے تلاش کرنے لگتا۔
''چاند کی ہر پندرہ تاریخ کو میں جلدی سو جاتا اور مجھے اچھی اور پُرسکون نیند آتی۔ ینگ این آخر حقیقت کیا ہے؟ تخیل کیا ہے؟ جب میں اگلے دن جاگتا تو ڈریگن آئی رائس گروایل کا ذائقہ میرے منھ میں باقی ہوتا۔ اس بات نے مجھے یہ سوچنے پر مجبور کر دیا کہ کیا میرا خواب ہی اصل میں حقیقی زندگی ہے؟ کیا میری روزمرہ کی زندگی صرف ایک خواب ہے؟''
''شرمنگ، کیا تم نے اسپتال میں اپنا معائنہ کرایا ہے؟ شاید تمھیں کوئی اعصابی بیماری ہے۔''
''کاش ایسا ہی ہوتا، لیکن میں بالکل تندرست و توانا ہوں اور میری نوکری بھی ٹھیک ٹھاک چل رہی ہے۔ میں نے تمھیں، وہ سب جو تیس سال میں ہوا، مختصراً چند منٹ میں بتا دیا ہے، اس لیے تمھیں ایسا لگ رہا ہے کہ وہ خواب میری زندگی پر پوری طرح چھا گیا تھا۔ حقیقت میں اس نے میرے لیے کوئی مصیبت نہیں کھڑی کی

تھی، بلکہ فائدہ مند ہی ثابت ہوا تھا کیوں کہ خواب والی رات میں بہت پُرسکون نیند سوتا۔ بعد میں جب میری والدہ کا انتقال ہو گیا اور میں تائیوان آ گیا تو وہ خواب مجھے واپس میرے بچپن میں لے جاتا۔ لوگوں کی یادداشت قدرے کمزور ہوتی ہے۔ صرف خوش قسمت ترین لوگوں کو اپنے بچپن کے متعلق کچھ یاد رہتا ہے۔ زیادہ تر لوگ ہر وہ چیز جو وہ اس خوب صورت، سنہرے دور میں دیکھتے سنتے یا تجربہ کرتے ہیں، مکمل طور پر بھلا دیتے ہیں لیکن میں تاؤ راہب، اس کے تاؤ کے چغے اور جوتے اور اس کی بندر کی طرح اچھل کود ہمیشہ یاد رکھتا ہوں۔ عمر بڑھنے کے ساتھ ساتھ یہ یادیں بجائے دھندلی ہونے کے زیادہ واضح ہو رہی ہیں۔''

''تمھیں یہ خواب اب بھی آتا ہے؟''

''نہیں۔'' اس نے کہا۔

''تمھیں یہ خواب آنا کب بند ہوا؟''

''گزشتہ روز۔''

''یہ کس طرح ہوا؟ کیا یہ اچانک ہوا؟ یا پھر تمھیں کسی قسم کی پیش آگاہی ہوئی کہ تم یہ خواب آخری مرتبہ دیکھ رہے ہو؟''

شرمنگ نے ایک گہرا لمبا سانس لیا۔ پھر اس نے اپنی انگلیوں کے درمیان دبا ہوا سگریٹ راکھ دان میں پھینکا اور اس پر تھوڑی سی چائے گرا دی۔ سگریٹ کا ٹکڑا 'سی سی' کی آواز پیدا کرتا ہوا بجھ گیا۔ خنکی میں اضافہ ہو رہا تھا اور آندھی ابھی تک کھڑکیوں کو ہلا رہی تھی۔ میں نے چائے کے کپ دوبارہ بھر دیے۔

''تم کہہ سکتے ہو کہ یہ اچانک ہوا، لیکن تم یہ بھی کہہ سکتے ہو کہ ایسا نہیں ہوا۔'' اس نے رک رک کر کہا۔ ''میں سوچا کرتا تھا کہ وہ خواب مجھے ہمیشہ آتا رہے گا، لیکن مجھے کبھی یہ خیال نہ آیا کہ۔۔۔ اوہ ینگ این، میں کبھی اندازہ نہیں لگا سکتا تھا کہ کیا ہو گا۔ مجھے تائیوان آئے ہوئے پانچ سال ہو چکے تھے۔ خزاں کا موسم تھا۔ میں ایک دفتری کام کے سلسلے میں شن چو آیا۔ میرے تائیوان آنے کے بعد یہ پہلا موقع تھا جب میں تائے پے سے باہر گیا۔ لہٰذا یہ میرا شن چو آنے کا بھی پہلا اتفاق تھا۔ جب میں بس سے اترا اور رہنے کے ہوٹل ڈھونڈنے نکلا تو اندھیرا چھا رہا تھا۔

''مجھے اچھی طرح یاد ہے۔ اگلے دن صبح صبح میں ناشتہ کرنے باہر جا رہا تھا تو میں نے دیکھا کہ ہوٹل کے برآمدے میں لگے ہوئے کیلنڈر پر چاند کی پندرہ تاریخ بڑے واضح طور پر چھپا ہوا ہے۔ میں مسکرایا لیکن کوئی خاص توجہ نہ دی۔ ماضی میں وہ خواب ٹرین، بجری، جہاز، ہوٹل، حتیٰ کہ اجاڑ دیہاتی علاقے میں بھی دیکھ چکا تھا، لہٰذا اب میں اسے مزید کوئی خلافِ توقع بات نہیں سمجھتا تھا۔ بہرحال جب میں ہوٹل سے باہر نکلا تو زیادہ دور جانے سے پہلے ہی مجھے یک دم احساس ہوا کہ میں اس سے پہلے بھی وہاں آ چکا ہوں۔''

''تم وہاں آ چکے تھے؟'' میں نے کورے پن سے سوال کیا۔

اس نے اپنے چائے کے کپ کو دونوں ہاتھوں سے پکڑ لیا اور کھڑکی کی طرف اس طرح دیکھا جیسے وہ

اس میں سے باہر فرار ہونا چاہتا ہو۔

''یقیناً میں اس سے پہلے کبھی یہاں نہیں آیا تھا،'' اس نے کہا۔ ''شن چو ایک خوب صورت نام ہے جس کے متعلق میں نے بہت پہلے سنا تھا اور میں جانتا تھا کہ یہ قصبہ اپنی آندھی کی وجہ سے مشہور ہے لیکن میں نے کبھی یہ تصور بھی نہیں کیا تھا کہ میں خود یہاں آؤں گا۔ میرا خیال ہے کسی کو اپنی تقدیر پر اختیار نہیں ہے اور نہ ہی کوئی وہ جگہیں منتخب کر سکتا ہے جہاں جانا اس کی قسمت میں لکھا جا چکا ہے۔ لہٰذا بالآخر میں شن چو آیا تھا۔ ہوٹل سے باہر نکلنے کے تھوڑی دیر بعد مجھے اچانک احساس ہوا کہ میں شن چو کی سڑکوں سے جو میرے لیے بالکل اجنبی ہونی چاہیے تھی، پوری طرح مانوس ہوں۔

''ینگ این، میں نے فوراً اندازہ لگا لیا کہ میں واقعی اس سے پہلے یہاں آ چکا ہوں، ورنہ ہر چیز اتنی مانوس کس طرح ہو سکتی تھی؟ لیکن میں اس سے پہلے یہاں کب آیا تھا؟ پہلے چوراہے کے بعد میرے سامنے ایک پتھر کا شیر آئے گا اور پتھر کے شیر کے بعد برگد کا بڑا درخت۔ سامنے سے مجھے مڑنا چاہیے۔

''پھر مجھے اچانک احساس ہوا کہ میں خواب میں وہاں آ چکا تھا۔ میرے خواب والا قصبہ شن چو ہی کا تھا اور اب میں اپنے خواب والے منظر میں تھا۔''

''شرمنگ!'' میں نے پس و پیش کے ساتھ کہا۔

''تمھیں گھبرانے کی ضرورت نہیں۔ یہ سب تین سال پہلے ہوا تھا۔ میں ناشتہ کرنا بھول گیا۔ میرا تجسس مجھے آگے بڑھنے پر مجبور کر رہا تھا۔ میں اس راستے پر چلتا رہا جو میری یادداشت پر نقش تھا اور پھر، بالکل اس طرح جیسے خواب میں ہوتا تھا، مجھے ایک زرد بیرونی دروازہ نظر آیا۔''

''دروازہ واقعی موجود تھا؟'' میں نے بیچ میں مداخلت کی۔

''ہاں،'' اس نے اپنی بات جاری رکھی ''دروازہ بالکل ویسا تھا جیسا کہ میں اپنے خواب میں دیکھ چکا تھا۔ میں غیر ارادی طور پر رک گیا بلکہ مجھے خوف آنا بھی شروع ہو گیا۔ دروازہ مضبوطی سے بند تھا اور اس کے سامنے والی سیڑھی گرے ہوئے پتوں سے ڈھکی ہوئی تھی۔ میں فیصلہ نہ کر پایا کہ مجھے کیا کرنا چاہیے۔ متعدد مرتبہ میں واپس جانے کے لیے مڑا، حالاں کہ میں جانتا تھا کہ یہ ناممکن ہے۔ ایک تیس سال پرانا معمہ حل ہونے کے قریب تھا اور اگر مجھے دھمکانے والا خطرہ اس سے بھی زیادہ شدید ہوتا تو میں پھر بھی نہ رکتا۔ کافی دیر تک ہچکچانے کے بعد میں نے بیرونی دروازے پر دستک دے دی۔

''دروازہ ایک سرمئی بالوں والی بوڑھی عورت نے کھولا۔ وہ بہت پتلی اور لاغر تھی۔ اس کے کپڑے پھٹے ہوئے اور گندے تھے جیسے بہت برسوں کی غربت کا نتیجہ ہو۔ اس بات کا انتظار کیے بغیر کہ وہ مجھ سے میری آمد کا مقصد پوچھے، میں اندر داخل ہو گیا اور وہ میرے پیچھے پیچھے آنے لگی۔ اندر ایک چھوٹا سا احاطہ تھا اور احاطے سے آگے ایک بہت پرانا، ٹوٹا پھوٹا مکان جو پرانے چینی دیہاتی انداز میں بنا ہوا تھا۔ یہ بتانا ناممکن تھا کہ وہ عمارت کتنی پرانی ہے۔ بوڑھی عورت اپنے غیر متوقع مہمان کی آمد سے قدرے گھبرا گئی تھی۔

''بالکل اسی وقت میں نے دیکھا۔ دیوار پر ایک خوش شکل نوجوان کی انلارج کی ہوئی تصویر لٹکی تھی۔ اس نے بیسویں صدی کے اوائل میں مروجہ فیشن کے مطابق لباس پہنا ہوا تھا۔ تصویر پیلی ہو رہی تھی اور اس کا ایک کونا پہلے ہی سفید ہو چکا تھا۔ اس تصویر کے نیچے پڑی ہوئی میز پر ڈریگن آئی رائس گروایل کا ایک پیالہ رسمی انداز میں سجا ہوا تھا۔''

میں نے شرمنگ سے پوچھا کہ اس نے بوڑھی عورت سے کوئی سوال کیوں نہیں کیا، لیکن اس نے ہاتھ کے اشارے سے میری بات کاٹ دی۔

''میں اس سے سوالات پوچھنا چاہتا تھا لیکن اسے بات چیت پر آمادہ کرنا اتنا آسان نہیں تھا۔ تیزی سے سوچتے ہوئے میں نے اپنی کھاتوں والی کتاب نکال لی اور اسے بتایا کہ میں ضلعی حکومت کا نیا مردم شماری افسر ہوں۔ میں نے کہا کہ میں اس سے ملاقات کرنے اور اس کی مدد مانگنے آیا ہوں۔ اس نے میری بات پر یقین کر لیا۔ کچھ دیر تک دوسرے غیر متعلقہ معاملات پر گفتگو کرنے کے بعد میں نے اس سے پوچھا کہ تصویر والا شخص کون ہے؟ 'میرا شوہر' اس نے جواب دیا۔ 'اب یہ کہاں ہیں؟' میں نے پوچھا۔ 'ان کا انتقال ہو چکا ہے،' اس نے جواب دیا۔ 'وہ پچیس سال کی عمر میں تپ دق سے انتقال کر گئے تھے۔ یہ اکتالیس سال پہلے کی بات ہے۔'

''ینگ این، اس کے الفاظ نے مجھے سر سے پاؤں تک لرزا دیا۔ اس وقت میں بھی پورے اکتالیس سال کا تھا۔ اس کے بعد میں نے بوڑھی عورت سے پوچھا، 'کیا اس پیالے میں ڈریگن آئی راس گروایل ہے؟' میرے الفاظ اس کی تھکی ہوئی بوڑھی آنکھوں میں زندگی کی رمق واپس لے آئے اور انھوں نے اس کے جسم میں جو اتنا لاغر لگتا تھا کہ چھونے سے ٹوٹ جائے، تھوڑی سی طاقت انڈیل دی۔ وہ آہستہ آہستہ چلتی ہوئی میز تک پہنچی اور پھر کسی جوان لڑکی کی طرح شرماتے ہوئے اپنے شوہر کی تصویر کی طرف دیکھا۔ اس نے دھیمی آواز سے میرے سوال کا جواب دیا، 'جی جناب۔ جب وہ زندہ تھے تو انھیں ڈریگن آئی رائس گروایل بہت پسند تھا اور چونکہ ان کے پھیپھڑے خراب تھے، اس لیے انھیں یہ روزانہ کھانا پڑتا۔ مجھے ان کی وفات والا دن یاد ہے۔ میں نے ایک بازو پر ان کا سر تھاما ہوا تھا اور وہ دوسرے سے انھیں ڈریگن آئی رائس گروایل کھلا رہی تھی۔ میرے آنسو چمچے میں گرے۔ انھوں نے اپنا چہرہ اٹھایا اور میری طرف دیکھ کر مسکرائے۔ پھر انھوں نے اپنی آنکھیں ہمیشہ کے لیے بند کر لیں۔'

''بوڑھی عورت نے اپنا مرجھایا ہوا ہاتھ میز پر، جو کمرے میں موجود واحد صاف چیز تھی، رکھ کر خود کو سہارا دیا۔ میں نے اندازہ لگا لیا کہ اپنے خیالوں میں وہ اس دور میں واپس جا چکی ہے جب وہ جوان عورت تھی۔ اس وقت اس نے اپنی بار جاری رکھی۔ 'میں صرف اکیس سال کی تھی اور ہماری شادی کو صرف چار سال ہوئے تھے۔ جناب، میں آپ کو یقین دلا سکتی ہوں کہ دنیا میں کوئی میاں بیوی ایک دوسرے سے اتنی محبت نہیں کرتے جتنی ہم ایک دوسرے سے کرتے تھے۔ وہ جب بھی کھانستے، خوف سے میرا دل دہل جاتا۔ ان کے انتقال کے بعد میں نے دوبارہ شادی نہ کرنے کا عہد کر لیا اور باقی تمام عمر اس عہد پر قائم رہی۔ وہ میرے منتظر ہوں گے اور ہم اپنے

اگلے جنم میں دوبارہ میاں بیوی بن جائیں گے۔ ان کی وفات کے بعد میں نے ایک اسکول میں پڑھا کر اپنی کفالت خود کی۔ میری تنخواہ اتنی نہیں تھی کہ میں آرام دہ زندگی بسر کر سکتی، لیکن مجھے کوئی گلہ نہیں ہے۔ جب تک میں چاند کی ہر پندرہ تاریخ کو ڈریگن آئی رائس گروایل کی نیاز دے سکتی ہوں، میں مطمئن ہوں۔'

''جس دوران وہ بول رہی تھی، میں نے ایک اور تصویر دیکھی۔ اس تصویر میں وہ دونوں اکٹھے تھے۔ نوجوان لڑکی، جس کے چہرے سے خوشی پھوٹ رہی تھی، مسکرا رہی تھی۔ اسے صرف خوش شکل کہنا ناانصافی تھی۔ وہ دل موہ لینے والے حسن کی مالک تھی لیکن صرف اکتالیس سال میں یہ خوب صورت جوان لڑکی ایک قابل رحم بوڑھی عورت میں تبدیل ہو گئی تھی۔

''میں اسے خدا حافظ کہنے اور واپس آنے ہی لگا تھا کہ مجھے یک دم احساس ہوا کہ وہ نوجوان شخص تو میں تھا۔ دراصل ایک دوسرے سے محبت کرنے والے میاں بیوی ہم دونوں ہی تھے اور میں نے اس کے بازوؤں میں جان دی تھی۔ میں نے اس سے بے وفائی کی تھی۔

''بعدازاں، میں نے اسے کچھ رقم بھیجنے کے متعلق سوچا تا کہ وہ اپنا بڑھاپا ذرا بہتر طریقے سے گزار سکے لیکن میں ایسا کرنے کا کوئی بہانہ نہ ڈھونڈ سکا۔ دو دن پہلے جو مہینے کی پندرہ تاریخ تھی، مجھے خواب نہ آیا۔ میں جانتا تھا کہ کچھ نہ کچھ ضرور ہوا ہے۔ میں اسی وقت شن چو پہنچا اور جیسا کہ مجھے خدشہ تھا، وہ بوڑھی عورت انتقال کر گئی تھی۔ اپنی وفات کے وقت وہ چولھے کے قریب کھڑی تھی اور چولھے پر ڈریگن آئی رائس گروایل کی دیگچی ابلنے کے قریب تھی۔''

''ینگ این!'' اس نے کہا، ''میں واقعی تھک گیا ہوں۔''

میں نہیں جانتا تھا کہ اسے تسلی دینے کے لیے میں کیا کہوں۔ میں نے اسے کرسی سے اٹھایا اور بستر پر لٹا دیا، جہاں اس نے اپنا سر کسی بے یارومددگار یتیم بچے کی طرح تکیے میں چھپا لیا۔

اس کی بیوی

زاؤگی (برما)

ترجمہ: مستنصر حسین تارڑ

زاؤگی، Zawgyi (۱۲ اپریل ۱۹۰۷ء-۲۶ ستمبر ۱۹۹۰ء) برمی شاعر، مصنف، ادبی مورخ، نقاد اور دانشور تھے۔ وہ درس و تدریس کے پیشے سے وابستہ تھے۔ انھیں کئی ادبی ایوارڈ سے نوازا گیا۔

مستنصر حسین تارڑ پاکستان کے مشہور سفر نامہ نگار ہیں۔ اب تک پچاس سے زیادہ کتابیں لکھ چکے ہیں۔ ان کی وجہ شہرت سفر نامے اور ناول نگاری ہے۔ اس کے علاوہ ڈرامہ نگاری، افسانہ نگاری اور فن اداکاری سے بھی وابستہ رہے ہے۔ مستنصر حسین تارڑ پاکستان کے سب سے زیادہ پڑھے جانے والے ادیب ہیں۔

(۱)

ماپا، کوبسن کی بیوی، منڈی میں کام کرتی تھی۔ ہر صبح ٹرے پر سبزیاں سجائے وہ ایک میل پیدل چل کر شہر پہنچتی۔ اگر کاروبار تیز ہوتا تو وہ دوپہر تک واپس آجاتی ورنہ شام تک وہیں رہتی۔ جب بھی واپسی پر بانس سے بنے ہوئے اس پُل کے قریب پہنچتی جو گاؤں کے قریب ندی پر واقع تھا تو اس کو اپنے خاوند اور بچوں کا خیال آنے لگتا۔ وہ دراز قد تھی اور اس کے بال سرخی مائل تھے۔ اس کے دانت تھوڑے سے باہر کو نکلے ہوئے تھے لیکن اس کے باوجود یہ نہیں کہا جا سکتا تھا کہ وہ بدصورت ہے۔ اس کا خاوند کوبسن ایک آرام طلب شخص تھا جو گھر میں بیٹھا کھاتا پیتا رہتا۔ یہ تو درست نہیں کہ وہ بالکل ہڈحرام تھا، کیوں کہ وہ چاول پکاتا اور بچوں کی دیکھ بھال کرتا تھا۔

کوبسن مہاتما بدھ کے راہبانہ سلسلے میں ایک نوآموز کی حیثیت سے نو برس گزار چکا تھا، چنانچہ وہ کچھ

پڑھا لکھا بھی تھا۔ وہ طبیعت کا بہت اچھا اور ہنسنے ہنسانے کا شوقین تھا، اسی لیے شادیوں اور خیراتی محفلوں میں آگے آگے ہوتا۔ وہ اپنی بیوی جتنا دراز قد نہیں تھا۔ اس کی چھاتی چھوٹی، بال گھنے اور ہونٹوں پر ایک پتلی مونچھ تھی۔

جب ان کی شادی ہوئی اور پھر ایک بیٹا پیدا ہوا، ماپا نے دکان کا خیال رکھنا شروع کر دیا اور علاوہ ازیں کوبسن کی ضروریات کو بھی پورا کرنے لگی۔ جب دوسرا بیٹا پیدا ہوا تو پھر اس کے پاس صرف دکان کے لیے وقت رہ گیا اور بیٹی کی پیدائش کے بعد تو ماپا بہت ہی تھک جاتی۔ ایک مرتبہ جب اسے کاروبار میں خاصا گھاٹا برداشت کرنا پڑا تو اس پر ترس آتا تھا لیکن اس کے لبوں پر شکایت کا ایک لفظ نہ آیا۔

جب کبھی اس کی کوئی سہیلی کہتی، ''تم ذرا اپنے خاوند کو مہاتما بدھ کی توصیف کرتے اور اس کی برکتوں کا بیان کرتے ہوئے گاؤں کی ایک شادی میں سنتیں؛ بہت ہی شاندار، وہ بہت ہی عالم فاضل شخص ہے۔'' تو اس وقت وہ بے حد فخر محسوس کرتی۔ جب اس کا چودہ سالہ بیٹا بانس کے پُل پر آ کر اس سے بھاری ٹوکری اور ٹرے لے کر خود اٹھا لیتا تو اسے بے حد خوشی ہوتی۔ ان لمحات میں وہ اپنے خاوند کے لیے جذبۂ تشکر سے لبریز ہو جاتی۔ ایک مرتبہ جب وہ اور اس کے بچے گھر کی چھت پر تھے تو شراب کے نشے میں دھت ایک شخص نے سڑک پر کھڑے ہو کر واہیات قسم کے اشارے کیے، بچے خوف زدہ ہو کر گھر کے اندر بھاگ گئے۔ کوبسن جلدی سے باہر آیا اور آستین چڑھا کر کھڑا ہو گیا۔ شرابی کی آنکھیں خوف سے پھیل گئیں اور پھر وہ ڈگمگاتا ہوا چلا گیا۔ ماپا بے حد شکر گزار ہوئی۔ اس نے سوچا گر میرا خاوند نہ ہوتا تو ہماری کتنی بے عزتی ہوتی۔

ماپا اب اپنے سینتیسویں برس میں تھی۔ کوبسن اس سے چھ برس بڑا تھا۔ کوبسن اگرچہ اتنا بڑا ہو گیا تھا لیکن آج تک اس نے سچ مچ کوئی کام کر کے نہیں دیا تھا۔ جب لوگ کہتے کہ وہ اپنا توازن بیوی کے لباس کا کونہ تھام کر قائم رکھتا ہے تو وہ مذاق سے کہتا، ''میں اپنے شاندار کارناموں کی وجہ اب آرام کی زندگی بسر کرنے کے قابل ہوا ہوں۔ تم حسد نہ کرو۔''

اگرچہ انھیں وہ یہی کہتا لیکن دل ہی دل میں اسے دکھ ہوتا۔ لیکن جلد ہی وہ اس دکھ کو بھول جاتا اور اس کا جواب سن کر دوسرے لوگ منھ بنا کر بدتمیزی سے اپنی ٹھوڑی آگے کر دیتے۔ ایک مرتبہ وہ اپنے ہمسایوں کی ایسی باتیں سن کر ذرا گرمی کھا گیا۔ اس نے ایک چچا زاد سے کچھ رقم ادھار لی اور بانس کے کاروبار میں شریک ہو گیا لیکن اسے بہت گھاٹا پڑا۔ اگلی بارشوں میں وہ ہل چلانے کے لیے کھیتوں میں چلا گیا۔ وہ گھر واپس آیا تو اس کے پاؤں سے خون بہہ رہا تھا۔ اس پر ہل کا پھالا لگ گیا تھا۔ زخم کے بھرنے میں پورے پندرہ دن لگے۔

(۲)

جس روز وہ ٹھیک ہوا، وہ تینتالیس برس کا ہو چکا تھا۔ بدن کا زخم تو بھر گیا لیکن دل کا زخم ابھی ہرا تھا۔

ماپا حسبِ معمول منڈی جا چکی تھی۔ سب سے بڑا بیٹا راہبوں کے اسکول جا چکا تھا۔ باقی دونوں بچے گھر کے سامنے املی کے درخت تلے کھیل رہے تھے۔ کوبسن سبز چائے کی چسکیاں لے رہا تھا کہ اس نے چھ بچوں کے باپ کو ایک بڑھئی کو اوزاروں والے بکس کے ساتھ برابر کے گھر سے نکلتے دیکھا۔ اس کا ایک ہمسایہ ندی پار

دانی کے پتے کاٹنے گیا۔ یہاں تک کہ سامنے کے گھر میں رہنے والے بوڑھے نے بھی لکڑی کے ایک ٹکڑے کو چاقو سے کاٹا اور کیچڑ میں چلنے کے لیے چھڑی بنانے لگا۔

پہلے پہل تو کوبسن آرام اور سکھ چین سے چائے کے ایک پیالے کے بعد دوسرا پیالہ پیے چلا جا رہا تھا اور بچوں کو کھیلتے ہوئے دیکھ رہا تھا لیکن جب اس کے ہمسائے کام کاج کے لیے حرکت میں آئے تو اس کا یہ سکھ چین دھندلا گیا اور اسے یاد آ گیا کہ ابھی تو اس نے چاولوں والا برتن چولھے پر رکھنا ہے۔ یک لخت اسے ہمسایوں کے طعنے یاد آنے لگے اور اپنی ساری زندگی اس کی آنکھوں کے سامنے گھوم گئی؛ راہب خانہ چھوڑنے کے بعد اس کی سستی، ماپا کے ساتھ اس کی شادی، اس کی کاروباری ناکامی، اس کا زخمی پاؤں۔ وہ اپنے آپ سے شرمندہ تھا اور اداسی اس کے اندر سرایت کر گئی تھی۔ اس کی خواہش تھی کہ وہ اس قسم کی زندگی سے چھٹکارا پا جائے۔ اس نے سوچا کہ راہب بن جانا چاہیے۔ یوں اسے چاول نہیں ابالنے پڑیں گے۔ وہ اپنی آنکھیں اچھائی کی معراج کی جانب موڑ دے گا۔ اس کی بیوی اور بچے اس کی وجہ سے عزت پائیں گے۔ اسے یقین ہو گیا کہ دوبارہ پیدائش دکھوں سے آزادی کا لمحہ قریب آ گیا ہے۔ وہ خود ایک چھوٹا سا دیوتا بن جائے گا۔ اور یوں وہ سوچتا رہا، لیکن اسے پھر یاد آ گیا کہ اسے چاول بنانے ہیں ورنہ کھانے کو کچھ نہ ہو گا اور بچے شور مچائیں گے۔ وہ اٹھ کر باورچی خانے میں چلا گیا۔

اس دوران منڈی میں ماپا اپنی سبزیوں پر پانی چھڑک رہی تھی تا کہ ان کا وزن زیادہ ہو جائے اور اس کی آمدنی بڑھ جائے۔ اس زائد آمدنی سے وہ اپنے خاوند کے لیے سگار خریدنا چاہتی تھی۔

کوبسن چاول اُبالنے میں بہت ماہر تھا۔ اس نے بچوں کو بلا کر انھیں کل کے بچے ہوئے سالن کے ساتھ چاول دیے۔ جب بچے واپس جا کر کھیلنے لگے تو وہ ٹانگیں لٹکا کر بیٹھ گیا اور پھر سے خیالوں میں گم ہو گیا۔

جب وہ راہب بن جائے گا تو ہر صبح وہ اپنے کشکول کے ساتھ بھیک مانگنے کے لیے ماپا کے گھر آیا کرے گا اور یوں ماپا اور بچوں سے مل لیا کرے گا۔ لیکن ماپا بالکل ان پڑھ تھی اور مذہبی قانون کے بارے میں لاعلم تھی۔ جب وہ مرے گی تو نچلے طبقوں میں چلی جائے گی۔ اسے اپنی بیوی پر ترس آتا تھا اور وہ چاہتا تھا کہ اسے مذہبی قانون کے بارے میں کچھ علم ہو جائے۔

بچوں کے جھگڑے کے شور نے اسے حقیقت کی دنیا میں لا کھڑا کیا۔ بہن نے اپنے بھائی کو ناخن مارے تھے اور اس نے بدلہ لینے کے لیے اس کے بال نوچے تھے اور اب دونوں رو رہے تھے۔

کوبسن نے بچوں کو گھر کے اندر بلایا اور انھیں کمرے کے مختلف کونوں میں بٹھا دیا۔ اب اس نے اپنے خواب میں واپس جانے کی کوشش کی لیکن ناکام رہا۔ اس نے بچوں کی طرف دیکھا، ان کے سر نیند کے بوجھ سے جھوم رہے تھے۔ اس کے اندر بھی ایک جمائی نے انگڑائی لی۔ ''یہاں سے ہلنا نہیں۔'' اس نے بچوں کو حکم دیا اور سونے کے لیے لیٹ گیا۔ جوں ہی اس کی آنکھیں بند ہوئیں، بچوں کی آنکھیں کھل گئیں۔ انھوں نے آنکھوں آنکھوں میں ایک دوسرے سے کچھ کہا اور پھر اپنے باپ کی طرف دیکھتے ہوئے فیصلہ کیا کہ جوں ہی وہ سو جائے گا،

ہم باہر جا کر کھیلنے لگیں گے۔

کوبسن کی آنکھ کھلی تو ماپا املی کے درخت تلے اپنے بیٹے کو بلا رہی تھی: ''فوراً نیچے اترو ورنہ گر جاؤ گے۔ تمھاری بہن کہاں ہے؟''

''کوبسن!'' ماپا نے چیخ کر کہا۔ ''کیا تم اپنے بچوں کی رکھوالی بھی نہیں کر سکتے؟ تم کس قسم کے باپ ہو؟'' لڑکا درخت سے نیچے اتر آیا اور جب بیٹی واپس آئی تو اس کے ہاتھ کیچڑ سے لتھڑے ہوئے تھے۔ کوبسن نے قہر بھری نظروں سے ان کی طرف دیکھا۔ وہ اپنی ماں کے پیچھے چھپ گئے۔

''یہ سگار تمھارے لیے ہیں۔'' ماپا نے کہا اور بچوں کو باورچی خانے میں لے گئی۔ کوبسن انھیں دیکھتا رہا۔ ماپا نے لڑکی کے ہاتھ دھلوائے اور انھیں کھانے کے لیے مٹر کیک دیے۔ پھر وہ فرش پر بیٹھ گئی۔ اس نے اپنی ٹانگیں پھیلا دیں اور سر جھکا کر بال کھول دیے اور یوں اس کے بال اس کی ٹانگوں کے اوپر لٹکنے لگے۔

''اپنی کہنیوں کے ساتھ میری کمر پر مالش کرو۔'' اس نے اپنے بیٹے سے کہا۔ اس نے اپنا کیک دانتوں تلے دبا لیا اور مالش کرنے لگا۔ کہنیوں کے زور سے اس کی کمر جھولنے سے لہرانے لگی اور کھلے بال سر کے جھومنے سے لہرانے لگے؛ لگتا تھا ماپا پر آسیب آ گیا ہے۔ کوبسن نے دیکھا اور ناپسندیدگی کا ایک گہرا سانس لیا۔ اب مجھے راہبوں والا پیلا چوغہ پہن لینا چاہیے، اس نے سوچا۔

لیکن اس نے اپنی بیوی کو اس بارے میں سال کے آخر تک کچھ نہ بتایا، کیوں کہ وہ اس سے ڈرتا تھا۔

(۳)

تین ماہ بیت چکے تھے۔ حالاں کہ کوبسن نے کہا تھا وہ پیلا چوغہ صرف ایک ماہ کے لیے زیب تن کرے گا۔ ماپا کی خالہ، جو بچوں کی دیکھ بھال کے لیے آئی ہوئی تھی، اب اپنے بچوں کے بارے میں اداس ہو رہی تھی جو اس کے اپنے گاؤں میں تھے۔

''تجرد کی زندگی گزارنے والا کب واپس آئے گا۔'' ایک روز اس نے راہب سے دریافت کیا۔ راہب نے جواب دینے کی بجائے ایسے مقدس سطروں کا حوالہ دیا جن میں راہب کی زندگی کی برکتیں بیان کی گئی تھیں۔ یہ مقدس سطور خالہ کے کانوں کو سنائی نہ دیں۔ اسے صرف غصہ آ رہا تھا کہ اسے یہاں روک کر زیادتی کی جا رہی تھی۔ جب راہب چلا گیا تو خالہ نے ماپا کو بلایا، ''ماپا، میں واپس جانا چاہتی ہوں۔ اپنے راہب کو کہو کہ چوغہ اتار دے۔ میں ایک نوکرانی کی طرح تمھارے گھر نہیں رہوں گی۔'' اس نے دھمکی دی۔ ماپا خود بھی یہی چاہتی تھی کہ اس کا خاوند گھر واپس آ جائے۔ اس نے ایک دو مرتبہ موضوع چھیڑا تھا لیکن اس کے جواب میں اسے کچھ مقدس الفاظ سننے پڑے تھے۔ اب وہ وقت آن پہنچا تھا، جب راہب تین ماہ کے لیے روپوش ہو جاتے ہیں۔ اس کی سمجھ میں نہ آیا کہ کیا کرے، چنانچہ اس نے ایک سہیلی کے ساتھ مشورہ کیا۔ تھوڑی سی گفتگو کے بعد وہ دونوں ہنسنے لگیں۔

وہ صبح دھوپ کی وجہ سے اچھی لگ رہی تھی۔ املی کے درخت میں فاختائیں کوک رہی تھیں۔ ماپا منڈی

جانے کے بجائے گھر پر ہی ٹھہری رہی اور اس نے کھانا پکایا۔ پھر اس نے غسل کیا اور پاؤں کے انگوٹھوں تک مہکنے لگی۔ اس نے بکھری ہوئی لٹوں کو اس طرح باندھا کہ اس کے نین نقش نکھر گئے۔ ماتھے پر بکھرے ہوئے چند بالوں کو اس نے 'فاختہ کے پروں' ایسے انداز میں سجایا۔ اس نے اپنی بھنوؤں کو پنسل سے گہرا کیا اور پان چبا کر اپنے ہونٹ خوب سرخ کر لیے۔ اس نے سرخ پھولوں والا ایک اسکرٹ پہنا اور اس پر سفید کپڑے کی جیکٹ زیب تن کی۔ بچوں نے بھی صاف ستھرے کپڑے پہن رکھے تھے اور گھر کا سامان بندھا پڑا تھا۔ گھر کے صحن میں ایک بیل گاڑی انتظار کر رہی تھی۔ دس بجے کے قریب راہب نمودار ہوا اور اس کے ہمراہ اس کا سب سے بڑا بیٹا تھا جو اس کے راہبانہ اسکول میں پڑھتا تھا۔ جوں ہی وہ قریب آیا، اسے یہ فکر لاحق ہوئی کہ ایک مرتبہ پھر یہ مجھ سے راہبانہ زندگی ترک کر دینے کے لیے کہیں گے۔ وہ گھر کے قریب پہنچا تو اس نے بیل گاڑی دیکھی۔ وہ گھر میں داخل ہوا تو سامان بندھا ہوا دیکھا۔ وہ اس چٹائی پر بیٹھ گیا جو اس کی خالہ نے احتراماً بچھائی ہوئی تھی۔ پھر ماپا کو تلاش کرنے لگا۔

خاصی دیر کے بعد ماپا کھانے کی ٹرے ہاتھ میں لیے نمودار ہوئی۔ اس نے بڑی اداس آنکھوں سے اور دکھ بھری چال سے کھانا اسے پیش کیا۔ اس نے دیکھا کہ وہ بہت بنی ٹھنی ہوئی ہے۔ اس نے ایک مرتبہ پھر نگاہ کی۔ اس کی سمجھ میں نہیں آ رہا تھا کہ وہ ایسا کیوں کر رہی ہے لیکن وہ یہی سوچتا رہا کہ جب اس سے راہبانہ زندگی کو چھوڑنے کے لیے کہا جائے گا، اور ماپا ضرور کہے گی، تو وہ کس طرح انکار کرے گا۔ کھانے کے بعد ماپا نے ٹرے اٹھالی اور اس سے کچھ فاصلے پر مؤدبانہ انداز میں عقیدت سے لبریز ہو کر بیٹھ گئی۔ جوں ہی راہب نے وعظ دینے کے لیے منھ کھولا، ماپا نے اپنی خالی سے کہا: ''خالہ کیا گاڑی بان ابھی تک نہیں آیا؟''

راہب، جو ابھی وعظ شروع نہیں کر پایا تھا، بیل گاڑی کی طرف دیکھنے لگا۔

''ماپا، یہ کیا ہو رہا ہے؟'' اس نے بالآخر پوچھ ہی لیا۔

''میں اس مجرد شخص کو سب کچھ بتا دوں گی۔'' ماپا نے سر اٹھائے بغیر راہب سے کہا۔

''خالہ اپنے گاؤں واپس جانا چاہتی ہے۔ وہ چلی گئی تو میرے لیے دکانداری کرنا اور بچوں کو بھی سنبھالنا ناممکن ہو جائے گا۔ اس لیے میں مجرد شخص سے درخواست کرتی ہوں کہ وہ مجھے اور بچوں کی خالہ کے گاؤں چلے جانے کی اجازت مرحمت فرمائے۔ سب سے بڑا بچہ مجرد شخص کے پاس ہی رہے گا۔''

اس نے بڑے بیٹے کی جانب جھک کر کہا: ''بیٹے تم مجرد شخص کے پاس رہو۔''

یہ کہتے ہوئے اس نے رخسار پر بہتا ہوا ایک آنسو پونچھا۔

راہب ایک گہری سوچ میں گم ہو گیا۔

''مجرد شخص اگر چاہتا ہے تو بے شک ساری زندگی راہب کے لبادے میں گزار دے۔ اس کی صابر عورت کسی نہ کسی طرح زندگی گزار لے گی۔ اس کی اور مجرد شخص کی دنیا ایک دوسرے سے مختلف ہے۔ ان دونوں کے درمیان ایک طویل فاصلہ ہے، چنانچہ آج کے بعد ان دونوں کے درمیان صرف ایک راہب اور ایک عقیدت

مند کا رشتہ ہوگا۔ چونکہ اس کے دو بچے بھی ہیں، اس لیے اگر کبھی اسے کوئی ایسا شخص ملا جو قابل اعتبار رہا تو وہ شاید اسے قبول کر لے۔ اسی لیے وہ یہ ساری چیزیں کھل کر بیان کر رہی ہے تا کہ بعد میں کوئی غلط فہمی پیدا نہ ہو۔"

راہب نے حیرت سے ایک ہلکی سی آہ بھری۔ ماپا نے اپنی آنکھوں کو تھوڑا سا اوپر اٹھایا۔ راہب کے ہاتھ اس کے لبادے پر پھڑ پھڑانے لگے۔ وہ ماپا کو دیکھتا رہا۔

ماپا نے اپنا بیان جاری رکھا؛ "یہ ہم دونوں کی بہتری کے لیے کیا جا رہا ہے۔ مجرد شخص پوری آزادی کے ساتھ مذہبی قانون پر عمل کرے گا اور اس کی بے چاری عقیدت مند، اگر اسے کوئی مرد مل گیا تو، بے چاری۔۔۔"

"تمھاری خالہ کے گاؤں میں تو ہر طرف شرابی ہی شرابی ہیں۔" راہب کہنے لگا۔ "میں اپنی عام زندگی کی طرف لوٹ آؤں گا۔"

ماپا ایک مرتبہ پھر کوبسن کی بیوی بن گئی۔

سیلز گرل

ٹائی کانگ (ملائیشیا)

ترجمہ: مستنصر حسین تارڑ

پرلز ہل کے آس پاس تمام گلیاں صبح کی روشنی میں بیدار ہو چکی تھیں۔ تقریباً سات بج رہے تھے۔ برج کے گھڑیال نے موسیقی کی دھن بجائی۔ ہمسائے میں رہنے والی لڑکی اس دنیا کے جی خوش کرنے والے مقامات میں سے ایک میں کیبرے رقاصہ تھی اور اپنے تیسرے گاہک کے ساتھ ابھی بستر میں تھی۔ لکڑی کے دیوار کے پیچھے سے نرم اور جنسی قسم کے قہقہے کبھی کبھی سنائی دیتے۔ سامنے والے کمرے میں مادام کوئی کا خاوند رہتا تھا جو اپنے سبزی کے ڈھیر کے ساتھ کب کا بازار جا چکا تھا۔ البتہ مسٹر وانگ اپنے کمرے میں تھا، کیوں کہ پچھلی شب اس پر کھانسی کا دورہ پڑا تھا اور وہ بلغم کے ساتھ خون تھوکتا رہا تھا۔ شاید وہ آج بھی کام پر نہ جا سکے۔ وہ پھلوں کی دکان پر نائب خزانچی تھا اور صرف سولہ ڈالر ماہانہ تنخواہ پر کام کرتا تھا۔

لکڑی کی دیواروں کے کمرے کے باہر راہداری میں مشترکہ باورچی خانہ تھا۔ وہاں صرف دو اسٹوو جل رہے تھے۔ رقاصہ کی ماں دیوار کے ساتھ ٹیک لگائے کچھ سوچ رہی تھی۔ اپنے خیالوں میں بالکل گم تھی۔ اس کے قدموں میں ایک بلی لیٹی تھی جو اپنی دُم چاٹ رہی تھی۔ اسے گاہک کے کمرے سے نکال دیا تھا۔

گیزو ابھی اٹھی نہیں تھی۔ اس کی ماں نے دلیے کا ناشتہ تیار کیا تھا اور بہت آہستگی سے کمرے سے آئی تھی تاکہ ہمسایوں کو تکلیف نہ ہو۔ اس نے اپنی بیٹی کو سرگوشی میں کہا: ''گیزو، سات بج چکے ہیں۔ اٹھو گی نہیں؟''

لڑکی نے جواب دینے سے انکار کر دیا لیکن صاف ظاہر ہے وہ جاگ رہی تھی۔ پچھلی شب وہ روتی رہی تھی اور اتنی دیر تک اور پُرشور انداز میں احتجاج کرتی رہی تھی کہ برابر کے کمرے کا گاہک درمیانی دیوار پر دستک دینے پر مجبور ہو گیا تھا۔ اس نے اپنی ماں کو بتا دیا تھا کہ وہ فارمیسی میں سیلز گرل کی حیثیت سے کام نہیں کر سکے گی، کیوں کہ منیجر نے اصرار کیا تھا کہ وہ عام دوائیوں کے ساتھ جنسی دوائیاں، مثلاً 'پیار کی دوائی' اور 'چھوٹا عشق' وغیرہ

بھی فروخت کرے اور یہ ایک کنواری اور سولہ برس سے بھی کم عمر لڑکی کے لیے انتہائی معیوب بات تھی۔ وہ تو یہ نہیں کرسکتی تھی۔ دوسری لڑکیاں جو ذرا ڈھیٹ تھیں، وہ کرسکتی تھیں۔ وہ اپنے گاہکوں کو 'چھوٹا عشق' خریدنے کی ترغیب دے سکتی تھیں، لیکن اس نے پہلے دن سے نہ تو ان دوائیوں کا نام لیا تھا اور نہ انھیں فروخت کیا تھا۔ لیکن وہ جانتی تھی کہ وہ زیادہ دیر تک منیجر کو انکار نہیں کرسکتی، چنانچہ اجنبیوں کے سامنے شرمندہ ہونے سے بہتر تھا کہ وہ ملازمت چھوڑ دے۔ اور اسی لیے گھر پہنچتے ہی رونے لگی تھی اور اس نے قسم کھا کر اپنی ماں سے کہا تھا کہ وہ اس کی کزن کو کہے کہ منیجر سے بات کرکے اسے بتادے کہ وہ نوکری چھوڑ رہی ہے۔ لیکن اس کی ماں تو یہ سب کچھ سننے کو تیار ہی نہ تھی اور اب وہ بستر سے اٹھنے کو تیار نہ تھی۔

''گیزو۔ گیزو۔'' ماں نے بیٹی کو جھوٹ موٹ سوتے دیکھا تو بہت بے چین ہوئی۔ ''اٹھو، ٹرامیں چلنے لگی ہیں۔ تمھیں آٹھ بجے کام پر پہنچ جانا چاہیے۔''

دراصل پرلز ہل کے سامنے سے گزرنے والی ٹرام کی آواز ان کی کھڑکی سے سنائی دے جاتی تھی۔

''اٹھو۔ اٹھو۔ تمھیں بہر صورت کام پر جانا ہے۔''

ماں نے اپنی بیٹی کو دھکیل کر اٹھانے کی کوشش کی لیکن گیزو نے منھ موڑ لیا اور بلا جھجک کہنے لگی: ''تم چاہتی ہو کہ میں وہ شرمناک چیزیں فروخت کروں؟ میں تو نہیں کروں گی۔''

''کیوں؟'' ماں نے بیٹی کے کان میں سرگوشی کی۔ ''بیوقوف مت بنو گیزو۔ اما ئے سے آنے کے بعد ہم اپنی ساری جمع پونجی ختم کر چکے ہیں۔ تم یہ تو جانتی ہو۔ تم اپنی ماں کی مدد کیوں نہیں کرتیں۔''

''میں نہیں جاؤں گی۔''

''ذرا دوبارہ کہنا۔'' ماں ناراض دکھائی دے رہی تھی لیکن اس کے باوجود اس کی آواز میں نرمی تھی۔ ''تم یہ کیوں کہتی ہو کہ ان چیزوں کو بیچنا شرمناک ہے۔ ساتھ والے گھر میں۔۔۔'' اس نے اپنی آواز آہستہ کی، ''شرمناک تو وہ ہے جو یہ ساتھ والی کر رہی ہے۔ لی کی دوسری بیٹی۔ ابھی اسے رقص سیکھے صرف ایک مہینہ ہوا ہے اور یہ تیسرا گاہک ہے جس کے ساتھ وہ بستر میں گئی ہے۔ ان کی مالی حالت اگرچہ پہلے سے بہتر ہوگئی ہے لیکن پھر بھی شرم کی بات تو ہے۔ تمھاری کمپنی تمھیں آٹھ ڈالر ماہانہ تنخواہ دیتی ہے اور اگر تمھارا کام تسلی بخش ہوا تو پانچ فیصد بونس بھی ملے گا۔ یہ کوئی بری نوکری نہیں ہے۔ گیزو، اپنی ماں کی بات سنو۔ جاؤ اور غسل کرو۔ تمھارا دلیہ بھی تیار ہو جائے گا۔''

ماں نے بیٹی کو بستر سے گھسیٹ کر نکالا، اسے کچھ کپڑے دیے اور گھر کے پچھواڑے میں واقع غسل خانے میں دھکیل دیا۔ پھر وہ باورچی خانے میں واپس آئی تاکہ دلیہ اپنے کمرے میں لے جاسکے اور اس دوران رقاصہ کی ماں کی طرف آنکھ اٹھا کر نہ دیکھے جو اب باورچی خانے میں اونگھ رہی تھی، کیوں کہ وہ کمرے میں اپنی جگہ اپنی بیٹی اور اس کے گاہک کو دے آئی تھی۔

سیلز گرل نے منھ ہاتھ دھویا اور باہر جانے کے لیے کپڑے بدل کر میز پر بیٹھی اور اپنا دلیہ کھانے لگی۔

ماں مسٹر وانگ کی کھانسی کی آواز سن کر فکر مند تھی لیکن اس نے بیٹی کو زور دے کر کہا، ''جلدی کرو۔ ساڑھے سات بج گئے ہیں۔''

بیٹی نے آنکھیں نیچی کر لیں۔ وہ اڑیل ہو گئی تھی۔ ''میں نہیں جاؤں گی۔ میں بالکل نہیں جاؤں گی۔''

''اوہو پھر وہی رٹ۔'' ماں نے اپنی چاپ اسٹکس نیچے رکھ دی۔ وہ غصے میں دکھائی دیتی تھی لیکن اس کے ساتھ ہی پُر سکون بھی تھی۔ ''میں نے تمھیں ہر شے کے بارے میں بتا دیا ہے۔ تم اتنی ضدی کیوں ہو گئی ہو؟ ذرا سامنے والے کمرے میں رہنے والوں کو دیکھو۔ چچا 'کی' دن بھر اپنی سبزیوں کا بوجھ ڈھوتا رہتا ہے اور اسے صرف دس ڈالر ماہانہ ملتے ہیں۔ اور تمھیں تو روزانہ صرف آٹھ گھنٹے کام کرنا پڑتا ہے۔ دوائیوں کا بکس اٹھایا اور گلیوں میں بس گھومتے رہے اور مہینے کے آٹھ ڈالر کما لیے اور ان کے ساتھ بونس اور الاؤنس وغیرہ بھی ملتے ہیں۔ کیا تم چچا 'کی' سے بہتر نہیں ہو؟ اور تو اور، مسٹر وانگ جو نائب خزانچی ہے، مہینے صرف دس ڈالر کماتا ہے اور اب وہ بیمار ہے، اسے بلغم کے ساتھ خون آ رہا ہے۔ اگر تم ہر ماہ صرف دس ڈالر کی مدد کر دیا کرو تو میں پریشانی سے بچ جاؤں گی۔ تم ایک اچھی لڑکی ہو۔ تمھیں مجھے اذیت تو نہیں دینا چاہیے۔ پہلے ہی میں کون سی کم فکر مند ہوں۔''

ماں نے سبزیوں کی ڈِش بیٹی کے آگے کی لیکن اس کے ساتھ ہی اس نے بڑی اشتیاق سے ان آوازوں کو بھی سنا جو ساتھ والے کمرے میں سے آ رہی تھی۔ جوڑے کی آوازیں جلدی بند ہو گئیں اور مسٹر وانگ کی کھانسی اور مسز وانگ کا رونا دھونا سنائی دینے لگا۔

بیٹی نے دلیہ ختم کیا اور دروازے لگ کر کھڑی ہو گئی۔ ماں نے بے شمار شکایتوں کو اپنے گلے میں اٹکا ہوا محسوس کیا لیکن اس نے اپنے آپ پر قابو پا لیا۔ اس کے بجائے وہ پھر اپنی بیٹی کو مائل کرنے لگی۔ ''جاؤ گیزو۔۔۔ضرور جاؤ۔''

بیٹی دوبارہ چیخنے پر قابو نہ پا سکی۔ ''میں وہ چیزیں فروخت نہیں کروں گی۔ شرم۔۔۔شرم۔۔۔میں نہیں کروں گی۔ نہیں کروں گی۔''

ماں نے ایک ٹھنڈی آہ بھری۔ وہ سوائے اپنی بیٹی کو گھورنے کے اور کیا کر سکتی تھی۔ بڑا گھڑیال پھر موسیقی کی ایک دھن بجانے لگا۔

''گیزو! جلدی کرو۔'' ماں کی بیتابی بڑھتی جا رہی تھی۔ ''پونے آٹھ ہو گئے ہیں۔ پورے پونے آٹھ۔'' وہ اپنی بیٹی کو کچھ اور کہنے کی اجازت نہیں دے سکتی تھی۔ اس نے اس کے آنسو پونچھے اور سیڑھیوں کی طرف دھکیل دیا۔ بیٹی جھجکتی رہی۔ وہ جانا نہیں چاہتی تھی اور اس کا سراپا پیچھے سے انتہائی مایوس دکھائی دیتا تھا۔ جب وہ سیڑھیاں اتر گئی تو اس نے ماں کی طرف دیکھا، اس کا چہرہ آنسوؤں سے تر ہو رہا تھا۔ وہ بیک وقت احتجاج بھی کر رہی تھی اور درخواست بھی؛ اپنی ماں سے بھی اور فارمیسی کے منیجر سے بھی۔

لیکن احتجاج اور درخواست کے محسوسات کی جگہ شرمندگی اور پریشانی نے لے لی۔ سورج کی روشنی میں گلیاں ابھی خاموش تھیں۔ دھوپ جیسے اس کا مذاق اڑا رہی تھی کہ وہ ابھی دوائیوں کا ایک بکس ہاتھ میں لے کر نکلے

گی اوران میں 'چھوٹا عشق' بھی ہوگی، گلیوں بازاروں میں بیچنے کے لیے۔ وہ فارمیسی جانے کے لیے تیار نہ تھی لیکن کسی بے نام قوت کے زیرِ اثر وہ بالآخر وہاں پہنچ گئی۔

فارمیسی میں سوائے ایک اونگھتے ہوئے دبلے پتلے بندر جیسے شخص کے اور کوئی نہ تھا اور وہ کلرک تھا۔ منیجر اور دوسری لڑکیاں ابھی تک نہیں پہنچی تھیں۔ اس نے اپنی ڈیوٹی شیٹ پر دستخط کیے اور بندر نما کلرک نے اسے ایک چھوٹا سا بکس تھما دیا۔ وہ جانے کو تھی کہ کلرک نے وانت کچکچا کر کہا، ''چھوٹے عاشق کو زیادہ بیچنے کی کوشش کرنا۔ تمھیں اپنے گاہکوں کو بتانا چاہیے کہ یہ ذود اثر، انتہائی زبردست اور بڑے کام کی چیز ہے۔ جب وہ چیز تیار نہ ہو تو انھیں بس یہ کرنا ہے کہ تھوڑا سا 'چھوٹا عاشق' اس پر ملنا ہے۔ باقی کام یہ خود کرے گا۔ پھر وہ جی چاہے کر سکتے ہیں۔ چاہیں تو ایک لڑکا پیدا کرلیں۔ یہ سب یاد رہے گا نہ؟''

نفرت بھری آنکھوں کا بدنظر جوڑا اس پر آگ برسا رہا تھا۔

''ہاں میں جانتی ہوں۔'' گیزوا اپنے دل کی دھڑکن کو سن رہی تھی اور اس کا چہرہ سرخ ہو رہا تھا۔ شرم سے اس کے کانوں کی لویں بھی تمتمانے لگی تھیں۔

وہ بکس کو زمین پر پھینک دینا چاہتی تھی۔ چیخنا چاہتی تھی اور گالیاں دینا چاہتی تھی لیکن اس نے کچھ بھی نہیں کیا۔ اس کی بجائے وہ بندر کی طرف دیکھے بغیر جلدی سے باہر نکل گئی۔

لیکن بندر کی آواز نے اس کا پیچھا کیا، ''جو کچھ میں نے بتایا ہے، اسے یاد رکھنا۔ دوائی فروخت کرنا بھولنا نہیں۔۔۔ چھوٹا عاشق۔''

وہ جان بوجھ کر اس کا مذاق اڑانا چاہتا تھا۔ وہ جواب دیے بغیر جلدی سے چلی گئی۔

جلتے سورج کے نیچے گیزو ہجوم میں اپنا راستہ بناتی رہی۔ اس کے لیے سنگاپور اجنبی اور جلتی ہوئی گلیوں کا ایک مجموعہ تھا۔ انسان اور کاریں بھون دینے والی دھوپ میں چرغائے جا رہے تھے۔ باہر سے دیکھا جائے تو وہ جانوروں کا ایک ریوڑ لگتے تھے جن کی شکلیں مسخ ہو چکی تھیں۔ انھیں راہ چلتے دوائیاں بیچنے والوں سے نفرت تھی۔ جوں ہی آپ ان کے پاس جائیں، وہ آپ کو ناقابل برداشت توہین آمیز نظروں سے دیکھتے ہیں۔ یوں بھی گیزو صرف چھ ماہ قبل چین سے آئی تھی۔ وہ اپنی ماں کے ہمراہ بہت کم باہر نکلتی تھی۔ وہ ان لوگوں سے واقف تھی اور نہ ہی ان کے چال چلن سے۔ وہ اس بات پر برہم تھی کہ آج بھی کل کی طرح ناکام رہے گی۔ جب اسے بندر شکل کلرک کا خیال آیا تو اس کی آنکھیں اس کی شرماہٹ کی تمازت محسوس کرتی دکھائی دیں۔

اگر امائے پر جاپانیوں کا قبضہ نہ ہوتا تو ماں کبھی اس کے ہمراہ سنگاپور نہ آتی اور نہ ہی اسے ان شرمناک چیزوں کو فروخت کر کے گزارہ کرنا پڑتا۔ وہ گھر کب لوٹیں گے؟ اس کے بارے میں سوچتے ہوئے وہ تقریباً اپنا کام بھی بھول گئی۔ اسے یقین تھا، اس کا وطن وہاں سے زیادہ دور نہیں تھا اور اسے اپنے بہن بھائیوں کے چہرے اچھی طرح یاد تھے۔ جوں ہی وہ کافی شاپ کے سامنے پہنچی، وہ سب کے سب فوراً غائب ہو گئے۔

اسے معلوم تھا عام طور پر اس جگہ حالات کاروبار کے لیے سازگار ہوتے ہیں وہ کافی شاپ میں اِدھر

اُدھر گھومتی رہی اور اپنے آپ کو کہتی رہی کہ ان کو خاطر میں نہ لاؤ۔ اوولٹین کا ایک ڈبہ پکڑے وہ ایک آدمی کے پاس گئی، ''اوولٹین سر؟'' اس نے کہا۔ اس آدمی نے اس کی طرف دیکھے بغیر سر ہلا دیا۔

''اوولٹین؟ گرائپ واٹر سر؟''

اس نے کسی اور کو مخاطب کیا لیکن نہ تو ان شرمناک چیزوں کا حوالہ دیا اور نہ وہ کچھ کیا جو دوسری لڑکیاں کرتی تھیں۔ وہ بکس کھول کر اور نمونے باہر نکال کر گاہکوں کو متاثر کرتی تھیں۔ اس کا خیال تھا کہ ان لڑکیوں کے برعکس وہ ایک اچھی لڑکی ہے جو ان جیسی حرکتیں نہیں کر رہی۔ لیکن ایک گاہک نے بھی اس کی طرف دھیان نہ دیا۔ اس کے دل میں ایک سیاہ دھبہ اور سرد دھبہ تھا جو لگتا تھا، بڑھتا ہی بڑھتا چلا جا رہا ہے۔ جوں ہی وہ کافی شاپ سے باہر آئی، تپتی ہوئی گلی نے اس کا استقبال کیا۔ بہت جلد وہ ایک سبزی والے کی دکان کے سامنے تھی۔ پھر دھات کی اشیا کی دکان کے قریب، اور پھر ایک چینی خاندان کے دروازے پر۔ لیکن ہر جگہ اس کا استقبال سر کے منفی اشارے سے ہوا جس سے اس کے دل کا سیاہ دھبہ بڑھتا ہی چلا گیا۔ کوئی بھی ایسا نہ دکھائی دیا جو اس کی طرف آنکھ اٹھا کر دیکھنے کا روادار ہوتا۔

اب اس کے سوا کوئی چارہ نہ تھا کہ وہ کام کے اوقات کے خاتمے کا انتظار کرے اور پھر دوائیاں بنانے والی دکان کی طرف لوٹ جائے۔ انھیں وہ بکس تھمائے اور پھر گھر جا کر چلاتے اور منتیں کرتے ہوئے اپنی ماں سے پھر کہے کہ وہ اسے ہمیشہ کے لیے اس کام سے نجات دلوا دے۔ پہلے وہ دوپہر اور پھر شام کا انتظار کرتی رہی۔ لیکن دوپہر سے پہلے ہی اس کی کزن سُوئے اسے ایک پُرہجوم گلی کے کونے میں مل گئی۔ سُوئے ہی نے اسے فارمیسی والوں سے ملوا دیا تھا۔

''میں کافی دیر سے تمھارا پیچھا کر رہی ہوں۔'' سُوئے شروع ہوگئی۔ ''اس طرح تو چیزیں کبھی فروخت نہ ہوں گی۔ کبھی نہیں۔'' اس کی کزن نے اسے ڈانٹ پلائی، جس طرح اسکول میں بڑی کلاس کی لڑکی رعب ڈالتی ہے۔ ''تم اپنا بکس کھول کر انھیں چیزیں کیوں نہیں دکھاتی ہو؟ ہوسکتا ہے اس کے اندر کوئی ایسی شے ہو جسے وہ خریدنا چاہیں اور اس سے تمھیں کچھ نفع ہو جائے۔ تم انھیں بکس کیوں نہیں دکھاتی ہو؟''

''میں۔۔۔'' اس کی سمجھ میں نہ آیا کہ کیا کہے لیکن ایک گرم شرماہٹ نے اس کی کمر میں پنجے گاڑ دیے۔

''تمھیں میٹھی میٹھی باتیں کرنا چاہئیں۔ ذرا جاندار بنو، تب تم بیچنے کے قابل بنو گی اور تبھی یہ آس بندھے گی کہ تم کچھ بونس بھی کما لو گی۔ ہوسکتا ہے کہ تم ماہانہ چھ سات ڈالر بونس بنا لو۔ اس میں کیا خرابی ہے۔''

''یقیناً اس میں کوئی حرج نہیں۔'' اس نے سر جھکائے ہوئے کہا۔ اس میں اپنی کزن کی طرف دیکھنے کی ہمت نہیں تھی۔ اس طرح چلتے ہوئے وہ سامنے سے آنے والے ایک شخص سے تقریباً ٹکرا ہی گئی۔ سوئے دوسری طرف جانے کے لیے مڑ گئی۔ گیز و تیزی سے آگے بڑھ کر اسے جاتے ہوئے دیکھنے کے لیے مڑی۔ اپنا بکس اس نے ہاتھ میں اٹھا رکھا تھا۔ وہ اپنی کزن سے بیک وقت ڈرتی بھی تھی اور اسے ناپسند بھی کرتی تھی، اگرچہ سوئے نے اس کے ساتھ کبھی کوئی زیادتی نہیں کی تھی۔ سوئے نے شادی نہیں کی تھی لیکن کبھی 'چھوٹا عاشق' بیچنے کی نوبت آتی تو وہ

اجنبیوں کو اس کے تفصیلی فوائد اور استعمال کے طریقے بتانے سے بالکل نہ ہچکچاتی۔ وہ ہر مہینے تین چار ڈالر بطور بونس بھی کما لیتی تھی اور گیز و کو اکساتی تھی کہ اس سے سبق سیکھے۔ لیکن وہ کیسے ان شرمناک چیزوں کو فروخت کر سکتی تھی اور بے شرمی کی راہ اختیار کر سکتی تھی۔

''میں اسے کبھی فروخت نہیں کروں گی۔''

اپنی کزن کے دور ہوتے سراپے کی طرف دیکھتے ہوئے یہ احتجاج اس کے دل کی گہرائیوں میں سے نکلا۔ اس دوران وہ ایک کار کے نیچے آتے آتے بچی۔

اب وہ بددل ہو کر پسینے سے شرابور ہوگئی۔ وہ پیچھے ہٹ کر فٹ پاتھ پر آرام کرنے کو تھی کہ پھر سب کچھ بھلا کر دکانوں اور گھروں میں دوائیاں فروخت کرنے کے لیے چل دی۔ نہ چاہتے ہوئے بھی اس نے اپنی کزن کی ہدایت پر عمل کرنا شروع کر دیا۔ اپنی عام تقریر کے علاوہ اس نے گاہکوں کو خوش کرنے کے لیے اپنے آپ کو یہ کہتے سنا، ''جناب، کیا آپ بچوں کی خوراک خریدنا پسند کریں گے؟ ہمارے ہمسائے کا ایک بچہ ہے جسے یہی خوراک دی جاتی ہے اور وہ بچہ خوب صحت منداور موٹا تازہ ہے۔''

اسے نہ تو اس نئی تقریر سے فطری مناسبت تھی اور نہ ہی وہ روانی سے بول سکتی تھی اور نہ ہی وہ ابھی 'ننھے عاشق' کا کوئی حوالہ دینا چاہتی تھی لیکن وہ اپنے ناموجود ہمسائے کا حوالہ دیے چلی جارہی تھی۔ جب وہ دکان سے باہر آئی تو بے اختیار ہنسنے لگی، کیوں کہ اسے یہ معلوم نہیں تھا کہ وہ اتنی آسانی سے جھوٹ بول سکتی ہے۔ اس کا اصلی ہمسایہ اس قابل نفرت طوائف اور اس کے گاہکوں کے علاوہ اور کون تھا۔

تاہم اس کے دل کے سیاہ دھبے نے بڑھنا نہیں چھوڑا تھا، کیوں کہ ہر کوئی انکار میں سر ہلائے جاتا تھا۔ وہ گھنٹے بھر تک ایک سے دوسری دکان میں جاتی رہی۔

''یہ ایک بہت ہی مشہور۔۔۔'' گھڑیال بیچنے والی دکان میں وہ بس اتنا ہی کہہ سکی۔ ''یہ ہے۔۔۔''

''کیا۔۔۔ بہت ہی مشہور؟۔۔۔ ہاہاہا۔۔۔ ننھا عاشق؟'' یہ ایک چائے خانے کا مالک تھا، ایک موٹا آدمی جو پتلون پہنے ہوئے تھا لیکن اس کی چھاتی کھلی تھی۔ لڑکی کو ایک دم ہوش آگیا۔ وہ کانوں سے آنکھوں تک سرخ ہوگئی، یہاں تک کہ وہ اس کی طرف دیکھنے کی ہمت نہ کر سکی۔ وہ اپنے کلرک کے ساتھ کاٹ دار فقروں کا تبادلہ کر رہا تھا اور وہ دونوں اس کی طرف میلی آنکھوں سے دیکھ رہے تھے۔ اس کی سمجھ میں نہیں آرہا تھا کہ کیا کرے۔ وہ بری طرح بدحواس ہو کر موضوع تبدیل کرنے کی کوشش کرنے لگی۔ ''اوولٹین۔۔۔ گرائپ واٹر۔۔۔ سر۔''

''مجھے اوولٹین نہیں 'ننھا عاشق' چاہیے۔''

مالک نے جی کھول کر قہقہہ لگایا۔ شاید وہ سچ مچ اسے خریدنا چاہتا تھا۔ اس نے اپنے دل کی دھڑکن محسوس کی اور اس کے جسم میں ایک گرم لہر دوڑ گئی۔ یک دم اس نے اپنے آپ کو کہتے سنا، ''ہاں باس۔ یہ میرے پاس ہے۔''

ایک بیٹھی ہوئی آواز جس پر اسے فوراً ندامت محسوس ہوئی۔ اس نے اسے یہ کیوں بتایا کہ وہ اس کے

پاس ہے؟ اسے جواب ہی کیوں دیا؟

بہرحال اس نے بکس کھول کر اس شرمناک چیز کی بوتل نکالی۔ شرماتے ہوئے اس نے وہ بوتل تو ندیل گاہک کو تھما دی۔ اس کا دل پہلے سے زیادہ زور سے دھڑکنے لگا اور اس نے اتنی کمزوری محسوس کی کہ اسے پتہ نہ چلا کہ وہ کیا کر رہی ہے یا کیسے واضح گفتگو کر سکتی ہے۔ اس نے یہ کہا ہی کیوں کہ وہ اس کے پاس ہے۔۔۔ کیوں؟

''اسے کیسے استعمال کرتے ہیں؟''

گاہک نے یوں پوچھا جیسے وہ سچ مچ اس کے استعمال سے واقف نہیں۔ وہ ہاتھ میں پکڑی بوتل کے ساتھ ایک کھلونے کی طرح کھیل رہا تھا۔ اپنے کان کے پاس لے جا کر وہ اسے ہلاتا تاکہ دوائی کی آواز سن سکے۔ اس کھیل نے تو اسے اور بدحواس کر دیا۔ وہ تو یہ بھی نہیں جانتی تھی کہ وہ اس ہاتھ کا کیا کرے جس سے اس نے بکس پکڑا ہوا تھا۔ بالآخر اس نے سر اٹھا کر موٹے شخص کی طرف دیکھا، جواب بھی اس کا مذاق اڑا رہا تھا۔ ''جناب، آپ تو بہرحال۔۔۔'' اس نے اپنے آپ کو کہتے سنا، ''آپ یقیناً اسے استعمال کرنا جانتے ہیں۔ آپ جانتے ہیں نہ!'' یہ سب کچھ اس کے اندر سے اُبل پڑا۔ وہ جو بھی کہہ سکتی تھی، اس نے کہا اور اس کی سانسوں کی رفتار تیز ہو گئی۔

''نہیں۔۔۔ میں تو نہیں جانتا۔''

وہ شخص بوتل کے ساتھ کھیلتا رہا، پھر یک دم لڑکی کی طرف دیکھنے لگا، ''تم اندر آجاؤ۔ میں کچھ اور چیزیں بھی دیکھنا چاہتا ہوں۔''

نہ چاہتے ہوئے بھی وہ دکان کے عقب میں واقع کمرے میں چلی گئی۔

''اچھا تو اب مجھے بتاؤ کہ اسے کس طرح استعمال کیا جاتا ہے۔'' موٹے شخص نے آواز دھیمی کر کے اس کے قریب آتے ہوئے کہا۔ اس نے کسی اور شے کو دیکھنے کے لیے بالکل نہیں کہا۔ ''کیسے استعمال کیا جاتا ہے؟ اسے کیسے لگایا جاتا ہے؟''

''میں۔۔۔ میں۔۔۔''

جیسے کسی شے نے اسے دکھ دیا ہو۔ اس کا دل منہ کے راستے باہر آنے کو تھا۔ وہ بوکھلا گئی تھی۔ اس نے بوتل پر جھپٹا مارا اور بکس میں رکھ کر آناً فاناً دروازے سے باہر نکل گئی۔

''لعنت ہو تم پر۔۔۔ لفنگے۔۔۔ درندے۔''

وہ گالیاں دیتے ہوئے چلا رہی تھی اور کمرے میں ایک فلک شگاف قہقہہ اس کا تعاقب کر رہا تھا۔

وہ غصے سے ابلتی ہوئی گلیوں میں آگئی اور ہجوم میں راستہ بنانے لگی۔ وہ اپنی ماں کو یا فارمیسی کے منیجر کو قصوروار ٹھہرانا بھول گئی کہ انھوں نے اس شرمناک چیز کو بیچنے کے لیے زور دیا تھا، صرف پیسہ بنانے کے لیے۔ یا اس کی وہ کزن جس نے اسے اس ملازمت کے حصول میں مدد دی تھی۔ وہ پاؤں پٹختی ہوئی چلتی رہی اور کسی کافی شاپ یا کسی اور دکان کے اندر نہ گئی۔ اسے ایک ناقابل بیان دکھ ہوا لیکن صرف دکھ۔ ایک ایسی شے کے بارے میں دکھ، جو وہ بیان نہیں کر سکتی تھی۔ اور پھر وہ فارمیسی کے سامنے کھڑی تھی اور اسے اپنی کزن کی آواز کہیں سے آتی

ہوئی سنائی دے رہی تھی۔ وہ فارمیسی کے اندر چلی گئی۔ اس لمحے اسے یوں لگا جیسے اس نے موٹے شخص کا سایہ دیکھا ہے اور وہ ننگا تھا۔ وہ فارمیسی سے باہر آ گئی۔ اس کی کزن نے اسے پکارا۔ وہ اس کا پیچھا کر رہی تھی۔ گیزو نے گلی پار کی اور اس غریب مکان کی سیڑھیاں چڑھنے لگی جس کی بالائی منزل کے ایک کمرے میں وہ رہائش پذیر تھی۔ جوں ہی وہ کمرے میں داخل ہوئی، اس نے اپنے آپ کو بستر پر گرا دیا اور روتے ہوئے کہنے لگی، ''میں کام پر بالکل نہیں جاؤں گی۔ میں اب کام پر نہیں جاؤں گی۔''

''ہوا کیا ہے؟ مسئلہ کیا ہے؟'' اس کی کزن نے بستر پر جھک کر اس سے بکس لے لیا اور ایک طرف پھینک کر اسے جھنجھوڑا اور جواب دینے کے لیے کہا۔ ماں وانگ کے کمرے میں تھی، وہ بھی جلدی سے باہر آ گئی تھی۔ اپنی بیٹی کو یوں روتے دیکھ کر اس کا دل بہت دکھا۔

''گیزو۔ گیزو۔ کیا ہوا؟''

''تم بالکل بچوں جیسی حرکتیں کرتی ہو۔ سیلز گرل کو کبھی کبھی تکلیف تو ہوتی ہے اور کبھی کبھار گالیاں بھی سننا پڑتی ہیں ورنہ یوں تو پھر ہر کوئی سیلز گرل بن جائے۔'' کزن نے گیزو کو جھنجھوڑا۔ ''رومت۔ میرے سامنے آؤ۔ میں دیکھتی ہوں اس نے تمھاری بے عزتی کی ہے۔''

''میں اس قسم کا کام نہیں چاہتی۔ میں یہ کام نہیں کروں گی۔''

وہ دکھ اور بیچارگی سے روتی رہی۔ اسے اب بھی وہ موٹا آدمی قہقہے لگا تا دکھائی دیتا تھا۔ ساتھ والا جوڑا بیدار ہو چکا تھا۔ جب کبھی گیزو کے چلانے کی آواز مدھم ہوتی، ان کے جنسی قہقہوں کی آواز ابھر آتی، لیکن جلد ہی قہقہوں کی جگہ سسکیوں اور آہوں نے لے لی۔

چچی 'کی' اور مسز وانگ بھی اپنے کمروں میں رو رہی تھیں، کیوں کہ مسٹر 'کی' کو پولیس نے ٹریفک میں خلل ڈالنے کے الزام میں پکڑ لیا تھا کہ اس نے اپنا سامان بیچ بازار میں رکھ دیا تھا۔ مسز وانگ نے پھر خون تھوکا تھا اور اس کے مالک نے اسے ایک مہینے کی تنخواہ پیشگی دینے سے انکار کر دیا تھا۔ صرف ٹیکسی گرل کی ماں کو کوئی فکر و فاقہ نہ تھا۔ وہ راہداریوں میں پھر رہی تھی۔

''یہ مت کہو کہ تم کام نہیں کرو گی۔ مت کہو کہ تم کام نہیں کرنا چاہتیں۔'' ماں نے کہا۔ ساتھ والے کمرے میں گاہک گنگنا رہا تھا۔ پھر ماں نے روتے ہوئے سرگوشی کی، ''کیا روزی کمانا آسان ہے؟ اگر تم مشکلات برداشت کرنے کی عادت نہیں ڈالو گی تو پھر کیا ہوگا۔''

''ہوا کیا ہے؟ قصہ کیا ہے؟'' سُوئے نے پوچھا۔

گیزو اپنی کزن کے سوال کا جواب نہیں دینا چاہتی تھی۔ اس دوران برابر کے کمرے سے ہنسی کی آواز آنے لگی جیسے کوئی کسی کو چھیڑنے پر تلا ہوا تھا۔

''چاہے تمھیں ناگوار لگے، پھر بھی تمھیں کام پر جانا پڑے گا۔ ذرا مسٹر وانگ کو دیکھو۔ وہ مہینے بھر سے کام پر نہیں گیا۔ چنانچہ کیا ہوا؟ اگر تم غریب ہو تو پھر کیا کہا جا سکتا ہے؟ اگر تم کام نہیں کرو گی تو کھاؤ گی کہاں سے؟

ماں نے اس کے آنسو پونچھے اور کرسی میں ڈھیر ہوگئی۔ مسز وانگ اور چچی کی سسکیوں کی آواز سنتے اور اپنی بیٹی کے آنسوؤں کو دیکھتے ہوئے مایوسی اس پر غالب آتی جا رہی تھی۔

''میرے ساتھ آؤ گیزو۔ ساڑھے دس بج چکے ہیں۔'' سوئے نے کہا۔

''نہیں میں نہیں جاؤں گی۔ نہیں جاؤں گی۔''

''نہیں۔ تم نہیں جاؤ گی۔'' اس کی ماں نے دہرایا۔

''بہر حال مجھے تو جانا ہے۔'' کزن نے کہا اور ان دونوں کو چھوڑ کر چلی گئی۔

سیڑھیاں اترتے قدموں کی آواز، دبی دبی ہنسی۔ دوسرے کمروں سے آہ وزاری کی آوازیں۔

''تم نہیں جاؤ گی۔۔۔ نہیں جاؤ گی۔۔۔ تو تم چاہتی ہو کہ ہم بھوکے مر جائیں؟''

ماں سسکیاں بھر رہی تھیں۔

برابر کے کمرے سے آنے والا قہقہہ پھر سنائی دیا لیکن اس دفعہ وہ بالکل بناوٹی تھا۔

رخصتی

نگوئن تھی (ویتنام)

ترجمہ: مستنصر حسین تارڑ

نِگا اس وقت آٹا پیس رہی تھی، جب چِن اسے خدا حافظ کہنے کے لیے آئی۔ اس نے اپنے کندھے کو جھٹک کر بالوں کی وہ لٹ پرے کی جو اس کی گردن کو چھو رہی تھی اور پھر اپنی سہیلی کی جانب حیرت سے دیکھا، ''تو کیا تم واقعی جا رہی ہو؟''

''ہاں۔'' چِن نے جواب دیا۔ ''میں جشن کے دوسرے روز آ جاؤں گی۔''

''اوہ خدایا۔''

دونوں سہیلیاں بغلگیر ہو گئیں۔ جوں جوں جدائی کا لمحہ قریب آتا گیا، توں توں پرانی یادیں تازہ ہوتی گئیں۔ چِن کی جانب دیکھتے ہوئے نِگا بہت جذباتی ہو رہی تھی۔ وہ دونوں ایسے لمحات گزار چکی تھیں جو بھلائے نہیں بھولتے۔ خصوصاً وہ دن جب وہ دونوں ایک 'جنگی نقطۂ نظر سے اہم گاؤں'' کو تباہ کرنے کے لیے گئی تھیں۔ واپسی پر، رات کے وقت، دشمن کے حملے کے ڈر سے وہ پانی سے بھرے ہوئے کھیت کے درمیان میں بطخیں پالنے والے ایک شخص کو جھونپڑے میں سوئی تھیں۔ اگلی صبح جب وہ بیدار ہوئیں تو ہر طرف پانی ہی پانی تھا۔ اور تب وہ راتیں بھی تھیں، جب وہ ایک دوسری کے راز سنتی تھیں؛ ہنستے ہوئے اور کبھی روتے ہوئے اور بالآخر وہ نیند کی آغوش میں چلی جاتیں اور وہ دن جب وہ منڈی کی طرف جاتے ہوئے دشمن کے اڈے نگایا کے قریب سے گزری تھیں اور خفیہ پمفلٹ گر گئے تھے اور ہوا انھیں پوری سڑک پر اڑاتی رہی تھی۔ اسی طرح بے شمار یادیں تازہ ہوتی گئیں؛ ماضی میں سے جھانکتیں، غائب ہو جاتیں، واپس آتیں اور ایک دوسرے میں مدغم ہو جاتیں۔ یک دم نگا نے اپنی سہیلی کے گھٹنے کو تھپکا؛ ''تم کتنی خوش ہو گی۔'' اس نے کہا۔

انھوں نے ایک دوسرے کی جانب دیکھا اور ان کی ہنسی چھوٹ گئی۔

چن اس مقام کی طرف بھاگی جہاں اس کی سہیلی ںا ایک درخت کی ٹہنی پر بیٹھی دشمن کے جہازوں کا دھیان رکھ رہی تھی۔ وہ نیچے اتر آئی۔

''کیا تمھیں بھی بلاوا آ گیا ہے؟'' اس نے پوچھا۔ ''میرے بارے میں کیا خیال ہے؟''

''مجھے کچھ معلوم نہیں۔''

''ہم تینوں نے رجسٹریشن کروائی ہے، تو پھر صرف تمھیں کیوں بلایا گیا ہے؟''

وہ حفاظتی پہرے پر تعینات نہ ہوتی تو یقینا کامریڈ ویٹ سے جا کر پوچھتی جو گوریلا یونٹ کا سربراہ تھا۔ ںا عورتوں میں سب سے زیادہ نوجوان گوریلا تھی۔ ان کو امریکی بمباری کی بالکل پرواہ نہ تھی، صرف یہ ڈر تھا کہیں دشمن کے جہاز اس کے سر پر آ کر نہ گر پڑیں۔

''کیا تم انھیں کہہ سکتی ہو کہ وہ مجھے بھی تمھارے ساتھ جانے دیں۔'' اس نے چن سے کہا۔

''ضرور۔''

''ہم نے جو علاقے آزاد کرائے ہیں، وہ بہت بڑھ گئے ہیں۔ فکر نہ کرو اماں۔''

آٹے پر مُگیاں پڑنے کی آواز بالکل ویسی تھی جیسی چھوٹے بچے بن کے بنائے ہوئے مٹی کے گرینیڈوں سے آتی تھی۔ گاؤں کے آس پاس دشمنوں کی تمام چوکیوں کا صفایا کر دیا گیا تھا۔ کئی اور دیہات میں بھی یہی ہوا تھا۔ اب سفید بگلے کے ضلع کے ایک کونے سے لے کر دوسرے کونے تک بے خطر پرواز کر سکتے تھے۔ یہ کہا جا رہا تھا کہ این۔ ایف۔ ایل۔ بڑے پیمانے پر حملے کا منصوبہ بنا رہی ہے۔ گاؤں کے گوریلا یونٹ کے سربراہ کے طور پر جنگ میں حصہ لینے کے لیے اس نے اپنی خدمات پیش کی تھیں۔ نگا، ںا اور دوسرے رنگروٹ کٹھ پتلی فوجیوں سے دو دو ہاتھ کر سکتے تھے، اگرچہ کٹھ پتلیوں کو امریکی امداد بھی حاصل تھی۔ وہ مردوں کے ہمراہ رات کو دریا عبور کریں گے اور ضلع مرکزوں کے کامریڈوں کے ساتھ جا ملیں گے۔

''اماں، میرا خیال ہے فرنٹ نے جو زمین ہمیں الاٹ کی ہے، اس پر تمھیں گنّا اُگانا چاہیے۔''

''اس کے بارے میں فکر نہ کرو۔ تم جا کر اچھی طرح سے لڑو۔''

ماں نے اپنی بیٹی کی طرف دیکھا۔ اسے یک دم احساس ہوا کہ وہ اس طرح گفتگو نہیں کر رہی جیسے کہ عموماً کیا کرتی ہے۔ اس گھر میں ہمیشہ سے وہ اسے بتایا کرتی تھی کہ اسے کون سا کام کیسے کرنا چاہیے، لیکن اب اس کی بیٹی اسے نصیحت کر رہی تھی۔ حال ہی میں فرنٹ نے اسے دو کونگ زمین الاٹ کی تھی۔ تقریباً بیس کونگ زمین اس حفاظتی علاقے میں سے حاصل کی گئی تھی جہاں دشمن کی چوکیوں کو تباہ کر دیا گیا تھا۔ اب بچے آزادی سے وہاں کھیل سکتے تھے اور بھینسیں چرا سکتے تھے تاکہ دشمن کے جہاز نہ آ جائیں۔ اس دوران جنھیں زمین الاٹ کی گئی تھی، وہ اسے کاشت کرنے کی تیاری کر رہے تھے۔

''تم کہاں جاؤ گی؟ صوبائی صدر مقام میں یا آزاد کردہ علاقے میں؟'' ماں نے پوچھا۔

''میں وہیں جاؤں گی جہاں مجھے بھیجا جائے گا۔ تم گنّا ہی اُگاؤ گی نا اماں؟''

”ہاں۔“

”اگر تمبا کو کاشت کروگی تو تم میں اتنی ہمت نہیں ہے کہ اسے سیراب کر سکو۔“

ماں کو یاد آیا کہ جب انھوں نے تمبا کو کاشت کیا تھا تو اس کی بیٹی روزانہ کھیت کو پانی دیتی تھی اور شکایت کا لفظ بھی اس کی زبان پر نہ آتا تھا۔

”میں شاید ہمت کرلوں۔“ ماں نے جواب دیا۔ ”بس تم اپنی روانگی کی تیاری کرو۔“

چن جس وقت فوج میں جا رہی تھی، عین اسی وقت گاؤں میں نئے قمری سال کے جشن کی تیاری ہو رہی تھی۔ دن میں دو تین مرتبہ دشمن کے ہیلی کاپٹر 'جوابی کاروائی' کرنے کے لیے گوریلوں پر حملہ آور ہوتی، اس کے باوجود کیک بنائے جا رہے تھے۔

خواتین کے گوریلا یونٹ نے بہت عرصہ پہلے فوج میں بھرتی ہونے کے لیے درخواست دی تھی۔ اس وقت جب دشمن نے گاؤں کو گھیرے میں لے لیا تھا۔ ہر دوپہر 'ڈان وے' پہرے دار بالوں کو بناتے ہوئے، دھوپ کے چشمے لگائے اور امریکی سگرٹوں کے کش لگاتے ہوئے پریڈ کرتے۔

”کیا میں تمھارے لیے ایک جھولنے والا تھیلا بنوا لوں؟ ابھی سے؟“

”نہیں، ابھی اس کی ضرورت نہیں بیٹی۔“

اداسی کا ایک بادل، اُ کے چہرے پر چھا گیا۔ خاموشی نے دونوں سہیلیوں کو حقیقت کے قریب کر دیا۔

”اگر تم چوکی پر حملہ کروگی،“ چن نے کہا ”تو پھر میرے حصے کی گولیاں بھی تم ہی چلا دینا۔“

”نِگا نگ نہر عبور کر کے اپنے کامریڈوں کے ساتھ ایک مشترکہ حملہ کردو۔“

ءاُ نے کچھ دیر کے لیے سوچا۔ جس چھڑی سے وہ خطرے کی گھنٹی بجاتی تھی، اس کے ساتھ اپنے گال رگڑتی رہی اور پھر فوری طور پر بولی، ”ہم سب لڑکیاں بالکل تنہا ہوں گی؟“

”تم ہمارے مردوں کے ساتھ جا کر جنگ میں حصہ کیوں نہیں لیتیں؟“

”کیا خیال ہے، تم جشن کے خاتمے تک گھر میں کیوں نہ رہو؟“

اس پر پرانی یادیں پھر ذہن میں تیرنے لگیں۔ ایک مرتبہ ءاُ، چن کو ضلع کی منڈی میں لے گئی تھی تاکہ یہ دیکھا جائے کہ یہ امریکی مداخلت کار شکل و صورت کے کیسے ہوتے ہیں۔

چن گھر چلی گئی۔ اس کی ماں کیک بنا رہی تھی اور ننھا سو رہا تھا۔ برآمدے میں کھڑے ہو کر اس نے ان کا جائزہ لیا؛ اس نے ایسا پہلے کبھی نہیں کیا تھا۔ اماں کے بال ابھی سیاہ تھے لیکن اس کی نظر اتنی کمزور تھی کہ اسے مٹی کے تیل کے لیمپ کے اوپر جھکنا پڑتا۔ یہ دیکھنے کے لیے کہ آٹا گوندھا گیا تھا یا نہیں، اسے آنکھیں میچنی پڑتی تھیں۔

چن نے اپنے آپ سے کہا: ”میں اماں اور چھوٹے ننھے کو بہت جلد چھوڑ جاؤں گی۔“

”تم اتنی دور جا رہی ہو کہ اگر تمھیں چھٹی ملی تو گھر کیسے آؤ گی؟“ اس نے اپنی بیٹی سے پوچھا۔

”سائیکل رکشہ میں۔“

چن، نِگا اور ہُا ایک دوسری کو تب سے جانتی تھیں، جب وہ ننھی ننھی بچیاں ہوا کرتی تھیں اور ان کی چٹیا ہوتی تھی۔ 'جنگی نقطۂ نظر سے اہم گاؤں' کی شمولیت سے وہ بند ہو کر رہ گئی تھیں لیکن اس کی زندگی مفلوج نہیں ہوسکتی تھی۔ ان کی دوستی اور زیادہ مستحکم ہوگئی تھی۔ یہ ظاہر کرتے ہوئے کہ وہ بھینسے چرا رہی ہیں، وہ کھیتوں میں چھپے سپاہیوں کو سامان دے آتیں۔ رات کے وقت وہ چھوٹے سگنل لیمپ جلاتیں جو تاریکی میں ستاروں کی طرح ٹمٹماتے۔ یہ روشنی انقلابیوں کو گاؤں کا راستہ دکھاتی اور 'جنگی نقطۂ نظر سے اہم گاؤں' کے قلب میں سینکڑوں ایسے ستارے چمکنے لگتے۔ عام طور پر دوپہر کے وقت چن ہاتھ میں پان پکڑے نِگا سے ملتی جو ایک درخت پر چڑھ جاتی اور اسے جھنجھوڑ کر ہُا کو پیغام بھیج دیتی۔ رنگین قمیصوں میں ملبوس یہ لڑکیاں ایک دوسری کو ملنے کے لیے کہیں اور چلی جاتیں۔ اس گاؤں کے لوگ روزمرہ کے معمولات کے عادی ہو چکے تھے۔ وہ اچھی خبر کے لیے اگلی صبح کا انتظار کرتے۔ سپاہی، جو چیتے کی کھال کی جیکٹ پہنتا تھا، اپنے بستر پر مردہ پایا گیا یا کٹھ پتلی حکومت کا سکریٹری، جو اپنی بھوؤں پنسل سے بناتا تھا، گاؤں کے باہر نوک دار بانسوں کے ساتھ بندھا ہوا پایا گیا یا سارے نوک دار بانس اور خاردار تار رات کو صفا کر دیے گئے۔ سردیوں کی راتوں میں ایک رومال لہراتے ہوئے چن کھیتوں میں پہرہ دیا کرتی تھی اور وہاں شدید سردی میں مچھروں کی یلغار ہوا کرتی تھی۔ وہ اپنی ڈیوٹی پر اس وقت جاتی جب شام کا ستارا تاریک آسمان میں ایک لیمپ کی طرح جل اٹھتا اور تب واپس آتی جب صبح کا نیلا تارہ آسمان سے غائب ہوجاتا اور طلوع آفتاب کی سرخی نمودار ہوجاتی۔ انھی راتوں میں دوسرے گوریلوں کے ہمراہ نِگا اور ہُا خاردار تار اٹھا کر مزاحمتی اڈوں پر پہنچاتیں۔ صبح سویرے واپسی پر وہ ایک دوسری کی جانب شرارت بھری نظروں سے دیکھتیں، ہنسنے لگتیں اور پھر ایک ۔۔۔ دو ۔۔۔ اور وہ نہر میں کود جاتیں۔ وہ نچڑتی ہوئی دشمن کی چوکی کے قریب سے گزر جاتیں اور وہ سمجھتے کہ شاید وہ مچھلیاں پکڑ کر آرہی ہیں۔ ایک مرتبہ چن تین روز کے لیے باہر گئی اور تین دستی بموں کے ساتھ واپس آئی۔

''خدا کے واسطے نِگا، یہ تو کسی لمحے بھی پھٹ سکتے ہیں۔'' ہُا نے اپنے کانوں کو بند کرلیا۔ اپنے بال پیچھے کو جھٹکتے ہوئے چن نے دستی بم ایسے نکالے جیسے وہ آلو ہو اور پھر اپنی سہیلیوں کو پھندا لگانا سکھایا۔

پارٹی نے ابھی تک ان تینوں لڑکیوں کی فوج میں بھرتی کے بارے میں درخواست قبول نہیں کی تھی، اس لیے کہ ان کی گاؤں میں شدید ضرورت تھی۔

تب وہ دن آیا جب 'جنگی نقطۂ نظر سے اہم گاؤں' کے گرد کی مورچہ بندی ختم کردی گئی اور انفرادی دیہات نے اپنا تشخص حاصل کرلیا۔ تینوں نوجوان لڑکیوں نے دوبارہ درخواست روانہ کی۔ ہُا کی تو یہ وجہ تھی کہ وہ جلد ہی سترہ کی ہوجائے گی اور پھر فوج میں بھرتی کے لیے اس کی عمر زیادہ ہوجائے گی۔ نِگا نے کہا کہ اگر وہ گاؤں میں ٹھہری رہی تو وہ اپنے دوست لڑکے بانگبے کے ساتھ اپنی شادی ملتوی نہیں کرسکے گی۔ اور جہاں تک چن کا تعلق تھا، اس کی واحد خواہش یہی تھی کہ وہ ملک کے کونے کونے میں جائے، رائفل ہاتھ میں پکڑے، محاذ آزادی کی فوج میں ایک سپاہی کی حیثیت سے۔

محاذ آزادی کی فوج ٹانگ پھونگ چوکی کو تباہ کرنے کے لیے آرہی تھی۔ اس شام چِن کو بوڑھا ہائے نگا نگ ایسے ملا کہ اس کے ہاتھ میں گٹار اور دوسرے میں نوک دار کیلوں کا ایک بنڈل تھا۔ وہ چیخ کر کہنے لگا، ''کہاں جا رہی ہو؟ کیا تم جانتی نہیں کہ ہمارا گاؤں اپنے دستوں کے لیے ایک پُل تعمیر کر رہا ہے؟''

''چچا، کیا وہ سچ مچ آرہے ہیں؟''

چِن گاؤں کی طرف بھاگتی ہوئی گئی۔ محاذ آزادی کی فوج۔۔۔ شدت جذبات سے وہ ہر چند قدموں بعد ٹھوکریں کھا رہی تھی۔ جو سڑک پنچایت گھر کی طرف جاتی تھی؛ سپاہیوں، اسلحے اور توپوں سے بھری ہوئی تھی۔ اسے تو گزرنے میں بھی بے حد دقت ہوئی۔ اس شور شرابے میں اس نے چچا ہائے نگا نگ کی بھاری آواز سنی جو سپاہیوں کو رات کے کھانے کے لیے بلا رہا تھا۔ اس کی ماں کچھ لڑکیوں کو چائے بنانے کے لیے کہہ رہی تھی۔ اس کی دادی آلتی پالتی مارے ایک سپاہی کے ساتھ گفتگو میں محو تھی جسے وہ دیکھ بھی نہیں سکتی تھی اور بچے خوشی سے قہقہے لگا رہے تھے۔ وہ آوازیں، جو گاؤں کی گلیوں کی طرح اس کی جانی پہچانی تھیں، گونج رہی تھیں اور رات کو دن میں بدل رہی تھیں۔

نِگا نے دوائی کا ایک برتن گرم کرنے کے لیے آگ پر رکھا ہی تھا کہ چِن اور اُ آ گئیں۔

''یہ تو ابھی تیار نہیں۔ میں اسے کیسے پی سکتی ہوں؟'' اس نے آہ و زاری کی۔

''بس اسے نگل لو۔ ہم تمھاری مدد کریں گے۔''

نِگا دوائی کو یکبارگی پی گئی اور اسے محسوس ہوا اس کے پیٹ کا درد فوراً غائب ہو گیا ہے۔ تینوں لڑکیاں جلدی سے باہر چلی گئیں۔ پھاٹک کے قریب پہنچنے پر انھوں نے ٹونگ پھونگ چوکی کی جانب سے ایک زوردار دھماکے کی آواز سنی اور اس کے ساتھ ہی رائفلوں کی گولیاں برسنے لگیں۔ وہ ابھی پناہ بھی نہ لینے پائی تھی کہ منڈی کی طرف سے شور سنائی دیا۔ ٹونگ پھونگ چوکی پر قبضہ ہو گیا تھا۔ کیا یہ سچ ہو سکتا ہے؟ چِن کے کانوں میں ابھی تک بہرا کر دینے والی آوازیں آرہی تھیں۔ جن سپاہیوں سے اس کی ملاقات ہوئی تھی، وہ ابھی تک گاؤں میں تھے، چنانچہ یہ دوسرے تھے جنھوں نے حملہ کیا تھا۔ اتنا کچھ اتنی تیزی سے ہو رہا تھا کہ چِن خوشی کے مارے یہ فیصلہ نہ کر سکی کہ جانا کہاں ہے اور کرنا کیا ہے۔

اگلے دن سپاہی وہیں ٹھہرے رہے تا کہ دشمن کو آنے والی کمک پر حملہ کیا جا سکے۔ گوریلا عورتیں رابطہ ایجنٹ کی حیثیت سے کام کر رہی تھیں۔ دشمن کے گولوں کے ٹکڑوں نے درختوں کو پتوں سے محروم کر دیا تھا، کیوں کہ یہ ان کے اوپر گرے تھے۔ اُ کے گھٹنوں پر دشمن کے ہوائی جہاز سے چلے ہوئے چند کارتوس گرے۔ اس سے پیشتر چِن کا خیال تھا کہ انقلاب لانے کے لیے رائفل اٹھا کر نکلنا، انقلاب دشمنوں کا خاتمہ کرنا، گاؤں والوں کے ہمراہ جلوسوں میں شریک ہونا، ایک ایسی موٹر بوٹ میں ضلعی منڈی جانا جس میں پوسٹر لگے ہوں، محاذ آزادی کے سپاہیوں کو راگ ڈاڈ چوکی کی طرف لے جانا تا کہ وہ رات کو حملہ کر سکیں؛ بے حد ضروری ہے لیکن اس مرتبہ انقلاب ایک ایسے وسیع آسمان کی صورت میں سامنے آیا جس میں توپوں کی گھن گرج تھی۔ اس نے انقلاب کے اس نئے

پہلو سے بہت جلد آشنائی حاصل کرلی۔ ایک امریکی جہاز آسمان پر ایک دھماکے سے پھٹ گیا اور دریا کے کنارے آ گرا۔ اس کی حیرت صرف چند لمحوں کے لیے تھی۔ پھر اس نے سوچا کہ یہ بالکل ٹھیک ہوا ہے کہ جہاں وہ بمباری کرتا تھا، وہیں آن گرا ہے۔ اس کے علاوہ اسے محسوس ہوتا تھا جیسے وہ اس سے پہلے بھی کسی جہاز کو آسمان پر پھٹتے اور زمین پر گرتے دیکھ چکی ہے۔

دشمن کی پوری بٹالین میں سے صرف ضلعی چیف بچا تھا جو ایک نیکر پہنے ہوئے تھا اور اس کے ساتھ دو سپاہی تھے جو اسی لباس میں تھے اور ضلعی صدر مقام کی طرف گرتے پڑتے بھاگے جا رہے تھے۔ نصف شب کے قریب، جب وہ سپاہیوں کو دریا پار کروا کر آ رہی تھی، چن کے پاؤں کسی نرم اور گیلی چیز پر پڑے۔ یہ ایک امریکی ہوا باز کی لاش تھی۔ جب وہ راکٹوں اور بموں سے مسلح زندہ تھا تو بھی وہ اسے خوفزدہ نہیں کرسکا تھا، اور اس وقت جب کہ وہ گلے سڑے گوشت کا ایک پلپلا ڈھیر تھا، وہ اس سے متاثر ہوگئی تھی۔ سڑک کے ساتھ ساتھ گاؤں والے لیمپ اٹھائے گولوں کی پیٹیاں اور پیراشوٹ اٹھانے جا رہے تھے۔ جلتے ہوئے گنّے کی تیز اور میٹھی خوشبو ہر سُو پھیلی ہوئی تھی۔ لوگ چائے پی رہے تھے، بحث کررہے تھے کہ بموں کے گڑھوں کو کیسے بھرا جائے، گھروں کو کیسے دوبارہ تعمیر کیا جائے اور اسکول اور مارکیٹیں کیسے پھر سے بنائی جائیں۔ نِگا نے پوچھا، ''کیا بچے منڈی والی جگہ میں اسکول جائیں گے؟''

چن نے اپنی دوست کے لمبے بدن کو دشمن کے پیراشوٹ گولوں کی روشنی میں دیکھا، ''منڈی کل ہمارے سپاہیوں نے آزاد کرالی تھی۔'' اس نے کہا، ''کیا تمھیں علم نہیں ہے؟''

اس فاتحانہ جنگ نے تینوں لڑکیوں کو مختلف سطحوں پر چھوا تھا۔ نِگا نے سوچا، ''یہ کچھ عجیب سا لگے گا کہ منڈی لے جا کر بچوں کو رقص کرنا اور گانا سکھایا جائے۔''

اُآب دشمن کی بمباری سے خوفزدہ نہیں تھی لیکن وہ اب بھی ڈرتی تھی کہ کہیں کوئی جہاز عین اس کے سر پر نہ آگرے۔ اور جہاں تک چن کا تعلق ہے، وہ اس دنیا میں ایک لڑکی ہونے کی وجہ سے بلاوجہ غصے میں آرہی تھی۔

گاؤں کی سرحد پر جو پتھریلی سڑک تھی، جس پر 'ڈان وے' محافظ دھوپ کے چشمے لگائے اور سائیکل رکشاؤں میں بیٹھے گشت کیا کرتے تھے، اب ایک چھوٹے سے راستے میں بدل چکی تھی جس میں لوگوں نے سوراخ اور خندقیں کھود رکھی تھیں اور اس کے ساتھ ساتھ منڈی کی طرف جانے اور وہاں سے آنے والی عورتیں چل رہی تھیں۔ ہر صبح ضلعی منڈی سے واپس آتے ہوئے بوڑھا ہائے نگانگ جدوجہد کرنے والے گاؤں کے ساتھ لگی خاردار تار کے قریب اپنی بائیسکل سے جھکتا اور اپنے ہاتھ پر پان کا کچھ حصہ تھوک کر ایک اخبار لہراتے ہوئے کہتا، ''چن، تم کہاں ہو؟ ادھر آ کر سمندر اور خشکی پر چلنے والی لاریوں کی تصویر تو دیکھو۔''

عام طور پر جب یہ آشنا آواز سنائی دیتی تو گاؤں والوں کو پتہ چل جاتا کہ ایک نئی فتح نے جنم لیا ہے۔ وہ گھروں سے باہر نکل کر اس کے چاروں طرف ایک دائرہ بنا لیتے۔

''عظیم فتوحات،'' وہ کہتا ''ہم نے دشمن کی پوری بٹالین لونگ آن میں نیست و نابود کردی ہے۔ ایک

بٹالین میں کتنے سپاہی ہوتے ہیں؟ تقریباً پانچ سو۔'' پھر وہ درزی کی بیوی کے بارے میں باتیں کرنے لگتا جس نے لاج کی بیوی کی طرح بدنصیبی کو دور رکھنے کے لیے اپنے دروازے پر تعویذ باندھ رکھا تھا یا ان پچاس امریکی فینٹم طیاروں کے بارے میں جو 'بن ہوا' میں ہماری توپوں نے برباد کر دیے تھے۔ امریکہ کے سینکڑوں فوجی سائیگان میں ہلاک کر دیے گئے تھے۔ وہ کہتا جاتا، 'بن گیا' میں تو ہزاروں مارے گئے ہیں۔ ہمارے آبا و اجداد کی سرزمین پر طوفان اٹھ رہے تھے اور توپیں شعلے برسا رہی تھیں۔

ان دنوں، جب ہر صبح فتوحات کی خبریں گونجتی تھیں اور ہائے نگا نگ کی دو تاروں والی وائلن چاندنی راتوں میں سنائی دیتی تھی، چن اور دوسرے گوریلے بہت کم اپنے گھروں میں ہوتے۔ درجنوں دیہات آزاد کرا لیے گئے تھے۔ اب بچے دن کی روشنی میں بھی یہ گا سکتے تھے: ''بدبودار یانکی جونک۔'' نوک دار باز کو تیز کرتے ہوئے چن اور اس کا گوریلا یونٹ دور دور دشمنوں کا پیچھا کرتا۔ اکثر اوقات اس چھوٹے سے گاؤں میں فتوحات کی خبروں سے ہلچل مچ جاتی یا پھر محاذ آزادی کے سپاہی گزرتے یا ہیلی کاپٹروں کا کوئی حملہ ہوتا، اس کے فوراً بعد یہاں کے لوگ روزمرہ کے کاموں میں مصروف ہو جاتے۔ کسی شے کی آمد کا انتظار کرتے ہوئے اور خواب دیکھتے ہوئے، کسی تالاب میں مچھلی کا پونگ ڈالتے ہوئے یا پھر ہائے نگا نگ کی طرح اپنی جیب کا آخری سکہ بھی گوریلوں کے لیے رائفلیں خریدنے پر خرچ کر دیتے۔ اب زندگی میں جو کچھ باقی رہ گیا تھا، وہ بہت ہی قیمتی تھا اور ہر ایک اسے بچانے کی جدوجہد کر رہا تھا، یہاں تک وہ مرغ بھی بچایا جانا چاہیے تھا جسے دشمن نے زخمی کر دیا تھا۔

ایک صبح ہائے نگا نگ کھانا کھا رہی تھی کہ چن آ گئی۔

''میں تمھیں خدا حافظ کہنے کے لیے آئی ہوں چچا۔ میں فوج میں جا رہی ہوں۔''

''تم اب جا رہی ہو؟'' ہائے نگا نگ نے عینک اتار دی۔ ''تمھارے ساتھ بھی کوئی جا رہا ہے؟'' اس نے دوبارہ پوچھا۔

''بانگھیے۔۔۔ٹام ٹو۔۔۔محاذ آزادی کے سارے جوان۔ نئے رنگروٹ ہماری جگہ لے لیں گے۔ ان کی کمی نہیں ہے۔''

یک دم اس پرانے سپاہی کو محسوس ہوا جیسے دور کہیں ایک توپ پھٹی ہے۔ وہاں چن بیٹھی تھی، گول گول رخساروں، نوک دار ٹھوڑی اور اپنی مسکراتی ہوئی آنکھوں کے ساتھ، جو مرغیوں کو دیکھ رہی تھی۔

ہائے نگا نگ نے اپنے وائلن کی طرف ہاتھ بڑھایا۔

''شطرنج کے کھیل میں امریکی پھنس چکے ہیں، اس مرتبہ تم انھیں مات دے دو گے۔''

جشن کے تیسرے روز سڑک مختلف رنگوں کی سائیکلوں سے بھری ہوئی تھی۔ فتح کی نوید سناتے ہوئے پوسٹر ہر چوراہے پر ٹنگے ہوئے تھے۔ گاؤں کی سرحد پر واقع سڑک پر ریت اڑتی تھی اور اس کے ساتھ باورچی خانوں سے لذیذ خوشبو آتی تھی جہاں سفید قمیصوں میں ملبوس لڑکیاں کام میں مصروف تھیں۔ خندقوں کو پختہ کر لیا گیا تھا۔ زیر زمین سرنگوں میں بچے گیت گاتے تھے۔ نِگا اور ہا، چن کے اسکول کے صحن تک گئیں جہاں گوریلے ایک شیر

کی طرح رقص کر رہے تھے۔ وہ اپنے کامریڈوں کو خدا حافظ کہہ رہے تھے۔

بانگھے حسب معمول اپنی گوریلوں والی وردی میں تھا۔ سیاہ پینٹ اور چست جرابیں، ایک ایسی قمیص جس پر دو جیبوں کا اضافہ کیا گیا تھا۔ اس کے علاوہ بانس کا بنا ہوا ایک ہیٹ تھا جس میں پیراشوٹ کا کپڑا لگا ہوا تھا۔ ہر کوئی اس کی جانب دیکھتا، پھر نِگا کو دیکھتا اور ہنسی سے لوٹ پوٹ ہو جاتا۔

نِگا نے چن کا کندھا تھپکا اور کہا: ''جتنی جلدی ہو سکے، خط لکھنا۔ ٹھیک ہے؟''

ماحول انتہائی خوشگوار تھا۔ ڈھول بج رہے تھے۔ بوڑھا ہائے نگا نگ نوجوان فوجی رنگروٹوں کو دیکھ کر انتہائی عقیدت سے بھرے لہجے میں کہنے لگا: ''فوج میں تم اس طرح نہیں لڑو گے جیسے یہاں لڑتے تھے۔ جب حملے کا حکم دیا جائے تو فوراً اس پر عمل کیا جائے۔ تم سمجھ رہے ہو نہ، میں کیا کہہ رہا ہوں؟ اس بار شطرنج کے کھیل میں ہمارے مُہرے ان کے شاہ کو مات دینے والے ہیں۔ یہ کوئی معمولی بات نہیں۔ اوہ، تم ان نوجوانوں کو تو دیکھو۔ سب کے سب کتنے چاق وچوبند ہیں۔''

چن کے لبوں پر ایک شرمیلی مسکراہٹ پھیل گئی۔ اس نے 'رُک سیک' کندھوں پر ڈالا ہوا تھا۔ پام کے پتوں سے بنے ہوئے ہیٹ کی ڈوری اس کی ٹھوڑی کو چھو رہی تھی۔ سب کچھ اس کے ذہن میں تھا۔ زمین کا وہ ٹکڑا، جو اس کے خاندان کو ملا تھا، اب اس پر تمباکو اور پھلیاں کاشت کی جائیں گی۔ اس کی ماں میں ابھی اتنی سکت تھی کہ اس کی دیکھ بھال کر سکے۔ چھوٹا دنہہ اتنا بڑا تو ہو گیا تھا کہ اپنے آپ کو صاف ستھرا رکھ سکے۔ نِگا اب عورتوں کے گوریلا گروپ کی سربراہ بن جائے گی۔ اگرچہ، اُ اپنی خواہش کے مطابق ابھی فوج میں نہیں جا سکی تھی، لیکن اس کے پاس خاصا وقت تھا۔ مزاحمت ابھی تادیر جاری رہنی تھی۔ اسے سب لوگ اور سب کچھ یاد تھا، بوڑھا ہائے نگا نگ، اُ کا دادا، کامریڈ ویٹ، گاؤں کے گوریلا یونٹ کا سربراہ اور پرانی ایم۔ اے۔ ایس رائفل، وہ سڑک جس پر گوریلے چھاپے مارا کرتے تھے، وہ نہر جس پر بار بار فضائی حملے ہوتے تھے اور گنّے کے قطار اندر قطار کھیت جو 'جنگی نقطۂ نظر سے اہم گاؤں' کے آس پاس تھے، اسے ان سب کو چھوڑنے کا افسوس تھا۔ یہ فیصلہ کر لینے کے بعد کہ وہ آزادی کے سپاہیوں کے ہمراہ ملک کے کونے کونے میں جائے گی، وہ اپنا پورا گاؤں تو ساتھ نہیں لے جا سکتی تھی۔

اس کی ماں نے تھوڑا سا دھانی کیک اس کے 'رُک سیک' میں رکھ دیا اور ہائے نگا نگ سے کہنے لگی: ''ایک لڑکی کے طور پر اسے اس دنیا میں لانے پر ہمیشہ میں موردالزام ٹھہرائی جاتی رہی۔ اب ذرا اس کی آنکھوں کو تو دیکھو، ہمیشہ کہتی تھی میری خواہش ہے کہ میں فوج میں جا کر گاؤں کو آزاد کراؤں گی۔ اب جب کہ ہمیں آزادی مل گئی ہے تو یہ ہمیں چھوڑ کر کیوں جا رہی ہے؟''

چن نے اپنا ہیٹ فضا میں بلند کرتے ہوئے سب کو خدا حافظ کہا۔ ڈھول بجنے لگے۔ نئے رنگروٹ مارچ کرنے لگے۔ بوڑھے ہائے نگا نگ کو یوں محسوس ہوا جیسے بہت دور توپیں دھاڑ رہی ہیں۔

www.ingramcontent.com/pod-product-compliance
Lightning Source LLC
LaVergne TN
LVHW060421051026
849518LV00007B/2649

“

ಯಾವುದೇ ಥರದ ಗಾಳಿಗಂಟಲಿಲ್ಲದೆ ಹಿತಮಿತ
ಮೃದುವಚನದಲ್ಲಿ ಈವರೆಗಿನ ಮಹಿಳಾ ಕಾವ್ಯಕ್ಕಿಂತ
ಬೇರೆಯೇ ಆದ ರೀತಿಯಲ್ಲಿ ಸಹೃದಯರ ಮನಂಬುಗುವ
ಬಗೆಯಲ್ಲಿ ಮಧುರಾಣಿಯವರ ಕವಿತಾಗುಚ್ಛವಿದೆ.

– ಎಚ್ ಎಸ್ ಶಿವಪ್ರಕಾಶ್

“

ಸಹಜ, ಪ್ರಾಮಾಣಿಕ ಅಭಿವ್ಯಕ್ತಿ

ಕವಿತೆ ಎಂದರೇನು? ಭಾವನೆಗಳ ಬಿಕ್ಕುಗಳೇ? ವ್ಯಕ್ತಿತ್ವದ ಅನನ್ಯತೆಯೇ? ಆತ್ಮಾವಲೋಕನವೇ? ಪಂಚೇಂದ್ರಿಯಗಳ ಮೂಲಕ ಬದುಕನ್ನು ಗ್ರಹಿಸುವ ಒಂದು ರೀತಿಯೇ? ಮಧುರಾಣಿಯವರ ಕವನಗಳು ಈ ಎಲ್ಲ 'ಬಿಡಿ'ಗಳ 'ಇಡಿ'ಯಂತೆ ಕಾಣುವುದೇ ವಿಶೇಷ.

'ಏನಿದೆ ಮೇಜಿನ ಮೇಲೆ' ಎನ್ನುತ್ತಲೇ ಇಡೀ ಬದುಕನ್ನೇ ಅಲ್ಲಿ ತುಂಬಿಕೊಂಡ ಹಾಗೆ! ಮನುಷ್ಯನ ಸ್ವಾರ್ಥ, ಸೋಗಲಾಡಿತನ, ದುಷ್ಟತನಗಳನ್ನು ಜರಡಿ ಹಿಡಿಯುತ್ತಲೇ ಪ್ರೀತಿ, ಸಂಬಂಧ, ನವಿರುಗನಸುಗಳನ್ನು ಎದೆಯ ಪಾತ್ರೆಯೊಳಗೆ ತುಂಬಿಕೊಳ್ಳುವಂತೆ ಮಾಡುವ ಮಧುರಾಣಿಯವರ ಕವನಗಳು ಆರ್ದ್ರವಾಗಿವೆ. ಸಹಜ, ಪ್ರಾಮಾಣಿಕ ಅಭಿವ್ಯಕ್ತಿ ಈ ಕವನಗಳ ವಿಶಿಷ್ಟತೆ. ಶುಭಾಶಯಗಳು.

– ಎಂ. ಆರ್. ಕಮಲ

ಹಾರುತ್ತಿದೆ, ಸಂತೆ ಮಾಳದ ಹಿಂದಿನ ಕಳ್ಳ ಬೆಕ್ಕು

ಈ ಮಧುರಾಣಿ ಅನ್ನುವ ಹುಡುಗಿ ನನ್ನ ಗಮನಕ್ಕೆ ಬಂದಿದ್ದು 'ಕೆಂಡಸಂಪಿಗೆ'ಯಲ್ಲಿ ಬರೆಯುತ್ತಿದ್ದ "ಸದ್ದು ಮಾಡಿ ಹೇಳಲಿ ಹ್ಯಾಂಗ" ಮತ್ತು 'ಮಠದ ಕೇರಿ' ಕಥಾನಕ ಸರಣಿಯಿಂದ. 'ಮರಾಠಿ ಚೆಲುವೆಯ ಮೆಕ್ಯಾನಿಕ್ ಪ್ರೇಮಾಯಣ ಹಾಗೂ ಕನ್ನಡ ಸಾಹಿತ್ಯ', 'ಚಪ್ಪಲಿ ಸಾಹೇಬರ ಚೌರ್ಯಸಂಬಂಧೀ ನೆನಪು', 'ಮೂಕ ರಮೇಶಿಗೆ ತಾಗಿದ ಹಠಾತ್ ಸಾವು', 'ಮದುವೆ, ಮಜಾ ಹಾಗೂ ಮೂವತ್ತು ದಾಟಿದ ಜವ್ವನಿಗರು', 'ಭಜನೆಯ ಮಂಗಗಳು ಹಾಗೂ ಸಂಗೀತದ ಮಾಮಿಯ ಮಕ್ಕಳು', 'ಆತ್ಮಾರಾಮನ ಧ್ಯಾನದ ಹುಡುಗರು ಮತ್ತು ಹಸ್ತ ಸಾಮುದ್ರಿಕೆ..' ಹೀಗೆ ಕುತೂಹಲಕಾರೀ ಶೀರ್ಷಿಕೆಗಳನ್ನು ಕೊಟ್ಟು ಅದ್ಭುತ ನಿರೂಪಣೆಯಿಂದ ಮನಸೆಳೆಯುತ್ತಿದ್ದಳು. ಇದೆಲ್ಲ ನಿನ್ನ ನಿಜ ಅನುಭವಗಳೋ ಅಥವಾ ಕಲ್ಪನೆಯೋ ಎಂದು ಬೆರಗಾಗಿ ಕೇಳಿದ್ದೆ ನಾನು! ನಿಜ, ನಿಜ ಎಂದು

ಹೇಳಿದ್ದಳು. ಅವಳ ಫೇಸ್‌ಬುಕ್ ಪೋಸ್ಟ್‌ಗಳು ಕೂಡಾ ಪ್ರಸ್ತುತ ವಿದ್ಯಮಾನಗಳಿಗೆ ಮಾರ್ಮಿಕವಾಗಿ, ಕುಚೇಷ್ಟೆಯ, ಬುದ್ಧಿವಂತಿಕೆಯ, ಹಾಸ್ಯ ಮತ್ತು ವ್ಯಂಗ್ಯದ ಲೇಪಗಳಿಂದ ಕೂಡಿ ಮಜಾ ಕೊಡುತ್ತವೆ. ತಾಯಿಯ ಬಗ್ಗೆ ಅವಳು ಬರೆಯುವ ಭಾವನಾತ್ಮಕ ಬರಹಗಳಲ್ಲೂ ಕೊನೆಯಲ್ಲಿ ಹಠಾತ್ತನೆ ಬೇರೊಂದು ತಿರುವು ಕೊಟ್ಟು ಎಲ್ಲಿಗೋ ಕೊಂಡೊಯ್ಯುವ ಜಾಣತನ.

"ಸಣ್ಣದಿರುವಾಗ ಸಿಕ್ಕಾಪಟ್ಟೆ ಸಕ್ಕರೆ ಕದ್ದು ತಿಂತಿದ್ದೆ. ಒಮ್ಮೊಮ್ಮೆ ಅಮ್ಮ ಬೇಕಂತ ಸಕ್ಕರೆ ಜಾಗದಲ್ಲಿ ರವೆ ಡಬ್ಬಿ ಇಟ್ಟುಬಿಡೋಳು. ನಾನು ಅದನ್ನೂ ಸಕ್ಕರೆ ಅಂತಲೇ ತಿಂತಿದ್ದೆ. ರುಚಿ ಬರದಿದ್ದಾಗ ಸ್ವಲ್ಪ ಹೊತ್ತು ನಿಂತು ಯೋಚಿಸ್ತಿದ್ನಂತೆ.. ಆಮೇಲೆ ನನಗೆ ನಾನೇ ಸಮಾಧಾನ ಮಾಡಿಕೊಂಡು 'ಈಗ ಬಂದಾತು, ಆಗ ಬಂದಾತು..' ಅಂತ ರವೆ ಚೀಪುತ್ತಲೇ ಇರ್ತಿದ್ದೆ ಅಂತ ಅಮ್ಮ ಹೇಳುತಿದ್ಲು. ಇವತ್ತು ರಾಜಾರೋಷವಾಗಿ ಎಷ್ಟು ಬೇಕಾದ್ರೂ ಸಕ್ಕರೆ ತಿನ್ನಬಹುದು. ಕದಿಯುವ ಅಗತ್ಯವಿಲ್ಲ. ನನಗೆ ಇಂದಿಗೂ ರವೆಗೂ ಸಕ್ಕರೆಗೂ ವ್ಯತ್ಯಾಸ ತಿಳಿದಂತೆ ಕಾಣೋದಿಲ್ಲ... ಇನ್ನೂ ರವೇನೇ ತಿಂತಾ ಇದೀನಿ ಅನ್ನೋ ಭಾವನೆ!"

ಒಂದು ಸಲ ತನ್ನನ್ನು ವರ್ಣಿಸಿಕೊಳ್ಳುವಾಗ 'ನಿಲುಕದ ಕವಿತೆ... ನಾನು..!' ಎಂದು ಬರೆದುಕೊಂಡಿದ್ದಳು. ಇನ್ನೊಂದು ಸಲ ಗತ್ತಲ್ಲಿ ಕೈ ಕಟ್ಟಿಕೊಂಡು ನಿಂತ ಫೋಟೋಹಾಕಿ "ಕೈಕಟ್ಟಿ ನಿಲ್ಲುವುದನ್ನು ಏನೆನ್ನುವರು? Defending oneself?" ಎಂದು ಪ್ರಶ್ನೆಯಲ್ಲೇ ಉತ್ತರವನ್ನೂ ಸೂಚಿಸಿದ್ದಳು. ಇವಳು ಕವಿ, ಕಥೆಗಾರ್ತಿ ಮತ್ತು ಇಂಗ್ಲಿಷ್ ಅಧ್ಯಾಪಕಿ. ಇವಳ ಮೊದಲ ಕವನ ಸಂಕಲನ "ನವಿಲುಗರಿಯ ಬೇಲಿ".

ಅನ್ ಅಪಾಲಜೆಟಿಕ್ ಆಗಿ ಅಂದರೆ ಯಾವುದೇ ಎಗ್ಗು ಸಿಗ್ಗು ಇಲ್ಲದೇ ತನ್ನ ಹೆಣ್ಣು ಮನವನ್ನು ಬಿಚ್ಚಿ ಬಿಸಾಡುವ ಅವಳ ಅಭಿವ್ಯಕ್ತಿಯ ನಿರಾಳತೆಯನ್ನು ಕಂಡು ನಾನು ಬೆಂಗಳೂರು ಲಿಟರೇಚರ್ ಫೆಸ್ಟಿವಲ್ ಸಾಹಿತ್ಯೋತ್ಸವದಲ್ಲಿ 'ಫೀಮೇಲ್ ಗೇಜ್' ಕುರಿತ ಒಂದು ಗೋಷ್ಠಿಗೆ ಆಹ್ವಾನಿಸಿದೆ. ಹೆಣ್ಣಿನ ದೃಷ್ಟಿ ಕುರಿತ ಆ ಗೋಷ್ಠಿಯಲ್ಲಿ ಮಧುರಾಣಿ ಗಂಡನ್ನು ನೋಡುವ ಹೆಣ್ಣಿನ ದೃಷ್ಟಿಯನ್ನು ನಿಖರವಾಗಿ ಬಿಡಿಸಿಟ್ಟಳು.

"ನೋಡು...
ನಿನ್ನ ವರಸೆಗಳನ್ನೂ ಪಟ್ಟುಗಳನ್ನೂ
ಅಖಾಡದಲ್ಲಿಟ್ಟು ಬಾ
ನಾನು ಮಾಯೆ..
ಪಟ್ಟು ಜಾರಿಸಿ ಮಣಿಸುವ ಮಾಯೆ
ಹಾಗಾಗಿಯೇ ಸ್ವಯಂ ಪ್ರಕಾಶಿಸುತ್ತಿರುವೆ"

ಮತ್ತೆ ಕೆಲವು ಕವನಗಳಲ್ಲಿ ಬದುಕಿನ ನೋವು ಸೋಲು ಹತಾಶೆಯ ಕ್ಷಣಗಳಲ್ಲೂ ಆತ್ಮಾಭಿಮಾನ, ಸ್ವಾಭಿಮಾನವನ್ನು ಕ್ಷಣಕ್ಕೂ ಬಿಟ್ಟುಕೊಡದ ಹೆಣ್ಣು ಎನ್ನುವುದನ್ನು ಛಾಪಿಸುತ್ತಾ ಇನ್ನಷ್ಟು ಹತ್ತಿರವಾದಳು.

"ಒಳ್ಳೆಯದೇ ಹುಡುಗಾ...
ಎಲ್ಲವೂ ಒಳ್ಳೆಯದಾಯಿತು
ನೀನು ಬಿಟ್ಟುಹೋದೆ..
ಇಲ್ಲವಾದಲ್ಲಿ ನೀನೇ ದೈವವೆಂದು
ಭ್ರಮಿಸಿ ಬದುಕುತ್ತಿದ್ದೆ...
ಒಳ್ಳೆಯದೇ ಆಯಿತು

ನೀನು ಮೋಸ ಮಾಡಿದೆ..
ಇಲ್ಲವಾದೊಡೆ ನೀನೇ ಸತ್ಯವೆಂದೂ
ಅನ್ಯವಿಲ್ಲೆಂದೂ ಬಗೆಯುತ್ತಿದ್ದೆ."

'ಈ ಹೊತ್ತಿಗೆ' ಸ್ಪರ್ಧೆಯಲ್ಲಿ ಎಚ್ ಎಸ್ ಶಿವಪ್ರಕಾಶ್ ಅವರು ತೀರ್ಪುಗಾರರಾಗಿ ಮಧುರಾಣಿ ಬಗ್ಗೆ ಹೇಳಿದ ಮಾತು ಮಹತ್ವದ್ದು – ಯಾವುದೇ ಥರದ ಗಾಳಿಗಂಟಲಿಲ್ಲದೆ ಹಿತಮಿತ ಮೃದುವಚನದಲ್ಲಿ ಈವರೆಗಿನ ಮಹಿಳಾಕಾವ್ಯಕ್ಕಿಂತಾ ಬೇರೆಯೇ ಆದ ರೀತಿಯಲ್ಲಿ ಸಹೃದಯರ ಮನಂಬುಗುವ ಬಗೆಯಲ್ಲಿ, "ಸಮತೂಕವಾಗಿ ಸಮಪಾಕವಾಗಿ" – ಎಂದಿದ್ದಾರೆ.

ಕನ್ನಡದಲ್ಲಿ ಮಹಿಳೆಯರು ಕಾವ್ಯವನ್ನು ತಮ್ಮ ಅಭಿವ್ಯಕ್ತಿ ಮಾಧ್ಯಮವಾಗಿಸಿ ಕೊಂಡಿದ್ದನ್ನು ಗುರುತಿಸಲು ಸಾಮಾನ್ಯವಾಗಿ ಹನ್ನೆರಡನೇ ಶತಮಾನದ ವಚನಕಾರ್ತಿಯರಿಂದ ತೊಡಗುತ್ತಾರೆ. ಅದಾಗಿ ಮತ್ತೆ ಹದಿನೈದು-ಹದಿನಾರನೇ ಶತಮಾನದಲ್ಲಿ ದಾಸ ಸಾಹಿತ್ಯ ಪ್ರಮುಖ ನೆಲೆಗೆ ಬಂದು ಕನಕದಾಸ ಪುರಂದರದಾಸ ಮುಂತಾದ ಕೀರ್ತನಕಾರರು ಪ್ರಸಿದ್ಧರಾದರೂ ಮಹಿಳಾ ಕೀರ್ತನಕಾರರನ್ನು ದಾಖಲಿಸದೇ ಅವರೆಲ್ಲ ಮರೆಯಾಗಿಹೋದರು. ಹೊಸಗನ್ನಡ ಸಂದರ್ಭದಲ್ಲಿ ನವೋದಯ ಮತ್ತು ನವ್ಯ ಕಾವ್ಯ ಕಾಲಗಳಲ್ಲಿ ಮಹಿಳೆಯರು ಕಾವ್ಯದಲ್ಲಿ ಹೆಸರು ಮಾಡಲೇ ಇಲ್ಲ. ಹಾಗಾಗಿ ಎಪ್ಪತ್ತರ ದಶಕದಲ್ಲಿಯೇ ಹೊಸಗನ್ನಡ ಕಾವ್ಯ ಕ್ಷೇತ್ರದಲ್ಲಿ ಮಹಿಳೆಯರು ತಮ್ಮ ಛಾಪು ಮೂಡಿಸತೊಡಗಿದ್ದು. ಲಂಕೇಶರು ಮೊದಲ ಬಾರಿಗೆ 'ಅಕ್ಷರ ಹೊಸ ಕಾವ್ಯ' ಪ್ರಕಟಿಸಿದಾಗ ಒಬ್ಬಳೇ ಹೆಂಗಸು ಕವಿ ಇಲ್ಲದೆ ಅನಾಮಿಕ ಪುರುಷರೊಬ್ಬರು 'ನಳಿನಿ ದೇಶಪಾಂಡೆ' ಎನ್ನುವ ಹೆಸರಿನಲ್ಲಿ ಎರಡು ಅತ್ಯದ್ಭುತ ಕವನಗಳನ್ನು ಸೇರಿಸಿದರು. ಅದಾಗಿ ಇಪ್ಪತ್ತೈದು ವರ್ಷಗಳ ನಂತರ ಅಕ್ಷರ ಹೊಸ ಕಾವ್ಯದ ಹೊಸ ಆವೃತ್ತಿ ಪ್ರಕಟಿಸಿದಾಗ ಅಳೆದೂ ತೂಗಿ ಆರು ಹೆಂಗಸರ

ಕವನಗಳನ್ನು ಸೇರಿಸಿದರು. ಅಷ್ಟರಲ್ಲಾಗಲೇ ಮಹಿಳಾ ಕವಿಗಳ ಸಂಖ್ಯೆ ಸಿಕ್ಕಾಪಟ್ಟೆ ಜಾಸ್ತಿಯಾಗಿತ್ತು.

ಆ ಮೊದಲ ತಲೆಮಾರಿನ ಮಹಿಳಾ ಕವಿಗಳ ನಂತರ ಈಗ ಆರನೇ ತಲೆಮಾರು ಕಾವ್ಯ ರಚನೆ ಮಾಡುತ್ತಿದೆ. ಅವರ ಚಿಂತನೆ ಕಾವ್ಯ ಕೌಶಲ್ಯಗಳನ್ನು ಪರಿಗಣಿಸಿದರೆ ಮಹಿಳೆಯರು ತಮ್ಮ 'ಗಾಳಿಗಂಟಲನ್ನು' ಕಳೆದುಕೊಂಡು 'ಹಿತಮಿತ ಮೃದುವಚನ'ಕ್ಕೆ ಮರಳುವ ಸೂಚನೆಗಳಿವೆಯೇ ಎನ್ನುವ ಪ್ರಶ್ನೆ ಏಳುತ್ತದೆ. ಸ್ವಾಭಿಮಾನಿ ಹೆಣ್ಣಿನ ಖಡಕ್ ಧ್ವನಿಯನ್ನು ಜಗತ್ತು ಹೇಗೆ ವರ್ಣಿಸುತ್ತದೆ ಎನ್ನುವುದು ಕುತೂಹಲಕಾರೀ ಅಂಶ. ಇರಲಿ, ಇದು ಬೇರೆಯೇ ಸೆಮಿನಾರಿನ ವಿಷಯ ಆಗಿಬಿಡುತ್ತದೆ.

ಮೊದಲನೆಯದಾಗಿ ಮಧುರಾಣಿ ಕವನಗಳಲ್ಲಿ ಗೋಳು ಕರೆಯುವ ಹೆಣ್ಣು ಸಿಗುವುದಿಲ್ಲ. ಸ್ವಲ್ಪ 'ದುಷ್ಟ, ಭ್ರಷ್ಟ, ಕಡು ಕಿರಾತಕಿಯಾಗುವ ಸಣ್ಣ ಆತಂಕ' ಕಾಣಿಸಿಕೊಂಡರೂ ಅವಳು ಗಹಗಹಿಸುವುದೇ ಹೆಚ್ಚು. ಪ್ರತಿ ಸಂದಿಗ್ಧ ಹಂತದಲ್ಲೂ ಅದನ್ನು ಮೀರುವ, ಹಾರುವ, ಅರಳುವ, ಬಿಡಿಸಿಕೊಳ್ಳುವ, ರೂಪಾಂತರ ತಾಳುವ ತಹತಹವೇ ಇವಳ ಸ್ಥಾಯಿಭಾವ. ಅದರಲ್ಲಿ ಯಾವುದೇ ಸಿಡಿದೇಳುವ ಕ್ರಾಂತಿಕಾರಿಯ ಗದ್ದಲವಾಗಲೀ, ಶೋಷಣೆಗೊಳಪಟ್ಟವಳ ಸಿಡಿಮಿಡಿಯಾಗಲೀ ಇಲ್ಲ. ಅದು ಇವತ್ತಿನ ಸ್ವಾವಲಂಬೀ ಮಹಿಳೆಯ ಆತ್ಮವಿಶ್ವಾಸದ ಪ್ರತಿಫಲ. ಆ ಪೊಸಿಶನಿಂಗ್‌ನಿಂದಾಗಿ ಮಧುರಾಣಿ ಕವನಗಳಲ್ಲಿ ಹೆಚ್ಚು ನಿರ್ಧಾರಿತ ಸ್ಟೇಟ್‌ಮೆಂಟ್‌ಗಳೇ ಸಿಗುತ್ತವೆ.

"ಜಾರುತ್ತಿರುವ ಸೌಂದರ್ಯಕ್ಕೆ ಈಗ ನಾನು ಹೆದರುವುದಿಲ್ಲ"
"ಶಾಪ ವಿಮೋಚಿತಳಾಗಿ
ಮೊಲೆ ತೊಟ್ಟುಗಳ ಕತ್ತರಿಸಿ ಎಸೆದು
ಚಿಟ್ಟೆಯಾಗಿ ಮಾರ್ಪಟ್ಟು ಹಾರುತ್ತೇನೆ!"

"ಆಗ ನಡೆಯುತ್ತಿದ್ದವಳು ಈಗ ಹಾರುತ್ತಿದ್ದೇನೆ"
"ಕಾವು ಏರಿದರೆ ಅಮೃತವೂ ವಿಷ, ಬದುಕಬೇಕಿದೆಯಲ್ಲಾ? ಈಗಲೇ
ಕುಡಿಯಲಾರೆ"
"ನಿನಗೆ ನೀನು ದಕ್ಕಿರುವೆ ಅಷ್ಟೇ.
ನೀನು ನೀನಾದರೆ ಎಲ್ಲವೂ ಬೆತ್ತಲೆಂಬ,
ತೃಪ್ತಿಪಡು,
ನಿನ್ನೊಳಗೆ ನೀನೀಗ ಬದುಕಿರುವೆ ಅಷ್ಟೆ!"

"ಹೆಣ್ಣು ನಗುವಳು, ಮತ್ತೆ ಮತ್ತೆ ಗಹಗಹಿಸಿ
ಹೇಳುವಳು, ವಿರಹ ಪ್ರೀತಿ ಪ್ರೇಮ ಎಲ್ಲವೂ
ಆಧ್ಯಾತ್ಮದ ಅಂಗಿ ತೊಡಿಸಿದ ಬದನೇಕಾಯಿಯೆಂದು"

ಮಧುರಾಣಿಯ ಕವನಗಳಲ್ಲಿ ಇಂತಹ ನಿರ್ಣಾಯಕಗಳನ್ನು ಉದ್ದಕ್ಕೂ ಕಾಣಬಹುದು.

"ಒಮ್ಮೊಮ್ಮೆ ನಾಚಿಕೆಗೇಡಿ ಹೇಡಿಯಂತಹ ನಿನ್ನ
ನೆನಪುಗಳನ್ನು ಎದೆಯಲ್ಲೇ ಸುಟ್ಟು ರಂಜು ಕಲೆಸಿ
ನಾಳಿನ ಕನಸುಗಳಿಗೆ ನೀವಳಿಸಿ ದೃಷ್ಟಿ ತೆಗೆದು
ಮೂರು ದಾರಿ ಕೂಡುವಲ್ಲಿ ಬಿಸುಟು
ನಿಸೂರಾಗಿ ಬಂದು ಕೂತಿರುತ್ತೇನೆ..."

"ಸಂತೆ ಮಾಳದ ಹಿಂದಿನ ಕಳ್ಳ ಬೆಕ್ಕುಗಳಂತೆ
ಅಳತೆಗೆ ದಕ್ಕುವುದಿಲ್ಲವೆಂದರೆ ಗರ್ವಿಸಬೇಕು
ಕೈ ಮೀರಿ ಹೋಗಿದ್ದಾಳೆಂದರೆ ಖುಷಿ ಪಡಬೇಕು"

ಎನ್ನುವ ಪ್ರತಿಮೆಗಳು ಥ್ರಿಲ್ಲಿಂಗ್ ಆಗಿವೆ.

ಮತ್ತೊಂದು ಸಂಗತಿ ಎಂದರೆ ಹೆಣ್ಣು ಗಂಡುಗಳ ಸಂಬಂಧದಲ್ಲಿ ಸಾಮಾನ್ಯವಾಗಿ ಹೆಣ್ಣಿನ ನಿವೇದನೆಯ ಪ್ರಾರ್ಥನಾ ರೀತಿ ಕಾಣುತ್ತದೆ. ಒಪ್ಪಿಸಿಕೊಳ್ಳುವುದು ಹೆಣ್ಣಿನ ಸಹಜ ಪ್ರಕೃತಿ, ಪುರುಷನಿಗೆ ಸ್ವೀಕರಿಸುವುದು, ಪಡೆದುಕೊಳ್ಳುವುದು, ಅಥವಾ ದಕ್ಕಿಸಿಕೊಳ್ಳುವುದು ತನ್ನ ಹಕ್ಕಿನ ರೀತಿಯ ಭಾವನೆ. ಮಧುರಾಣಿ ಹೆಚ್ಚಿನ ಕವನಗಳಲ್ಲಿ ಹೆಣ್ಣುಗಂಡಿನ ನಡುವಿನ ಸಂಬಂಧದಲ್ಲಿ ತನ್ನ ಸ್ಥಾನವನ್ನು ಡಿಫೈನ್ ಮಾಡುತ್ತಾ ಹೋಗುತ್ತಾಳೆ. ಸಂಬಂಧಗಳಲ್ಲಿ ತನ್ನ ಪಾತ್ರವನ್ನು ಸದಾ ಸ್ಥಾಪಿಸುತ್ತಾ ಹೋಗುವುದು ಇವಳಿಗೆ ಸಹಜ. 'ನಿನ್ನ ಮೀನು ನಾನಲ್ಲ' ತನ್ನ ಸಾಮರ್ಥ್ಯ ಮತ್ತು ಆಕ್ಷನ್ ಅನ್ನು ಅಸರ್ಟ್ ಮಾಡಿಕೊಳ್ಳುವ ರೀತಿ ಸ್ವತಂತ್ರ ಹೆಣ್ಣಿನ ಕುರುಹಾಗಿದೆ.

"ಯಾವತ್ತೂ ಜೀವ ಇಟ್ಟವಳು ನಾನಲ್ಲವೇ,
ಉಸಿರು ಪೊರೆದವಳು ನಾನಲ್ಲವೇ?
ದಿನವೂ ಮೃದುವಾಗಿ ತೊಳೆದು ಒರೆಸಿಟ್ಟವಳು ನಾನಲ್ಲವೇ?"

ನಾವೀಗ ದೂರ ದೂರ ಆರಾಮ ಕುರ್ಚಿಗಳ
ಮೇಲೆ ಕೂತು ರಾಜಕಾರಣ ಮಾತಾಡುತ್ತಾ ಹೀರುವ
ಸಂಜೆಯ ಬಿಸಿನೀರೊಂದು ಅಂದಿನ ಕಾಫಿಯಾಗಬಹುದೇ?
ನೋಡಿಲ್ಲಿ...
ನನ್ನ ಹಳೇ ಕಾಫಿ ಕಪ್ಪು ಒಂದಾಗದಂತೆ ಒಡೆದುಹೋಗಿದೆ!"

ಈ ಹೆಣ್ಣು ಪ್ರೀತಿಯಲ್ಲಿ ಎಷ್ಟೇ ಮುಳುಗಿರಲಿ ತನ್ನತನವನ್ನು ಕಾಪಿಟ್ಟುಕೊಳ್ಳುವ ರೀತಿ ಮಾತ್ರ ಅತ್ಯದ್ಭುತ! **'ನಾವಿಬ್ಬರೂ ಬೇರೆ ಬೇರೆ ಪರಿಧಿಯಲ್ಲಿ ಪಯಣಿಸುವಾಗ / ಮಲಗು, ಇಂದು ರಾತ್ರಿಯಾಗುವುದಿಲ್ಲ'** ಎನ್ನುವಾಗ ದೂರವನ್ನು ಒಪ್ಪಿಕೊಳ್ಳುವ ನಿರಾಳತೆ ಇದೆ. ಅವಳ 'ಬೇಕುಗಳ ಪಟ್ಟಿ ದೊಡ್ಡದಿದೆ' ಅದರ ಬಗ್ಗೆ ಕಸಿವಿಸಿ ಇಲ್ಲ.

"ಓ ಗಂಡಸೇ..
ನನ್ನ ಬೇಕುಗಳ ಪಟ್ಟಿ ದೊಡ್ಡದಿದೆ
ಜತನಕ್ಕೂ ಮೀರಿ ದಿನವೂ ಬೆಳೆಯುತ್ತಿದೆ.

ಓ ಗಂಡಸೇ.. ಸುಮ್ಮನಿರು! ಹೆದರದಿರು,
ಕೆಲವಾದರೂ ತೀರಿಸುವ ಭಾಷೆ ಕೊಡು
ನನ್ನ ಬೇಕುಗಳ ಪಟ್ಟಿ ದೊಡ್ಡದಿದೆ.. "

ಹೀಗನ್ನುವ ಹೆಣ್ಣು ಅದೆಷ್ಟು ಆತ್ಮಾಭಿಮಾನಮತ್ತಳಾಗಿದ್ದಾಳೆ ಎಂದರೆ –

"ನೀ ನನ್ನ ಇಂಚಿಂಚೇ ಆವರಿಸುವಾಗ
ಕಿರಾತಕ ಹೂಂಗುಡುವಿಕೆಯೊಂದನ್ನು
ನಿನ್ನ ಕಿವಿಗೆ ಸುರಿದು
ವಿಲವಿಲನೆ ಹೊರಳುವ ಆ ನಿನ್ನ
ಪೌರುಷವನ್ನು ಕಂಡು ಮುಸಿಮುಸಿ
ನಗಬೇಕಾಗಿದೆ."

ಅಲ್ಲಲ್ಲಿ ಗಹನವಾದ ಆಲೋಚನೆಯನ್ನು ಹಾಗೆ ಹಗುರಾಗಿ ತೇಲಿಬಿಡುವ ಕುಶಲತೆ ಕವಿಗಿದೆ. **ಕಳೆದು ಸಿಕ್ಕಬೇಕು** ಎನ್ನುವ ಆಧ್ಯಾತ್ಮ, **ಸುಟ್ಟ ಗಾಯದಂತಹ ಪ್ರಣಯಪ್ರಸಂಗವನ್ನು ಮೆಲ್ಲಗೆ ಮುಚ್ಚಿಟ್ಟು ನಗಲು ತೊಡಗಿರುವೆ** ಎನ್ನುವಷ್ಟು ಬಿಡುಬೀಸು, ಮತ್ತು **ಖಾಲಿಯಾದ ನನ್ನ ನಾನೇ ಗಟ್ಟಿ ತಬ್ಬಿ ಹಿಡಿದಿರುವೆ** ಎನ್ನುವ

ಛಲ, ಕಾಣುವಷ್ಟು ಮುಗುದೆಯಲ್ಲ ಇನಿಯಾ... ಜಾಗ್ರತೆ ಎನ್ನುವ ಎಚ್ಚರಿಕೆಯ ದನಿ, ಬದುಕು ತೀರಾ ಅಚ್ಚರಿಯೇನಲ್ಲ, ದುರ್ಗಮವೂ ಅಲ್ಲವೇ ಅಲ್ಲ.. ಎನ್ನುವ ಗಟ್ಟಿತನ.

"ಅನವರತ ಹಪಹಪಿಸಿ, ಉದ್ದುದ್ದ ಪದಗಳ ಎಸೆದು
ಏನೇನೋ ತತ್ವಗಳ ಒದ್ದೆಯಾಗಿಸಿ
ಹೇಳಿಬಿಡಬಹುದು ಬಾಳೊಂದು ಕವಿತೆಯೆಂದು,
ಆದರೆ ಕವಿತೆಯಂತಹ ಬಾಳೊಂದನ್ನ ಬಾಳಿಬಿಡಬಹುದೇ"
ಎನ್ನುವ ಆತ್ಮಜ್ಞಾನ.

ಹಾಗೆಯೇ ಬರೀ ಅನುರಾಗದ ರಂಗಿನಾಟಗಳಲ್ಲ, ಅಪಸ್ವರಗಳೂ ಚಂದ, ಪ್ರೀತಿಯಲ್ಲಿ ಎನ್ನುವ ಸ್ವೀಕಾರ ಅಮೃತಮತಿಯ ಪೊಲ್ಲಮೆಯೇ ಲೇಸು ನಲ್ಲರ ಮೈಯೊಳ್ ಗಿಂತ ಭಿನ್ನ ನೆಲೆಯದ್ದಾ ಅನ್ನುವ ಅನುಮಾನವಿದೆ.

ಆದರೆ ಅವಳಿಗೆ ಗೊತ್ತು ನಾನೀಗ ನಕ್ಷತ್ರಗಳಿಗೆ ಕಿವಿಗೊಟ್ಟು ಕೇಳಬೇಕಿದೆ. ಹಡೆದ ಮಾತ್ರಕ್ಕೇ ನಾನು ನೀನಾಗುತ್ತಿಲ್ಲ, ಒಂದು ಅವ್ಯಕ್ತ ಭಯದೊಳಗೆ ಮುಳುಗಿ ಕೇಳುತ್ತೇನೆ, ಕಡಲಿಗೂ ಉರಿಯಿದೆ ಒಳಗೆ ಅದಕ್ಕೇ ಅಂತಹ ಹೆಣ್ಣಿಗೂ ಸಂಶಯ ಬರುತ್ತದೆ ಮೋಹ ತೊರೆದ ಆತ್ಮವೊಂದು ಕನಸಿಗೆ ಬಸಿರಾಗುವುದು ಹೇಗೆ?, ಇದು ತೀರಾ ರಸಿಕತೆಯೋ ಸಿನಿಕತೆಯೋ

ಹಾಗೊಂದು ಬಾರಿ ಅವಳ ಕಣ್ಣಲ್ಲಿ ಹನಿಗೂಡಿದರೂ

"ಹನಿಗಳು ವಜ್ರದ ಹರಳುಗಳಂತಾದವು
ಆಗ ಅವು ಕಣ್ಣುಗಳಿಂದ ಕೆಳಗೆ ಹರಿಯಲಿಲ್ಲ.

ಈಗ ನಾನು ನಿನ್ನ ನೋಡುವುದಾದರೆ
ಆ ಹರಳುಗಳ ಒಳಗಿನಿಂದ ನೋಡುತ್ತೇನೆ
ಬೇಕಾದರೆ ಮಸೂರದ ಬಿಸಿ ತಾಕಿ ನೀನು ಸುಡಬಹುದು,
ಆದರೆ ನಾನಿನ್ನು ಹನಿಯಾಗುವುದಿಲ್ಲ
ನಾನೀಗ ಗಟ್ಟಿ ವಜ್ರವಾಗಿದ್ದೇನೆ."

ಎಂದು ಘೋಷಿಸುವಷ್ಟು ಅವಳು ಸಶಕ್ತಳು! ಇದಕ್ಕೆಲ್ಲ ವಿವರಣೆ ವಿಶ್ಲೇಷಣೆಯ ಹಂಗೇ ಬೇಕಿಲ್ಲ.

ನಮ್ಮಲ್ಲಿ ಪುರಾತನ ಕಾಲದಿಂದಲು ಪುರುಷ ಮತ್ತು ಪ್ರಕೃತಿಯನ್ನು ಮಳೆ ಮತ್ತು ಮಣ್ಣಿಗೆ ಹೋಲಿಸುವ ಪರಿಪಾಠವಿದೆ. ಸ್ವಾವಲಂಬಿ ಎಂದರೆ, ಆತ್ಮಾಭಿಮಾನಿ ಅಂದರೆ, ಗಟ್ಟಿದನಿಯ ಹೆಣ್ಣು ಎಂದರೆ ಅವಳು ತನ್ನ 'ಹೆಣ್ತನವನ್ನು' ಬಿಟ್ಟುಕೊಡ ಬೇಕಿಲ್ಲ. ಅವಳು ತನ್ನೆಲ್ಲ ಹೆಣ್ಣು ಭಾವವನ್ನು ಪರಿಪೂರ್ಣವಾಗಿ ಅನುಭಾವಿಸುತ್ತಾಳೆ ಮತ್ತು ಅಭಿವ್ಯಕ್ತಿಸುತ್ತಾಳೆ. ಅದಕ್ಕೇ ಮಧುರಾಣಿ ಕವನಗಳು ಓದುಗರ ಅತ್ತಿತ್ತಲಗದ ಗಮನವನ್ನು ಬೇಡುತ್ತವೆ ಮತ್ತು ಮತ್ತೆ ಮತ್ತೆ ಅವಳ ಗುರುತರ ವ್ಯಕ್ತಿತ್ವವನ್ನು ದಾಖಲು ಮಾಡುತ್ತವೆ.

"ಎಷ್ಟಾದರೂ ನಾನು ಹೆಣ್ಣು
ಮೊದಲ ಮಳೆಯ ಘಮ
ನನಗೂ ಹುಚ್ಚು ಹಿಡಿಸುತ್ತದೆ.

ಇದೋ
ಇಂದು ನನ್ನೂರಿನಲ್ಲಿ
ಮಳೆ ಸುರಿಯುತ್ತಿದೆ"

ಹಾಗೆಯೇ ತನ್ನ ಪ್ರಣಯ ನಿವೇದನೆಯಲ್ಲಿ ಯಾವುದೇ ರೀತಿಯ ಹಿಂಜರಿಕೆ ಯಾಗಲೀ, ತನ್ನ ಲೈಂಗಿಕತೆಯ ಅಂಗೀಕಾರದಲ್ಲಿ ಕಸಿವಿಸಿಯಾಗಲಿ ತೋರದ ಅಪ್ಪಟ ಹೆಣ್ಣು ನೇರಾನೇರ ತನ್ನನ್ನು ತಣಿಸೆಂದು ಪುರುಷನನ್ನು ಆಹ್ವಾನಿಸುತ್ತಾಳೆ.

"ಮುಂಗೈ ಮುಟ್ಟಲೂ ನೆಪ ಹುಡುಕುವ
ನಿನ್ನ ಕಂಜೂಸು ಮನಸು..
ಧಗಧಗದ ಬಿಸಿಲಿನಂತಹ ನನ್ನ
ಧಾರಾಳ ಮುನಿಸು!

ಇನ್ನಾದರೂ ಈ ಅನ್ಯಮನಸ್ಕತೆ ಅತ್ತ ಎಸೆದು ನನ್ನ ನೋಡು
ಬನದ ಹೂಗಳು ಆಡಿಕೊಳ್ಳುವ ಮುನ್ನ
ಏನಾದರೂ ಮಾಡು.."

ಈ ಖಚಿತತೆಯೇ ಅವಳ ಕಾವ್ಯಕ್ಕೊಂದು ದೃಢತೆ ತಂದುಕೊಟ್ಟಿದೆ.

ಅವಳ ಒಲವಿನ ಕನ್ನಡಿ ಒಡೆದರೆ ಆ ಚೂರುಗಳನ್ನು ದುಪಟ್ಟಾದ ಮೇಲೆ ಕಸೂತಿ ಮಾಡಿಕೊಳ್ಳುತ್ತೇನೆ ಎನ್ನುವಷ್ಟು ಆತ್ಮಸಮ್ಮಾನ! ಅದಕ್ಕೇ ಅವಳು ಎಂದೂ ತಲೆ ಕೆಡಿಸಿಕೊಂಡವಳಲ್ಲ. ಕೊನೆಗೆ ಅವಳ 'ಅಡುಗೆಮನೆ' ಕೂಡಾ–

"ಎದೆ ದಹಿಸುವ ಬೆಂಕಿಯಲಿ ಬದುಕ ಅಡುಗೆ.
ರಸ ಪಕ್ವ ಹಿತವಾದ ಉಣಿಸು,
ನನಗೆ ನಾನು ದಕ್ಕುವ ಪರಿಮಳದಂಥಾ ಅಡುಗೆ"

ಕೊನೆಗೆ ಬದುಕಿನಲ್ಲಿ **ಎಲ್ಲವೂ ಕವಿತೆಯಾಗಿರಲಿ, ಮುಂದೊಮ್ಮೆ ಇದನ್ನೇ ಹಾಡಿ ನಲಿಯಬಹುದು** ಎನ್ನುವಷ್ಟು ಪಕ್ವತೆ!

ಮಧುರಾಣಿ ಬದುಕನ್ನು ಅತ್ಯಂತ ತೀವ್ರವಾಗಿ ಅನುಭವಿಸುವ ಹೆಣ್ಣು. ಅದಕ್ಕೇ ಅವಳಿಗೆ ಕಾವ್ಯದಲ್ಲಿ ಕಿರಿದರಲ್ಲಿ ಹಿರಿದನ್ನು ಹಿಡಿದಿಡುವ ಕೌಶಲ್ಯ ಸಿದ್ಧಿಸಿದೆ. ತಾಯಿ ಬಗ್ಗೆ ಬರೆದ 'ತುಳಸಿ' ಕವನದಲ್ಲಿ ತಾನು **"ಊಟ ಬಿಟ್ಟಾಗ ಎರಡು ಹನಿ / ಮನೆ ಬಿಟ್ಟಾಗ ಮುಸಲಧಾರೆ"** ಎಂದು ಪರಿಪೂರ್ಣ ಚಿತ್ರಣ ಕೊಡಬಲ್ಲಳು.

"ಅವಳಿದ್ದಾಗ ಅಂಗಳದಿ ತುಳಸಿಯಿತ್ತು
ಮೌನಕ್ಕೂ ಮಾತಿನ ಸೊಗದ ಘಮಲಿತ್ತು..."

ಎಂದು ವರ್ಣಿಸಬಲ್ಲಳು.

ತನ್ನ ಕವನವನ್ನು **ಇದು ಪದ್ಯವಲ್ಲ. ಹರಿದ ಕನಸ ಚಾದರದ ಚುಂಗು** ಎನ್ನಬಲ್ಲಳು. ತನಗೆ ಕವಿತೆಗಳು 'ಬಿಡುಗಡೆಯ ಹಾದಿ, ಭಾರವಾದಾಗ ಮನಸಿನಿಂದ ಕಾಗದಕ್ಕಿಳಿಸಿ ಹಗುರಾಗಿ ಮತ್ತೆ ಹಾರಲು ಸಿದ್ಧವಾಗುವ ಶಕ್ತಿಮೂಲ' ಎಂದು ಘೋಷಿಸಿಕೊಂಡು ಯಾವ ವಿಮರ್ಶಾ ಮಾನದಂಡದ ಹಂಗಿಗೆ ಸಿಲುಕದ ಹೆಣ್ಣು–ಕವಿ. ಕೊನೆಗೆ 'ನನ್ನ ಮೇಜನ್ನು ಹಾಗೇ ಬಿಡಿ' ಎಂದು ತಾನು ಬದುಕಿದ ರೀತಿಯನ್ನು ಯಾವುದೇ ಅಪಾಲಜಿ ಇಲ್ಲದೇ ದಾಖಲಿಸಬಲ್ಲಳು. **ಟೇಬಲ್ ಒಪ್ಪವಾಗುವುದೇ ದೊಡ್ಡ ಪ್ರಶ್ನೆಯಲ್ಲ/ ಬಲವಂತದ ಓರಣ ಬಹುಕಾಲ ಉಳಿಯಲಾರದು/ ಅದನ್ನು ಅದರಂತೆ ಬಿಟ್ಟುಬಿಡಿ** ಎಂದು ಹೇಳುತ್ತಲೇ ವಿಮರ್ಶಕರನ್ನು ಬದುಕಿನಿಂದ ಹೊರಗಿಟ್ಟ ಛಲಗಾತಿ. ಈ ಮಧುರಾಣಿ ನನಗೆ ಬಹಳ ಪ್ರಿಯಳು. ಅವಳು ಹಾಗೆಯೇ ಇರಲಿ.

ಇದು ಈ ಕವನಗಳ ಮುಖ್ಯ ಧೋರಣೆಯ ಪರಿಚಯ. ಇಲ್ಲೊಬ್ಬಳು ಸ್ವತಂತ್ರ ವಿಚಾರಧಾರೆಯ, ತನ್ನ ಬದುಕು, ಭಾವನೆಗಳ ಬಗ್ಗೆ ಸ್ಪಷ್ಟತೆ ಇರುವ ಹೆಣ್ಣು ಇದ್ದಾಳೆ. ಅವಳಿಗೆ ತನ್ನ ಕನಸುಗಳ ಬಗ್ಗೆ ನಿಖರತೆ ಇದೆ. ಅವಳ ಚಿಂತನೆ, ಆಲೋಚನೆಗಳ ಬೌದ್ಧಿಕ ಮತ್ತು ಭಾವನಾತ್ಮಕ ಮೆಚ್ಯುರಿಟಿ ಗಾಢವಾಗಿದೆ. ಅದಕ್ಕೆ ತಕ್ಕಂತೆ ಕಾವ್ಯ ಕೌಶಲ್ಯ ಕರಗತವಾಗಿದೆ.

ಸಾಮಾನ್ಯವಾಗಿ ನಾನು ಕವನಗಳ ವಿಮರ್ಶೆ ಮಾಡುವುದಿಲ್ಲ. ಅದಕ್ಕೆ ಸಹೃದಯಿಯಾಗಿ ಸ್ಪಂದಿಸುತ್ತೇನೆ. ಕಾವ್ಯದ ವಿಮರ್ಶಕಿಯಾಗುವುದು ಕಷ್ಟ ನನಗೆ. ಒಂದು ಬರಹ ಎಲ್ಲಿ ಕವನವಾಗಿಲ್ಲ ಎನ್ನುವುದು ಮಾತ್ರ ನನಗೆ ಗೊತ್ತಾಗುತ್ತದೆ.

ಕಾವ್ಯದ ಶಿಲ್ಪ, ಬಂಧ, ಭಾಷೆ, ಪದಬಳಕೆ, ಪ್ರತಿಮೆಗಳನ್ನು ಕಟ್ಟುವಿಕೆ ಎಲ್ಲವೂ ಸೇರಿ ಕವನದ ಯಶಸ್ಸಿಗೆ ಕಾರಣವಾಗುತ್ತದೆ. ಅತಿಮಾತಿನ ಅಸಹ್ಯ, ಅನವಶ್ಯಕ ಪದ ತುರುವಿಕೆ, ಅಸ್ಪಷ್ಟತೆ, ಉದ್ದೇಶಪೂರ್ವಕ ಸರ್ಕಸ್ಸು ಕವನವನ್ನು ಸೋಲಿಸುತ್ತವೆ. ಒಂದು ಮಾತಿನಲ್ಲಿ ಹೇಳಬಹುದಾದ್ದನ್ನು ಎರಡು ಮಾತು ಬಳಸಿ ಹೇಳಿದರೆ ಅದು ವಾಚಾಳಿತನ. ಮಧುರಾಣಿ ಕಾವ್ಯ ಶಿಲ್ಪದ ಕಡೆಗೆ ಗಮನ ಕೊಡುವುದಿಲ್ಲ ಎಂದು ನಾನೇ ಟೀಕಿಸಿದ್ದೆ. "ಪದವಿಟ್ಟಳುಪದೊಂದಗ್ಗಳಿಕೆ" ಅನ್ನುವುದು ಕುಮಾರವ್ಯಾಸನಿಗೆ ಮಾತ್ರ ಶೋಭೆ. ಉಳಿದವರು ಕವನವನ್ನು ಮರುಪರಿಶೀಲನೆ ಮಾಡಿ ಸುಧಾರಿಸಬೇಕಾಗುತ್ತದೆ. ಮಧುರಾಣಿ ಎಷ್ಟೋ ಕವನಗಳನ್ನು ಒಂದು ಸಲ ಬರೆದು ಮತ್ತೆ ನೋಡಕ್ಕೇ ಹೋಗಿಲ್ಲ ಎಂದು ಹೇಳಿದಾಗ ಅದನ್ನು ಎರಡು ರೀತಿಯಲ್ಲಿ ಅರ್ಥೈಸಬಹುದು, ಒಂದೋ ಕವನ ಹುಟ್ಟುವಾಗಲೇ ಪರಿಪೂರ್ಣವಾಗಿ ಹುಟ್ಟಿದೆ ಅಥವಾ ಕವನ ಸೃಷ್ಟಿಯ ಅಮೃತ ಗಳಿಗೆ ಕಳೆದುಹೋದ ಮೇಲೆ ಮತ್ತೆ ಅದಕ್ಕೆ ತೇಪೆ ಹಾಕುವುದು ಸಾಧ್ಯವಿಲ್ಲ ಅನ್ನುವ ಅರಿವು ಎಂದರ್ಥ.

ಅದರಲ್ಲೂ ಕವಿ ತನ್ನ ಸಂಗಾತಿಯನ್ನು ಕಳೆದುಕೊಂಡ ನೋವನ್ನು ಕೂಡಾ ಕಾವ್ಯದಲ್ಲೇ ಅರಗಿಸಿಕೊಳ್ಳುವ ಯತ್ನದಲ್ಲಿರುವಾಗ ಮತ್ತು ಬದುಕಿನ ಸಿಹಿ ಗಳಿಗೆಗಳನ್ನು ನೆನಪಿಟ್ಟುಕೊಳ್ಳುವ ಮಾಧ್ಯಮವಾಗಿ ಕಾವ್ಯವನ್ನು ಬಳಸಿಕೊಳ್ಳುತ್ತಿರುವಾಗ ಅಲ್ಲಿ ಭಾವನಾತ್ಮಕತೆಯೇ ಪ್ರಧಾನ ನೆಲೆಯಲ್ಲಿರುತ್ತದೆ ಹೊರತು ಕಾವ್ಯ ಕಟ್ಟುವಿಕೆಯ ತಾಂತ್ರಿಕತೆಯ ಕಡೆಗೆ ಗಮನವಿರುವುದಿಲ್ಲ. ಹಾಗಿದ್ದೂ ಕವಿ ಗೆದ್ದಾಗ ಒಂದು ಮಾಂತ್ರಿಕತೆ ನಡೆಯುತ್ತದೆ. ಮಧುರಾಣಿಗೆ ಅಂತಹ ಅನೇಕ ಮಾಂತ್ರಿಕ ಕ್ಷಣಗಳು ಸಿದ್ದಿಸಿದೆ. ಅದಕ್ಕೇ ಈ ಕವನಗಳು ಓದುಗರಿಗೂ ಮುದ ನೀಡುತ್ತವೆ. 'ಈ ಹೊತ್ತಿಗೆ'ಯ ಕಾವ್ಯ ಪ್ರಶಸ್ತಿಗೆ ಅರ್ಹವಾಗಿವೆ. ಒಳ್ಳೆಯದಾಗಲಿ, ಮುಂದೆ ಮಧುರಾಣಿ ತನ್ನ ಸುತ್ತಲಿನ ಬದುಕಿಗೆ ತೆರೆದುಕೊಂಡು ಕಾವ್ಯ ಮುಖೇನ ಸ್ಪಂದಿಸಲಿ ಎಂದು ಆಶಿಸುತ್ತೇನೆ.

– ಪ್ರತಿಭಾ ನಂದಕುಮಾರ್

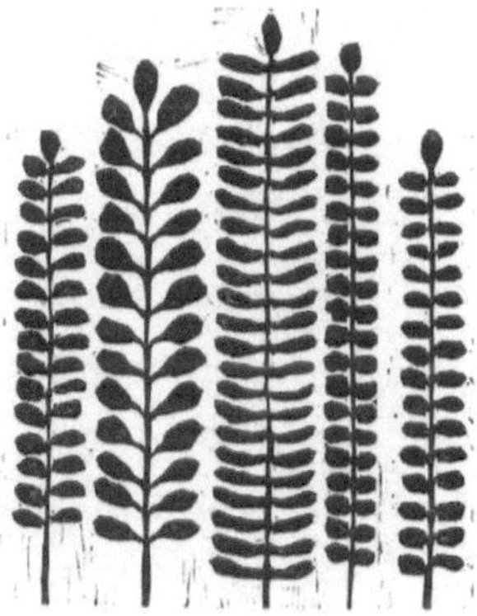

ಚದುರಿದ ಚುಕ್ಕಿಗಳು

ಸಂತೆಮಾಳದ ಹಿಂದಿನ ಕಳ್ಳ ಬೆಕ್ಕುಗಳು

ಇನ್ನು ನಾನೂ ನೀನೂ
ಮೊದಲಿನಂತೆ ಬೆಸೆದುಕೊಂಡು
ಉಸಿರಿಗೆ ಕೊಂಚ ಉಪ್ಪು ಕೊಂಚ ಸಿಹಿ
ಕೊಂಚವೇ ಹುಳಿಯನ್ನು ಕಟ್ಟಿಕೊಂಡು
ಹುಣ್ಣಿಮೆ ರಾತ್ರಿಗಳಲ್ಲಿ ಜೋಡಿ ನಾಗರಗಳ ಹಾಗೆ
ಗಟ್ಟಿಗೆ ಹೊಸೆದುಕೊಂಡು, ಸುಖಕ್ಕೆ ನರಳಿಕೊಂಡು
ತಲೆಬೇನೆಗಳಿಗೆ ಗಹಗಹಿಸಿಕೊಂಡು
ಮೆಲ್ಲನೆ ಗತ್ತಿನಲ್ಲಿ ಹರಿಯುತ್ತಿದ್ದ ಜುಳುಜುಳು ಕಾವೇರಿಯ
ಬಗಲಿಗೇ ರಾತ್ರಿಯಿಡೀ ಹೊರಳಿಕೊಂಡು...
ಇರುಳನ್ನೇ ಹಗಲು ಮಾಡಿಕೊಂಡು
ಹಗಲಿಗೆ ಪರದೆಯೆಳೆದು
ತುಸು ಓರೆಗತ್ತಲು ಮಾಡಿಕೊಂಡು
ಯಾರಿಗೂ ಹೆದರದೇ ಓಡಾಡಿಕೊಂಡು
ಹಾಗೇ ತುಸು ಹೆದರಿ ಬಚ್ಚಿಟ್ಟುಕೊಂಡು
ಇಡೀ ಜಗವನ್ನೇ ನಗೆಚಾಟಿಕೆ ಮಾಡಿಟ್ಟುಕೊಂಡು...

ಚಂಡಿ ಹಿಡಿದವರ ಹಾಗೆ ಹಾಸಿಗೆ ಬಿಟ್ಟೇಳದ
ಹುಲುಸು ಪೈರಿನ ಹಾಗೆ ನಳನಳಿಸಿ ತೊನೆವ
ಯೌವನಕೆ ಕೆನೆದು ಕಾಲಿಟ್ಟ ಸಖ-ಸಖಿಯರಂತೆ
ಭೂಮಿ ಬಿಟ್ಟೆದ್ದು ನಡೆದ ಕಿನ್ನರರಂತೆ
ಸುರಾಸುರರಿಗೂ ಸುಲಭಕ್ಕೊದಗದ ಮಿಂಚುಬಳ್ಳಿಗಳಂತೆ
ಸಂತೆ ಮಾಳದ ಹಿಂದಿನ ಕಳ್ಳ ಬೆಕ್ಕುಗಳಂತೆ
ಊರು ಸುಡುವ ಕಿಡಿಗೇಡಿಗಳಂತೆ

ಮುಟ್ಟಿದರೆ ಸುಟ್ಟೇಬಿಡುವ ಅಗ್ನಿಪುಂಜಗಳಂತೆ
ಬಾಯಲ್ಲಿ ಬೆಂಕಿಯಿಟ್ಟುಕೊಂಡು
ನಭೋಮಂಡಲಕೆ ಹಾರಿ ಧಿಗ್ಗನೆದ್ದು ಪುಟಿದು
ಜಾಮಗಳನ್ನೆಲ್ಲ ಒಂದು ಮಾಡಿ ಉಲಿದ ಕಾಲ...

ಸರಿದು ಹೋಯಿತು..
ಹಿಡಿಯೊಳಗೆ ಹಿಡಿದ ಮರಳ ಅಸ್ಮಿತೆಯಂತೆ
ತೊರೆದು ಹೋಯಿತು, ಕೈಚೆಲ್ಲಿ
ಗಾಳಿಗೆ ಹಾರಿ ನಿಸೂರಾದ ಬೂದಿಯ ಕಣದಂತೆ,
ಉರಿದ ನಕ್ಷತ್ರವೂ ಒಂದೊಮ್ಮೆ ಖಾಲಿಯಾದಂತೆ
ಸಖ್ಯಕ್ಕೆ ಪೂರ್ಣವಿರಾಮ..!

ಹೊತ್ತು ನಿಲ್ಲುವುದಿಲ್ಲ,
ಮುಖದ ಸುಕ್ಕು, ಎದೆಯ ಬಿಕ್ಕು ಶಾಶ್ವತ
ನಮ್ಮ ಪೊಗರಿನಂತೆ
ಹಾಗೂ ನಿಲ್ಲದ ಗಾಣದೆತ್ತಿನ ಓಟ
ನಾವಿಬ್ಬರೂ ಸಂತೆ ಮಾಳದ ಕಳ್ಳ ಬೆಕ್ಕುಗಳಂತೆ.

ಕಾಫಿ ಕಪ್ಪಿನ ಹೂಗಳು

ಒಡೆದ ಕಾಫಿ ಕಪ್ಪಿನ ಮೇಲೆ
ತುಂಬು ಆಸೆಗಳ ಹೂವುಗಳಿದ್ದವು
ಕಾಫಿ ಹೀರುತ್ತಾ ನನ್ನ ಎಡ ತೋರುಬೆರಳು ಕೆರೆದ
ಗಾಯದ ಕಲೆ ನಿನ್ನ ಭುಜದ ಮೇಲಿತ್ತು...
ನನ್ನ ಹೆಣ್ಣೆದೆ ತುಂಬುವಷ್ಟು ಸಜೀವ ಸ್ವಾದ
ಹಿಡಿಯುವ ತಾಕತ್ತು ಇತ್ತು,
ಕಾಪಿಟ್ಟ ಕನಸುಗಳ ಮೆರವಣಿಗೆ ಅದು!

ಒಂದೇ ಕಪ್ಪಿನಲಿ ಇಬ್ಬರೂ ಕುಡಿದ
ತುಟಿಯ ಪ್ರೇಮದ ಕುರುಹಿನ ಗಮಟು,
ಕೆಲವೊಮ್ಮೆ ನಾಲಗೆಯಿಂದ ಗಂಟಲಿಗೆ...
ಕಪ್ಪು ಹಿಡಿದು ನಿನ್ನ ಮಡಿಲು ತುಂಬಿ
ರೋಮದ ಎದೆಗಂಟಿ ಕೂತು
ಇಡಿಯಾಗಿ ತೋಳೊಳಗೆ ಹುದುಗಿಸಿ ಆವರಿಸಿದ
ಬೆವರಿಗೂ ಕಾಫಿಗೂ ಮತ್ತೇರಿಸುವ ಘಮ!

ಸುಳ್ಳೇ ರಜೆ ಆಫೀಸಿಗೆ,
ಮೂಗು ಮುರಿವಷ್ಟು ಘಾಟು ಸಿಗರೇಟು!
ಆದರೂ ಪೌರುಷದ ತೋಳಿನೊಳಗೆ ಮುಖ ಹುದುಗಿಸಿ
ಮಗುವಂತೆ ರಚ್ಚೆ ಹಿಡಿದು, ಹಾಸಿಗೆಗೆ ಧುಮುಕದ ನಾನು,
ಎದೆಗೊತ್ತಿ ಹಿಡಿದ ಕಾಫಿ ಕಪ್ಪು.
ಒಡೆದು ಹೋಗಿದೆ ನೋಡೀಗ,
'ಯಾರು ಶಾಶ್ವತ ಹೇಳು ಇಲ್ಲಿ?' ಅಂದಷ್ಟು ಸುಲಭವೇ?

ಕಟುಕ ನೀನು...
ಕುಡಿದು ಮೂಲೆಗೆ ಎಸೆದು ಬಿಡುವಿಲ್ಲವೆಂದು ಓಡಿದವ
ಯಾವತ್ತೂ ಜೀವ ಇಟ್ಟವಳು ನಾನಲ್ಲವೇ,
ಉಸಿರು ಪೊರೆದವಳು ನಾನಲ್ಲವೇ?
ಕಪ್ಪಿನ ಎದೆಯ ಮೇಲಿನ ಚಿತ್ತಾರ ಅಳಿಯದಂತೆ
ದಿನವೂ ಮೃದುವಾಗಿ ತೊಳೆದು ಒರೆಸಿಟ್ಟವಳು ನಾನಲ್ಲವೇ?

ನಾವೀಗ ದೂರ ದೂರ ಆರಾಮ ಕುರ್ಚಿಗಳ
ಮೇಲೆ ಕೂತು ರಾಜಕಾರಣ ಮಾತಾಡುತ್ತಾ ಹೀರುವ
ಸಂಜೆಯ ಬಿಸಿನೀರೊಂದು ಅಂದಿನ ಕಾಫಿಯಾಗಬಹುದೇ?
ನೋಡಿಲ್ಲಿ...
ನನ್ನ ಹಳೇ ಕಾಫಿ ಕಪ್ಪು ಒಂದಾಗದಂತೆ ಒಡೆದು ಹೋಗಿದೆ!

ನಿನ್ನ ಮೀನು ನಾನಲ್ಲ

ತಂಗಾಳಿಯ ಮೈ ಸವರುವ
ನಿನ್ನ ಈ ಹುಚ್ಚು ವಿನೋದ...
ಎಲ್ಲಿಂದಲೋ ಹೆಕ್ಕಿದ ಪರಿಚಿತ ಬೆವರ ಗಮಟೊಂದನ್ನು
ಸುರುಳಿಯೇರಿಸಿ ತಂದು ನಾಲಿಗೆಗೂ ಮೂಗಿಗೂ
ಮತ್ತೆ ಮತ್ತೆ ಗಿರಕಿ ಹೊಡೆಸುವ ಚಕ್ಕಂದ,
ಇಂಗಿನ ಒಗ್ಗರಣೆಯ ಘಾಟಿಗೂ
ಕುದಿವ ಸಾರಿನ ಘಮಕ್ಕೂ
ಹಚ್ಚಿಟ್ಟ ಅಗರಬತ್ತಿಯ ಸುವಾಸನೆಗೂ
ಯಾವ್ಯಾವತ್ತೂ ಸರಿಸಮವೆನಿಸದ
ಆ ಮೈಬೆವರ ಇನಿಗೆ ಸೋತು ನೆನೆದು ತೊಪ್ಪೆ..!

ಮುಖವೆತ್ತದೇ ಸೌಗಂಧದ ಜಾಡು ಹಿಡಿವ
ಈ ಬಿಕನಾಸಿ ಮೂಗಿಗೊಂದು ಮೀನು,
ದಾರ ಕಟ್ಟಿ ಮುಂದೆ ಹಿಡಿದರೆ ಸೀದಾ ನಿನ್ನ ಮನೆಯಂಗಳಕೆ ತಂದು
'ಇಕೋ... ಇಲ್ಲಿದೆ ನಿನ್ನ ವಸ್ತು...' ಎಂದು ತೋರಿಸಿಬಿಡಬಹುದು,
ಆ ಕಳ್ಳ ಬೆಕ್ಕೊಂದು ಉಳಿದ ಮೀನಿನ ತುಂಡನ್ನು
ಪಟಕ್ಕನೆ ಎತ್ತಿಕೊಂಡೋಡಿ, ಅತ್ತಿತ್ತ ತಿರುಗಿ
ಕಳ್ಳತನ ಬಯಲಾಗದೆಂದು ಖಾತ್ರಿಯಾದ ಮೇಲೆ
ಮುಗಿಯದ ಹಾದಿಯೊಂದರ ಪಕ್ಕದಲ್ಲಿ
ಒಪ್ಪವಾಗಿ ಕೂತು ತಿಂದು, ಮತ್ತದೇ ಪ್ರಜ್ವಲಿತ
ಕಣ್ಣುಗಳಲ್ಲಿ ಬೆತ್ತಲಾದ ನಿನ್ನ ಬೃಂದಾವನದ ಮನೆಯಂಗಳ!
ಮೀನು ಹಾಗೂ ಇಂಗು ಅಡುಗೆಯಲ್ಲಿ ಬೆರೆಯುವುದಿಲ್ಲ
ಆದರೆ ಖಾಲೀ ಅಂಗಳದ ಘಮವೆಲ್ಲಾ
ತುಂಟ ಗಾಳಿಯ ಪಾಲಾಗಿದೆಯಲ್ಲಾ...

ನೀನು ನನ್ನ ಸೊಂಟ ಬಳಸಿ
'ನನ್ನ ಮುದ್ದು ಬೆಕ್ಕೇ..' ಎಂದು ಯಾಕೆ ಕೆನ್ನೆ ಸವರುವುದು?
ನಾನು ಮೀನು ತಿನ್ನಲಿಲ್ಲ
ನಿನ್ನ ಪೋಲಿ ಬೆಕ್ಕಿನಂತೆ...
ಬರೀ ಅಗರಬತ್ತಿಯೋ ಒಗ್ಗರಣೆಯ ಇಂಗೋ
ಮೂಗಿಗೆ ಹತ್ತಿ ನಿನ್ನ ಬೆವರಿನ ಘಮದೊಡನೆ
ಪೈಪೋಟಿಗಿಳಿದಾಗ...
ಕಡೆಗೆ ಬೆವರ ಘಮವನ್ನೇ ಗೆಲ್ಲಿಸಿ ದೀರ್ಘ ಉಸಿರೆಳೆದು
ಹೇಗೋ ಅರಸಿ ಬಂದು ಲೀನವಾದದ್ದು ನಿನ್ನೊಳಗೆ
ಬೆಕ್ಕು ನಾನಲ್ಲ, ಮೀನೂ ನಾನಲ್ಲ..
ನೀನಿರಬಹುದು, ಅಥವಾ ಇಂಗಿನ ಘಾಟು ಘಮ!

ಹುಲಿ ಚಹರೆಯುವ

ಸುಮ್ಮನೇ ಸುಳಿವ
ಹೆಬ್ಬುಲಿಯ ಹೆಜ್ಜೆಗಳ ನೀನು,
ಪೊದೆಯ ಒಳಗಿಂದ ಇಣುಕಿ ಕಿಚಾಯಿಸಿ
ಓಡುವ ಹರಿಣದಂತಹ ನಾನು..
ಕಣ್ಣಲ್ಲೇ ಬೇಟೆಯ ಘಮ ತಿಳಿದವನಂತೆ
ಹಾಗೊಮ್ಮೆ ಹೀಗೊಮ್ಮೆ ಇಣುಕು ಹಾಕಿ
ನಿರ್ಭಯದ ದಾರಿ ಸವೆಸುತ್ತಾ
ಸುತ್ತಲ ಜಾತ್ರೆಯ ಗುಂಗು ಗುಲಗಂಜಿಯಷ್ಟೂ ತಲೆಗೇರದ
ಮೌನದ ನಶೆಯನ್ನೇ ಸುತ್ತಿ ಸುತ್ತಿ ಸವಿಯುವ ಗತ್ತಿನ ನಡಿಗೆಯವನೇ,
ಸರಿ ರಾತ್ರಿಗೆ ಏನನ್ನೋ ಅರಸುತ್ತಾ
ನಾನೆಂಬ ಕಾನನವ ಹೊಕ್ಕ ತೇಲುವ ಕನಸುಗಂಗಳು,
ನೂರು ಕಥೆಗಳಿವೆಯಲ್ಲಾ ಒಳಗೆ!
ನಕ್ಕೂ ನಗದ ಬಿಗುಮಾನದ ಮೀಸೆಯಡಿ
ಆಡದೇ ಉಳಿದ ನೂರು ಹರಟೆಗಳ ಬೊಂತೆ
ಪುಟಾಣಿ ಹರಿಣದ ಹೃದಯ ನಿನ್ನ ಹುಲಿ ಹೆಜ್ಜೆಗೆ ಹೆದರಿ
ಅಲೌಕಿಕ ಭೀಭತ್ಸ ನೋಟಕ್ಕೆ ಬೆದರಿ
ಸದ್ದಡಗಿ, ಪೊದೆಯ ಮರೆಯಲ್ಲೇ ಉಳಿದ ಪ್ರೇಮಕಾವ್ಯ
ನಕ್ಕುಬಿಡು ಬಿಗುಮಾನ ಸಾಕು,
ಬೇಟೆಯೋ? ಭೇಟಿಯೋ?
ಹುಲಿ ರೂಪದ ಬೇಟೆಗಾರನೇ,
ಕುತ್ತಿಗೆಯ ನರಗಳಲ್ಲಿ ಹರಿಯುವ ಬಿಸುಪು
ನಿನ್ನ ಕಣ್ಣ ಚೂಪು ತಗುಲಿ ತಣ್ಣಗಾಗಲಿ.

ರೂಪಾಂತರ

ಏನು ಬರೆಯಲಿ
ಆಷಾಢಕ್ಕೆ ಉಡುಗೊರೆಯಾಗಿ?
ಆ ಮೊದಲ ವರುಷದ ಹಸಿ ವಿರಹವು
ಮರೆತೇ ಹೋಗಿ ನಿರುಮ್ಮಳವಾಗಿರುವೆ ಈಗ
ಸೋಜುಗದ ಮೂಗಿನ ಮೇಲೆ ಕೂತ ಚಿಟ್ಟೆಯೊಂದು
ಎದೆಗೆ ಬಣ್ಣ ಅಂಟಿಸಿ ಹೋದ ಕಾಲ ಅದು,
ಈಗ ಕಣ್ಣೊಳಗೆ ತೇವವಿಲ್ಲ
'ನೀನು ಬರದೇ ಹೋದರೆ' ಎಂಬ ಭಯವಿಲ್ಲ
ಬರದಿದ್ದರೆ ಸಾಕು, ನಿದ್ದೆ ಮಾಡಬಹುದೆಂದು
ಯೋಚಿಸಿ ದುಷ್ಟಳೂ ಭ್ರಷ್ಟಳೂ ಆಗುತ್ತೇನೆ,
ಈ ಸುದೀರ್ಘ ಹಗಲಿನಲ್ಲಿ ಕಡು ಕಿರಾತಕಿಯಾಗಿ
ಸುಟ್ಟ ಸಿಗರೇಟಿನೊಂದಿಗೆ ಗಹಗಹಿಸುತ್ತೇನೆ
ಒಬ್ಬಳೇ...

ಭರ್ರೋ ಎಂದು ಯಮಗಾಳಿ ಬೀಸಿ
ಎಲೆಗಳು ಉದುರಿದರೆ ಅದೇನೋ
ಅವ್ಯಕ್ತ ಕೇಡಿ ಹಿತ!
ಸಂಜೆಗಳೀಗ ಶುಭ್ರ ನಿಸ್ಸಾರ ಶುಷ್ಕ... ಆಹಾ?
ಕಾಫಿ ಕಪ್ಪಿನ ಮೇಲೆ ಮೂಡಿರಬಹುದಾದ
ಲಿಪ್ ಗ್ಲಾಸಿನ ಗುರುತುಗಳು ಒಣಗಿ
ಚರ್ಮ ಕಿತ್ತು, ಗಾಯವಾದ ಬಯಕೆಗಳಂತೆ ಇವೂ ಮ್ಲಾನ...
ಪ್ರೇಮಕಾವ್ಯದ ಆಯಸ್ಸು ಕಡಿಮೆ
ಈಗ ಆಷಾಢಕ್ಕಾಗಿ ಪದ ಹೆಕ್ಕುವಾಗ ಖುಷಿ!
ಒಣಗುವುದೂ, ಅಂಡಲೆಯುವುದೂ
ಮಾಗಿದ ಸಂಕೇತವೆಂದು ಅವನು
ಕೂಡಿದಾಗಲೆಲ್ಲ ಹೇಳುತ್ತಲೇ ಇದ್ದ.

ಜಂಗಮವೇ ಶಾಶ್ವತ,
ಗಾಳಿಗೆ ತೂರುವ ಎಲೆಯ ಹಾಗೆ...
ನಿರ್ಭಯದಿಂದ ವಿನೀತ ಮಗುವಿನಂತೆ
ಈ ಎಳೆ ಮಾಗಿಯ ಗಾಳಿಗೆ ಮೈಯೊಡ್ಡುತ್ತೇನೆ
ಜಾರುತ್ತಿರುವ ಸೌಂದರ್ಯಕ್ಕೆ ಈಗ ನಾನು ಹೆದರುವುದಿಲ್ಲ.

ತುಟಿಯ ಚರ್ಮದಿಂದ ಹಿಮ್ಮಡಿಯವರೆಗೂ ಒಡೆದ ರಾತ್ರಿಗಳಲ್ಲಿ
ಉಸಿರುಗಟ್ಟಿಸುವ ವಿದ್ರೋಹಿ ಹೃದಯ
ಬರೀ ಕಳೆಯುವುದನ್ನೇ ಪದೇಪದೇ ಲೆಕ್ಕ ಮಾಡಿ
'ಕಳೆದದ್ದೇ ನಿನ್ನದು!' ಖಚಿತ ತೀರ್ಪಿತ್ತು,
ಇದೇ ಗಾಳಿಯಲ್ಲಿ, ಹೊಸ ಸಖಿಯೊಂದಿಗೆ
ತೂರಿ ಹೋದ ಅರೆ-ನೆರೆತ ಎಲೆಯಂತಹ ನಿನ್ನನ್ನು
ನನ್ನವನೆಂದೇ ಮಾರ್ಪಡಿಸುತ್ತದೆ.
ಮನಸು ಒಪ್ಪದೇ
ನಿನ್ನಿಂದ ಬೇರ್ಪಡುವ ಧಾವಂತದಲ್ಲಿ, ಬಟ್ಟೆ ಕಳಚಿ
ಗಾಳಿಗೆ ಸಿಲುಕಿ, ಚರ್ಮ ಸಿಡಿದು ಚದುರಲೆಂದೇ
ಧಪಧಪನೆ ಓಡುತ್ತಾ...
ಮುಂಬರುವ ಶ್ರಾವಣವನ್ನು ಧಿಕ್ಕರಿಸುತ್ತಾ...
ತಬ್ಬಿ ಮುದ್ದಾಡುವ ಹೊಸಾ ಪ್ರೇಮಿಗಳಿಗೆ
"ಹುಚ್ಚಪ್ಪಗಳಿರಾ? ಇದು ನಶ್ವರ!
ಮಾಗಿಯ ತೆಕ್ಕೆಗೆ ಬನ್ನಿ"ರೆಂದು ಕೂಗುತ್ತಾ...
ತರಗೆಲೆಗಳ ಜೊತೆ ಶಾಪ ವಿಮೋಚಿತಳಾಗಿ
ಮೊಲೆ ತೊಟ್ಟುಗಳ ಕತ್ತರಿಸಿ ಎಸೆದು
ಇಹ ಬಂಧನಗಳ ತೊರೆದು
ಒಡೆದ ಚರ್ಮ ಸುಲಿದುಕೊಂಡು
ಚಿಟ್ಟೆಯಾಗಿ ಮಾರ್ಪಟ್ಟು ಹಾರುತ್ತೇನೆ...

ನುಣುಪಾದ ಸಾವು

ಎಷ್ಟೋ ರಾತ್ರಿಗಳಲ್ಲಿ
ಸದ್ದಿಲ್ಲದೇ ಕರಗುವ ಮೈ ಬೆವರು
ನನಗೆ ಗೊತ್ತಿಲ್ಲ, ಇನ್ನೂ ನಡೆಯಬೇಕಿದೆ
ಹೆಜ್ಜೆ ಸೋತರೂ ಹೇಳಬಾರದು, ದಣಿದರೆ ನೀರುಣಿಸುವ ನೆನಪಿದೆ
ಮೌನ ಸೀಳುವ ಇಬ್ಬರ ಸುಖದ ಮುಲುಕು
ಕತ್ತಲು ದಟ್ಟವಾದಷ್ಟೂ ಏನೋ ಸುಖ
ಏನೆಂದು ಗೊತ್ತಾಗುತ್ತಿಲ್ಲ...
ನಾನು ನಿನ್ನೆದೆಯ ದಟ್ಟ ರೋಮದ ಕಾನೊಳಗೆ ಕಳೆದುಹೋದೆನಾ?
ವಿಳಾಸವನ್ನು ಗಾಳಿಗೆ ತೂರಿ ಅನಿಕೇತನವಾದೆನಾ?
ವಿರಹ ಕೊಟ್ಟಷ್ಟು ಪದಗಳನ್ನು ಸುಖವೆಲ್ಲಿ ಕೊಟ್ಟಿತ್ತು ಹೇಳು
ಕಚ್ಚಿಕೊಂಡ ತುಟಿಯ ಹಿಂದೆ ಗಕ್ಕನೆ ನಿಂತ ಉಸಿರು
ಏನೂ ಅರಿವಾಗುತ್ತಿಲ್ಲ ಈಗ..
ಆಗ ನಡೆಯುತ್ತಿದ್ದವಳು ಈಗ ಹಾರುತ್ತಿದ್ದೇನೆ
ನಿನ್ನೆದೆಯ ರೋಮಗಳೆಲ್ಲಾ ನನ್ನೆದೆಗಂಟಿ
ನಾನೀಗ ಒಂದು ಕಾಡಾಗಿದ್ದೇನೆ,
ಈಗ ಕಾನೂ.. ನಾನೂ.. ನೀನೂ..
ಎಲ್ಲಾ ಇಲ್ಲೇ ಹಾರಾಡುತ್ತಾ?
ರೋಮಗಳು ದಿಕ್ಕು ದಿಕ್ಕಲ್ಲಿ ತೇಲುತ್ತಾ ತೇಲುತ್ತಾ...
ಸುಖಕ್ಕೆ ಎಷ್ಟು ಭಾಷ್ಯ ಬರೆದರೂ
ಮೇಲೆ ಮೇಲೆ ಹಾರಿದಷ್ಟೂ ರೆಕ್ಕೆ ಸುಡುತ್ತಿದೆ
ನನ್ನೊಳಗಿನ ಕಾನಿನ ತಂಪೂ ಈಗ ಬೆಂಕಿಯಾಗಿ
ದಾರಿ ಗುರುತಾಗದಷ್ಟು ಮುಂದೆ ಬಂದಿದ್ದೇನೆ
ಬೆವರು ವಾಸನೆ ಹಿಡಿದೇ ಹಿಂತಿರುಗಬೇಕು
ಕನಸು ಕಟ್ಟುತ್ತಾ ಕಟ್ಟುತ್ತಾ ನಾನೇ ರೇಷಿಮೆ ಹುಳುವಾಗಿ
ಉಸಿರುಗಟ್ಟಿದ್ದೇನೆ,
ನುಣುಪಾಗಿ ಸಾಯುತ್ತಾ..

ನೀನೀಗ ಬೇಕಿತ್ತು..

ನೀನಿರಬೇಕಿತ್ತು ಈಗ
ಹರಿದ ಕಣ್ಣೀರ ಬಣ್ಣ ಮಾಡಿ ಕುಂಚದಂತಹ ಕೈಗಳಿಂದ
ಮಾಸಿದ ಬದುಕಿಗೊಂದು ಚಂದದ ರಂಗು ಹರಡಲು
ಮಂಕಾದ ನನ್ನ ಕಣ್ಣಾಲಿಗಳಿಗೆ ನಿನ್ನ ಮಮತೆಯ ತೈಲ
'ಸಂಧ್ಯಾದೀಪಮಿದಮ್' ಎಂದೊಮ್ಮೆ
ಜೀವ ತುಂಬುತ್ತಿತ್ತು
ಅಪ್ಪಾ..

ನೀನು ಬೇಕಿತ್ತು ಅಪ್ಪಾ..
ಎದೆಗಾನಿಕೊಂಡು ಬಿಸಿಯುಸಿರ ಮರೆಯಬಹುದಿತ್ತು
ಜಗತ್ತಿಗೊಂದು ಸವಾಲೆಸೆದು ನಿನ್ನ ಬೆನ್ನ ಹಿಂದಡಗಿ,
ಸುತ್ತಲೂ ಕವಿದ ಕಾರ್ಮೋಡಗಳ ಭಯವನ್ನು
ನಿನ್ನ ಅಂಗೈಯೊಳಗೆ ಅಡಗಿ ಮರೆಯಬಹುದಿತ್ತು
ಅಪ್ಪಾ..

ನೀನೀಗ ತುಂಬಾ ಬೇಕಿತ್ತು..
ನಿನ್ನಂಗಿಯ ವಿಭೂತಿಯ ಘಮಲು
ಜಗದ ಜಂಜಡದ ದುರ್ವಾಸನೆಗೆ ಸವಾಲಾಗುತ್ತಿತ್ತು
ನಿನ್ನ ಮುಂಗೈ ಮೇಲೆ ಮೂಡುವ ಮಾಗಿದ ನರಬಳ್ಳಿ
ನನ್ನ ಹೆದರಿಸುವ ಗುಮ್ಮಗಳ
ಹೊಡೆದೋಡಿಸಿ ಪೊರೆಯುತ್ತಿತ್ತು.
ಸವೆದ ಹಿಮ್ಮಡಿಗಳ ಜೋಡು ಅನುಭವದ ಕತೆ ಹೇಳುತ್ತ
ರಾತ್ರಿ ಮನೆಯ ಬಾಗಿಲಲಿ ಗಸ್ತು ತಿರುಗುತ್ತಿತ್ತು.
ಆಗೊಂದಿಷ್ಟು ನೆಮ್ಮದಿಯ ನಿದ್ರೆಗೆ ಜಾರಿ
ಮತ್ತೆಂದೂ ಏಳದಂತೆ ನಿನ್ನೆದೆಯ ಕವುಚಿ ಹಿಡಿದು
ಚಿರಕಾಲ ವಿರಮಿಸಬಹುದಿತ್ತು.

ಅಳತೆಗೆ ದಕ್ಕದೇ..

ಅಳತೆಗೆ ದಕ್ಕುವುದಿಲ್ಲವೆಂದರೆ ಗರ್ವಿಸಬೇಕು
ಕೈ ಮೀರಿ ಹೋಗಿದ್ದಾಳೆಂದರೆ ಖುಷಿ ಪಡಬೇಕು
ನೀತಿ ನಿಯಮದ ಇಕ್ಕಳದಲ್ಲಿ ಸಿಕ್ಕದವಳೆಂದು ಹಳಿದರೆ
ಸಂತಸ ಪಡಬೇಕಲ್ಲವೇ,
ನಿನಗೆ ನೀನು ದಕ್ಕಿರುವೆ ಅಷ್ಟೇ.

ಮನೆಯ ಮಾನ ನೆಲಸಮವೆಂದರೆ
ನೀನು ಬೇರೇನೋ ಕಟ್ಟಲು ಹವಣಿಸುತ್ತಿರುವೆ,
ನಿನ್ನ ಧರ್ಮ ಸ್ವಲ್ಪವೇ ಸೊರಗಿದರೆ
ಮಾನವ ಧರ್ಮಕ್ಕೆ ನೀರುಣಿಸುತಿರುವೆ,
ಜಂಜಡಗಳಲ್ಲಿ ಕಳೆದು ಹೋಗಿರುವೆಯೆಂದು
ಹೀಯಾಳಿಸಿದರೆ ಖುಷಿಪಡಬೇಕು
ಒಳಗಣ್ಣು ತೆರವಾಗಿದೆ ಅಷ್ಟೇ.

ಮಾನಗೆಟ್ಟವಳೆಂದರೆ, ಹಾದಿ ಬಿಟ್ಟವಳೆಂದರೆ
ಹಗಲಿರುಳು ಕನಸಿದ ಚೆನ್ನಮಲ್ಲಿಕಾರ್ಜುನ
ಮನದ ಬನದೊಳಗೆ ಹಸಿರಾಗಿರಬಹುದು,
ಯಾವುದೋ ಹೊಟ್ಟೆಯ ಕೂಸೊಂದು
ಇದೇ ಮಡಿಲಿನಲಿ ಹೂವಾಗಿ ನಗಬಹುದು,
ನೀನು ನೀನಾದರೆ ಎಲ್ಲವೂ ಬೆತ್ತಲೆಂಬ,
ಕತ್ತಲೇ ಬೆಳಕೆಂಬ ನನ್ನಿ ಮಿಂಚಿರಬಹುದು,
ಎಲ್ಲರೊಳಗೊಂದಾಗಿ ನೀನು ಇಲ್ಲವೆಂದಾದರೆ
ತೃಪ್ತಿಪಡು,
ನಿನ್ನೊಳಗೆ ನೀನೀಗ ಬದುಕಿರುವೆ ಅಷ್ಟೆ!

ವಿಷದ ಹೂಗಳು

ದಾರಿಗೊಂದು ದೀಪವಿಲ್ಲದ ಮೇಲೆ
ಕಗ್ಗತ್ತಲ ಪಯಣ ದಿಕ್ಕುತಪ್ಪಿ,
ನಾಯಿಯ ಮೈದಡವಿ, ಆನೆ ಹೊದಿಕೆಯ ಹೊದಿಸಿ
ಸ್ನೇಹಿತನ ಬಿಸುಪಿನಂತೆ ಮರೆತು ಕೈ ಹಿಡಿದು

ಹರದಾರಿಗಳು ಬಂದ ಮೇಲೆ
ಸೂರ್ಯ ಹುಟ್ಟುವಾಗ ಮತ್ತೆ ಕಗ್ಗತ್ತಲು..!
ರಾತ್ರಿ ಅರಳಿದ್ದ ಹೂಗಳೆಲ್ಲಾ ಬೆಳಗು ವಿಷವುಣಿಸುವ ಬಟ್ಟಲುಗಳು
ಒಡಲಿನ ಮಧು, ಈಗ ಸತ್ತುಹೋಗಿದೆ
ಕಾವು ಏರಿದರೆ ಅಮೃತವೂ ವಿಷ, ಬದುಕಬೇಕಿದೆಯಲ್ಲಾ?
ಈಗಲೇ ಕುಡಿಯಲಾರೆ

ಪಯಣ ಕಾಲಿಗೆ ಹಿತವೋ ಕೃತವೋ
ಸ್ತಬ್ಧವಾಗಿ ನಿಂತುಬಿಟ್ಟರೆ, ಕಾಲ ಬಿಡದೇ
ಬೆನ್ನು ಹಿಡಿದು ದೂಡುವುದಲ್ಲವೇ,
ಗಾಣಕ್ಕೆ ಕಟ್ಟಿದ ಎತ್ತು ಸ್ವತಂತ್ರವೆಂದರೆ
ಹುಚ್ಚನಿಗೂ ಸಸಾರದ ನಗೆಯುಕ್ಕುವುದಿಲ್ಲವೇ..

ಪ್ರೀತಿಯೆಂದರೆ, ನಾಯಿ ನೆತ್ತಿಯ ಮೇಲಿನ ದೀಪ
ಬೆಳಕು ಕೊಡಬಹುದು,
ಬಿದ್ದರೆ ಸಮಸ್ತವೂ ಮುಗಿದು ಹೋಗಬಹುದು
ವಿರಹ ಗಿರಹ ಎಲ್ಲಾ ಬೊಗಳೆ ಎಂದರೆ
ಹೆಣ್ಣು ನಗುವಳು, ಮತ್ತೆ ಮತ್ತೆ ಗಹಗಹಿಸಿ
ಹೇಳುವಳು, ವಿರಹ ಪ್ರೀತಿ ಪ್ರೇಮ ಎಲ್ಲವೂ
ಆಧ್ಯಾತ್ಮದ ಅಂಗಿ ತೊಡಿಸಿದ ಬದನೇಕಾಯಿಯೆಂದು.

ಹಠಮಾರಿ ಒಲವು

ಒಮ್ಮೊಮ್ಮೆ ನಾಚಿಕೆಗೇಡಿ ಹೇಡಿಯಂತಹ ನಿನ್ನ
ನೆನಪುಗಳನ್ನು ಎದೆಯಲ್ಲೇ ಸುಟ್ಟು ರಂಜು ಕಲೆಸಿ
ನಾಳಿನ ಕನಸುಗಳಿಗೆ ನೀವಳಿಸಿ ದೃಷ್ಟಿ ತೆಗೆದು
ಮೂರು ದಾರಿ ಕೂಡುವಲ್ಲಿ ಬಿಸುಟು
ನಿಸೂರಾಗಿ ಬಂದು ಕೂತಿರುತ್ತೇನೆ...
ಅಗೋ, ಆಗಲೇ ಹೊಸತಾಗಿ ಕ್ಯಾನ್ಸರಿನ ಕೂಳೆಯಂತೆ,
ಮತ್ತೆ ಚಿಗುರೊಡೆದು ನಾಚಿಕೆಯಿಲ್ಲದೇ ನಗುವುದು,
ನಾನು ಮನಬಂದಂತೆ ಬೈದು ಕೆಡವಿ
ಹಾಳುಬಾವಿಗೆ ತಳ್ಳಿ ಕೊಂದ ನೆನ್ನೆಗಳ ನೆನಪು ಈಗ,
ಅವು ಕಾನೂನುರೀತ್ಯಾ ನಿನ್ನವು

ಹೀಗೆ ಪೈಶಾಚಿಕ ನಗೆಯೊಂದಿಗೆ ಅದು ಹೇಗೆ ಮರಳುವೆ?
ಬಿಟ್ಟೆನೆಂದು ತ್ರಿವೇಣಿ ಸಂಗಮದಲ್ಲಿ ಮುಳುಗೆದ್ದು
ಮೈಗೆಲ್ಲಾ ವಿಭೂತಿ ಬಳಿದು
ಮೂಲೋಕ ಗುಡುಗುವಂತೆ ಶಂಖ ಊದಿ
ತೊರೆದು ನಿಸೂರಾದ ಮರುಗಳಿಗೆಯೇ,
ಅದು ಹೇಗೆ ಎಲ್ಲ ವಿಕಾರಗಳ ಮರೆತರೂ
ಮರೆಯದೇ ಬಂದು ಕಾಡುವಿರಿ?

ತುಸು ಆಧ್ಯಾತ್ಮ

ಮಾಯಕದ ದೇಹ ಇದು
ಬರೀ ಮಾಯೆ, ಆತ್ಮವ ನಂಬು ಎಂದರೂ ಕೇಳದ
ಹುಚ್ಚು ಮನಸು ವಿಪರೀತ ಮೋಹಿಸುವುದು
ಚರ್ಮ ಮಾಂಸ ಮಜ್ಜೆಗಳ ಗೂಡನ್ನು
ಹಳೇ ಮಾತು, ತುಸು ಆಧ್ಯಾತ್ಮ..!
ಮೋಹ ತೊರೆದ ಆತ್ಮವೊಂದು ಕನಸಿಗೆ ಬಸಿರಾಗುವುದು ಹೇಗೆ?

ಆದರೂ..
ದೇಹದ ಮೋಹಕ್ಕೆ ಮಾತ್ರ ಬದುಕು
ಇನ್ನೂ ಈಗಲೂ ಉಲಿಯುತ್ತದೆ, ನುಲಿಯುತ್ತದೆ
ನರಳುತ್ತದೆ, ನಗುತ್ತಾ ತೂಗುತ್ತಾ ನವಿರೇಳುತ್ತಾ...
ವ್ಯಾಮೋಹಕ್ಕೆ ಜತೆಯಾಗಿ ಬದುಕನ್ನು ಸಹ್ಯವಾಗಿಸಿದ್ದು
ನಾಳೆಗೂ ಕೊಂಚ ಕಾಪಿಟ್ಟಿದ್ದು...
ಅದೇನೋ ಹಾಳು ಅಸ್ಮಿತೆಯೋ ಸ್ಮಿತೆಯೋ
ಇರದಿರೆ ಏನುಂಟೆಂದು ಕೇಳಬಹುದೇ?
ಇದ್ದರೂ ಕಾಣಲಹುದೇ?

ನಶ್ವರ ಕಾಯ, ನಂಬದಿರಯ್ಯಾ
ಹಾಡಿಕೊಳ್ಳಬಹುದು,
ದನಿ ಹೊರಡುವುದೂ ದೇಹದಿಂದಯ್ಯಾ
ಮನಸು ಮತ್ತೆ ಮತ್ತೆ ರಚ್ಚೆ ಹಿಡಿಯುವುದು
ಇದು ತೀರಾ ರಸಿಕತೆಯೋ ಸಿನಿಕತೆಯೋ
ಅಂತೂ ಮಾಯಕದ ಮನಸಿಗೆ
ಆತ್ಮವೂ ಮೆಲುನಗುತ್ತಾ ತಲೆದೂಗುವುದು.

ಮೃದು ಕೆನ್ನೆ ಮತ್ತು ಗಡ್ಡ

ಚಂದಿರನ ಮುಖಕ್ಕೊಂದು ಮೊಲ ಅಡ್ಡ ಇಲ್ಲವೇ?
ಹಾಗೇ ನನ್ನ ಮುಖಕ್ಕೊಂದು ಗಡ್ಡ
ಅಷ್ಟಕ್ಕೇ ಹೆದರಿ ರಾಕ್ಷಸನೆಂದರೆ
ನೀನೂ ಅಷ್ಟೇ ಕಣೇ 'ನಾಜೂಕು' ರಾಕ್ಷಸಿ.
"ಮೃದು ಹೃದಯ ಎಂದೋ ಒಡೆದು ಹೋಗಿದೆ
ಅಂದೆಯಲ್ಲ... ಚೂರುಗಳು ಈಗಲೂ
ಮಿಡಿದು ಉಸಿರಾಡುತ್ತಿವೆ ಗೊತ್ತಾ
ಈಗ ಒಂದು ಚೂರು ನನ್ನ ಕೈಲಿದೆ.
ಹಾಗೇ ಮುಷ್ಠಿ ಮುಚ್ಚಿ ಬಚ್ಚಿಡಲೋ?
ಎತ್ತಿ ಎದೆಗೆ ಸುರಿದುಕೊಂಡು ನಕ್ಕುಬಿಡಲೋ..." ಅಂದರೆ
ಆರೋಪವೂ ಒಂದು ಪ್ರಣಯ ಪ್ರಸಂಗ

ಏನೂ ಇರದ ಖಾಲಿಯಲೊಂದು,
ಯಾರೂ ಸಿಗದ ಏಕಾಂತ!
ನಾನೂ ನೀನೂ ಸೇರಬಹುದೇ ಎಂದರೇನು?
ನನಗೂ ನಿನಗೂ ಆಕಾಶ – ಕಪ್ಪೆಚಿಪ್ಪು ಅಂತರ ಕಣೋ...
"ಒಂದಿನ ಆಕಾಶ ಕರಗಿ ಮಳೆ ಸುರಿಯುತ್ತೆ ಕಣೇ..
ಆಗ ನಿನ್ನೊಳಗೇ ಹುದುಗಿ ಮುತ್ತಾಗ್ತೀನಿ
ನೋಡ್ತಾ ಇರು,"
ತುಂಟಾಟ, ಮುಸಿಮುಸಿ ನಗು, ಮಾಗಿದ ಸೆಳೆತ
ನೀನು ಬದಲಾಗಬಾರದು, ನಾನು
ಅದಾಗಲೇ ತೆರೆದ ಕಪ್ಪೆಚಿಪ್ಪು!

ಕಳೆದು ಸಿಕ್ಕಬೇಕು

ನಾನು ನನ್ನನ್ನು ನೀನೆಂದೇ ಬಗೆದಿದ್ದೆ
ನಿನ್ನ ಕಣ್ಣುಗಳು ಜಗದ ಕಿಟಕಿಗಳಾಗಿದ್ದವು
ನೀನು ನುಡಿದರೆ ನನ್ನ ಮೌನ ನಗುತ್ತಿತ್ತು
ನೀನು ಕಡಲಾಗುತ್ತಿದ್ದೆ ಆಗಸವೂ ಕೂಡಾ,
ಭುವಿಯಾಗಿ ತೂಗುತ್ತಲೂ ಇದ್ದೆ

ಹುಡುಗಾಟವು ಒಮ್ಮೊಮ್ಮೆ ಹರಳುಗಟ್ಟಿ
ಉಸಿರಿಗೆ ನಿನ್ನ ಪರಿಮಳವ ಮೆತ್ತಿ
ಉಣ್ಣಲು ಕೊಟ್ಟು ಹೊಟ್ಟೆ ಪೊರೆದು
ಎಲ್ಲ ಖಾಲಿತನವನ್ನು ತುಂಬುತ್ತಿದ್ದೆ

ನಾನು ನೀನೆಂದೇ ಬಗೆದು
ಗಾಳಿಯ ಹಾಗೆ ಹಾರಿಹೋದ ನಿನ್ನ
ಹಿಡಿಯುವ ಪೆದ್ದಾಟಕ್ಕೆ ಬಿದ್ದಿರುವೆ
ಸುಟ್ಟ ಗಾಯದಂತಹ ಪ್ರಣಯ ಪ್ರಸಂಗವನ್ನು
ಮೆಲ್ಲಗೆ ಮುಚ್ಚಿಟ್ಟು ನಗಲು ತೊಡಗಿರುವೆ

ನಾನಿನ್ನೂ ಸಂಪೂರ್ಣ ನೀನಲ್ಲವೆಂದೂ
ಎಲ್ಲೋ ಒಂದಿಷ್ಟು ಇನ್ನೂ ಉಳಿದಿರುವೆನೆಂದೂ
ಈಗ ಅನ್ನಿಸಿದರೂ
ತಣಿಯದ ಬೇಸರವೊಂದಕ್ಕೆ
ಹಳೇ ಕುಟಿಲ ನಗುವನ್ನೇ ತೋರಿಸಿ ಹೆದರಿಸುತ್ತಿರುವೆ.
ಗಾಳಿಯಂತೆ ಆವಿಯಾಗಿ
ಬೇಸರಕ್ಕೆ ನಿಲುಕದ ಎತ್ತರ ಹುಡುಕುತ್ತಾ
ಖಾಲಿಯಾದ ನನ್ನ ನಾನೇ ಗಟ್ಟಿ ತಬ್ಬಿ ಹಿಡಿದಿರುವೆ.

ತುಸು ಸುಮ್ಮನಿರು

ಅನವರತ ಹಪಹಪಿಸಿ, ಉದ್ದುದ್ದ ಪದಗಳ ಎಸೆದು
ಏನೇನೋ ತತ್ವಗಳ ಒದ್ದೆಯಾಗಿಸಿ
ಹೇಳಿಬಿಡಬಹುದು ಬಾಳೊಂದು ಕವಿತೆಯೆಂದು,
ಆದರೆ ಕವಿತೆಯಂತಹ ಬಾಳೊಂದನ್ನ ಬಾಳಿಬಿಡಬಹುದೇ?
ಬದುಕು ಎದೆಯೊಳಗೆ ನಿತ್ಯ ಮುಲುಗುಡುವ ಹಾಡು!
ಬಿಟ್ಟೂ ಬಿಡದ ಅಪರ್ಯಾಪ್ತ ಪಾಡು...
ಬರೀ ಅನುರಾಗದ ರಂಗಿನಾಟಗಳಲ್ಲ
ಅಪಸ್ವರಗಳೂ ಚಂದ, ಪ್ರೀತಿಯಲ್ಲಿ
ನಾನು ಹೇಳಿದ್ದೂ ನೀನು ಕೇಳಿದ್ದೂ
ಎಲ್ಲವೂ ಕಡೆಗೆ ಒಂದೊಮ್ಮೆ ಮೌನ!
ಈಗ ಆಕಾಶದಲ್ಲಿ ಚುಕ್ಕಿಗಳ ನಡುನಡುವೆ
ನಾನು ತೂರಿಬಿಟ್ಟ ಆಕಾಶಬುಟ್ಟಿ ಹಾರುತ್ತಾ
ಬದುಕನ್ನೇ ಜ್ವಲಿಸಿ ಹಾಡುತ್ತಿದೆ.
ರೋಹಿಣಿಗೆ ಚಂದಿರನೂ ಹೆದರಿರುವಂತಿದೆ
ದೂರದ ನೀಹಾರಿಕೆಯೊಳಗೆ ಎಂದೂ ಆರದ ಬೆಂಕಿ
ಹೊತ್ತಿ ಉರಿದಷ್ಟೂ ಪ್ರಖರ ದೇದೀಪ್ಯಮಾನ ವಿರಹ,
ತೀರಾ ಖಾಲಿಯೇನಿಲ್ಲ ಈ ಆಕಾಶ
ಅಲ್ಲಲ್ಲಿ ಗಲಾಟೆ ಮಾಡುವ, ಕಿಲಕಿಲ ನಗುವ
ಪಿಳಿಪಿಳಿ ಇಣುಕುವ ತುಂಟ ನಕ್ಷತ್ರಗಳಿವೆ
ತುಸು ಮಾತು ನಿಲ್ಲಿಸು
ಮೌನಕ್ಕೂ ಅದರದೇ ಘನತೆಯಿದೆ
ಮತ್ತು ಮೌನದಲ್ಲಿ ಎಷ್ಟೋ ಭಾವಗಳು ಬಸಿರಾಗುತ್ತಿವೆ
ನಾನೀಗ ನಕ್ಷತ್ರಗಳಿಗೆ ಕಿವಿಗೊಟ್ಟು ಕೇಳಬೇಕಿದೆ.

ಮಲಗಿರುವೆಯಾ ಬುದ್ಧ...

ಎತ್ತಲೂ ಕತ್ತಲು ಕಾಣಾ...
ದೂರ ಬೆಟ್ಟಗಳ ದಿಕ್ಕಿನಲಿ ಮಸುಕಾದ ದಾರಿ
ನೂರಾರು ಕವಲು ಹೃದಯದೆದುರು.
ದಿಕ್ಕೆಟ್ಟ ಕಂದ ನಾನು, ನಿನ್ನೊಡಲಿಗೆ ಬಿದ್ದು
ಪುಟ್ಟ ಪಾದಗಳಿವು, ಪುಟ್ಟ ಅಂಗೈ ಏನು ಬೇಡಲಿ!
ಅರಿವಿಗೋ, ಜ್ಞಾನಕೋ, ಒಲವೆರೆವ ಅಗಾಧತೆಗೋ...
ಸಾಗರ ನೀನು, ಬಾಚಿ ತಬ್ಬುವ ಹುಂಬ ಬಯಕೆ.

ಕದಡಿ ರಾಡಿಯಾಗಿರುವ ನನ್ನ ಪುಟ್ಟ ಜಗದೊಳಗೆ
ಹೆಜ್ಜೆಹೆಜ್ಜೆಗೂ ಹಾದಿ ತಪ್ಪುವ ಭಯ
ಪ್ರಶಾಂತ ಸಾಗರ ನೀನು!
ಈ ಕುಟಿಲತೆಯ ಜಟಿಲ ಹಂದರದಲ್ಲಿ
ಬುದ್ಧನೇ...
ಅಮೂರ್ತ ಮೂರ್ತಿ ನೀನು! ಮಗುವಾಗಿದೆ ಮನಸು
ದಟ್ಟಡವಿಯ ಮರಿಜಿಂಕೆಯ ಹಾಗೆ,
ಕುಣಿದು ದಣಿದಿರುವೆ ನೆಲೆ ಸಿಗದೇ...

ನೆಲೆಯಿತ್ತು ಪೊರೆಯಬೇಕಾದ ಭವ್ಯ ಮಂದಿರದೊಡಲಿನ
ಹೆಬ್ಬಾಗಿಲ ಕುಸುರಿಯಲಿ ನಕಾರ ಮುದ್ರೆ!
ಹಾಸಿರುವ ರಂಗೋಲೆ ಸಿಕ್ಕಿನಲಿ ದಿಕ್ಕು ಕಕರುಮಕರು
ಈಗ ಪಾರುಗಾಣಿಸಿ ಕಿಚ್ಚಿನ ಕಿಡಿ ಹಚ್ಚುವುದ
ಕಲಿಸಬೇಕಿದೆ ನೀನೇ, ಗುರುವಲ್ಲವೇ?
ಅರೆ ನಿಮೀಲಿತ ನೇತ್ರ ನಿರ್ಲಕ್ಷ್ಯವೋ ತೂಕಡಿಕೆಯೋ?
ಬುದ್ಧನಿಗೂ ನಿದ್ದೆಯೆಂದರೆ
ಯಾವ ಬಾಗಿಲಿಗೆ ಹೋಗಿ ಸೆರಗೊಡ್ಡಲಿ ಹೇಳು!
ದಿಕ್ಕುಗಾಣದ ಹಕ್ಕಿಯಂಥಾ ಕಂದಮ್ಮ ನಾನು.

ಅಮ್ಮ

ಹೆಣ್ಣು ಭುವಿಯೆಂದರೆ, ಭುವಿಯು ಅಮ್ಮನೆಂದರೆ
ಯಾಕೋ ಉಸಿರುಗಟ್ಟಿದಂತೆ ಭಯವಾಗುತ್ತಿದೆ.
ಅನ್ವರ್ಥಕ್ಕೂ ಅರ್ಥ ಬೇಡವೇ..
ಅವಳೆಲ್ಲಿ? ನಾನೆಲ್ಲಿ?
ದೇಹ ಚಲಿಸಿದಷ್ಟೂ ಕಾಲ ನೆಲಕ್ಕೆ ಬಾಗೇ ಇದ್ದಳಲ್ಲ!?
ನಾನು ಸಹನೆಗೆಟ್ಟರೆ ಆಳದಲ್ಲೊಂದು ಆತಂಕ
ನೀವೆಲ್ಲ ಯಾವಾಗಲೂ ಕೂಗುವ ಕ್ಷಮಯಾಧರಿತ್ರಿಯ ನೆನಪು
ಆಗೆಲ್ಲ ಅನ್ಯಮನಸ್ಕ ಅಸಹನೀಯ ಅಮಾಯಕ ಮಗುತನ
ಯಾಕೆ ಹಾಗೆಂದರು? ಎಷ್ಟು ಕ್ಷಮಿಸಬೇಕು ಇನ್ನೂ?
ಏನೇನು? ಯಾರೆಲ್ಲ? ಎಷ್ಟು ಕಾಲ?

ಅಮ್ಮಾ...
ಹಡೆದ ಮಾತ್ರಕ್ಕೇ ನಾನು ನೀನಾಗುತ್ತಿಲ್ಲ
ಅಥವಾ ನಿನ್ನಂತೆ ಎಲ್ಲ ನುಂಗಿ ನಗಲಾಗುತ್ತಿಲ್ಲ
'ತಾಯಾದರೆ ಸಹನೆ ತನ್ನಿಂತಾನೇ ಬರುವುದು'
ಇಲ್ಲ, ಸುಳ್ಳಾಯಿತು ನೀನು ಹೇಳಿದ್ದು
ಸುಮ್ಮನೇ ಸುರಿವ ಕಣ್ಣೀರಿಗೆ
ಕಲಿಸು ಬಾ ನಿನ್ನ ಕಿರುನಗೆಯ ಕಲೆಯನ್ನು
ಅಪ್ಪನೆಂಬ ಅಹಮಿನ ಆಗಸವನ್ನೂ ಮಣಿಸಿದ
ಆ ದಿವ್ಯ ಚೈತನ್ಯವನ್ನು...

ನೀನು ನಾನಾಗದಿದ್ದರೆ..

ದೂರಾಗುವ ಅತೀವ
ಭಯವೊಂದು ಚಂದಿರನ ಬೆಳಕಿನಲಿ
ಪ್ರೀತಿ ನಶೆಯಲ್ಲಿ ಮಿಂದ ಉನ್ಮತ್ತ ನೆತ್ತಿಗೇರಿ
ನೀನಿದ್ದರೆ... ನೀನಿರದಿದ್ದರೆ.. ನಾನಿರದಿದ್ದರೆ...
ಇದಾವುದೂ ಹೀಗೇ ಇಲ್ಲದಿದ್ದರೆ..
ಅಥವಾ ಹಾಗೇನೂ ಆಗದೇ ಇದ್ದೇಬಿಟ್ಟರೆ...
ಭಯಕ್ಕೂ ಭಯವಾಗುವಷ್ಟು ನೆಪಗಳಿವೆ,
ವಿರಹದ ಮೊನಚೊಂದು ಚುಚ್ಚಿ
ಎದೆಯಿಂದ ಛಿಲ್ಲನೆ ಚಿಮ್ಮಿ ನೆತ್ತಿಗೆ ತಾಗಿ
ದೇಹಾದ್ಯಂತ ಒಮ್ಮೊಮ್ಮೆ ಜೋರು ನದಿಯಾಗಿ
ಹರಿಯುತ್ತದೆ!
ಆಗ ನೆತ್ತಿಗೆ ಕಕ್ಕಾವಿಕ್ಕಿಯಾಗಿ
ಅದು ಹೃದಯದ ಸಂಪರ್ಕ ಕಳೆದುಕೊಂಡು
ಏನೂ ಅಳೆದು ತೂಗದೇ ಹಾಗೇ ನಿನ್ನ
ಕಣ್ಣುಗಳಿಗೆ ರವಾನಿಸುತ್ತದೆ.
ನೀನದನ್ನು 'ಹೃದಯಹೀನತೆ' ಎಂದುಬಿಟ್ಟರೆ..?
ಮತ್ತೆ ಛಿಲ್ಲನೆ ವಿರಹದ ಓಕುಳಿಯೇ ಮೈದುಂಬಿ
ಎಲ್ಲವೂ ಕೆಂಪಗೆ ಮಂಕಾಗಿ
ಒಂದು ಅವ್ಯಕ್ತ ಭಯದೊಳಗೆ ಮುಳುಗಿ ಕೇಳುತ್ತೇನೆ
ನಾನು ನಾನಾಗಿರದೇ
ನೀನಾಗುವುದೂ ಆಗದೇ
ಈ ವಿರಹದ ಕಾಲ ಹೀಗೇ ಇರದಿದ್ದರೆ...
ಅಥವಾ ಇದ್ದೇಬಿಟ್ಟರೆ...

ಕಡಲಿಗೂ ಉರಿಯಿದೆ ಒಳಗೆ

ಆಗಾಗ ಅಲೆಯೆಬ್ಬಿಸಿ ಭುಗಿಲೇಳುತ್ತದೆ
ಚಂದಿರ ಹಚ್ಚುವ ಮುಲಾಮಿಗೆ ಕೈಚಾಚುತ್ತದೆ
ಮತ್ತೆ ಮಗುವಂತೆ ತಣ್ಣಗೆ ಮಲಗುತ್ತದೆ
ಕುದ್ದು ಆವಿಯಾಗುವಷ್ಟು ದಣಿದು
ಮೊತ್ತ ಮೊತ್ತ ಮೋಡಗಳ ಹೆತ್ತು, ಮತ್ತೆ ತಣ್ಣಗೆ ತೂಗಿ
ಸತ್ತ ಹೆಣಗಳ ಹೊತ್ತು ದಡಕೆ ತಂದು
ನಿಮ್ಮ ವಸ್ತು ನನಗೆ ಬೇಡೆಂದು
ಏನೂ ಆಗಲಿಲ್ಲವೆಂಬಂತೆ ಸುಮ್ಮಗಿರುತ್ತದೆ...

ಒಮ್ಮೊಮ್ಮೆ ದಂಡೆಯಲ್ಲಿ ಸೋತು ಕೂತವರ
ಕಾಲು ಮುದ್ದಿಸಿ ನಾಳೆಗಳಿಗೆ ನಡೆದು ಹೋಗಿರೆಂದು,
ಇಲ್ಲಿನ ನೀರವತೆಗೆ ಸುಮ್ಮಗೆ ತೊಂದರೆ ಕೊಡಬೇಡಿರೆಂದೂ
ಮೌನದಲಿ ಹೇಳುತ್ತಾ ವಾಪಸು ಹೋಗಿ
ಒಡಲಿನ ಕೂಸುಗಳಿಗೆ ಮೊಲೆಯೂಡಿಸಿ ಬರುತ್ತದೆ
ಮತ್ತೆ ಪಾದಗಳನ್ನು ಚುಂಬಿಸುತ್ತದೆ

ಕಡಲು ಮಾತಾಡುತ್ತದೆ, ಹೀಯಾಳಿಸುತ್ತದೆ
ಶಕ್ತಿಗೆ ಸ್ಥೈರ್ಯವನ್ನೂ, ಯುಕ್ತಿಗೆ ಮಾರ್ಗವನ್ನೂ
ಮುಕ್ತಿಗೆ ವಿಶಾಲ ಮಡಿಲನ್ನೂ
ಸೋತು ಶರಣಾದವರಿಗೆ ಸಹಾಯಹಸ್ತವನ್ನೂ
'ಇದಂ ನ ಮಮ' ಎಂದು ನೀಡುತ್ತದೆ
ನಡುನಡುವೆ,
ಕಡಲೂ ಉಸಿರಾಡುತ್ತದೆ.

ಕತ್ತಿಗೂ ಹರಿತವಾದ ಹೂವೊಂದಿದೆ

ಯುದ್ಧ ಮೊದಲಿಡುವ ಕತ್ತಿ, ನಗುವ ಹೂಗಳಿಗೆ ಹೆದರಿ ಬೆವತು
ಶರಣಾಗಿದೆ, ಇಲ್ಲಿ ಕತ್ತಿಗೂ ಹರಿತವಾದ ಹೂಗಳಿವೆ
*
ಕತ್ತು ಸರಾಗವಾಗಿ ಕುಯ್ಯುವ ಕತ್ತಿಯ ಅಲಗಿಗೆ
ಹೂವೊಂದರ ನವಿರು ಮೈಯನ್ನ ಇನ್ನೂ ಕತ್ತರಿಸಲಾಗಿಲ್ಲ
*
ಕತ್ತಿಗಳು ಮೊಂಡುಬಿದ್ದು ನೆಲ ಕಚ್ಚಿದ ಇತಿಹಾಸವಿದೆ
ಹೂಗಳು ಅನವರತ ಹುಟ್ಟುತ್ತಲೇ ಇವೆ
*
ಒಡೆದು ಆಳುವ ಕತ್ತಿ ಹರಿತವಿರಬಹುದು
ಹೃದಯಕ್ಕೆ ಹೃದಯ ಜೋಡಿಸುವ ಹೂವು ಎಂದೂ ಅಜಾತಶತ್ರು
*
ಕತ್ತಿ ತಾಗಿ ಗಾಯವಾಗಿ ರಕ್ತ ಸೋಕಿ, ಕೆಂಪಾದ ಶ್ವೇತಗುಲಾಬಿ
ಇಂದೋ ನಾಳೆಯೋ ಮೊದಲಿನಂತಾಗಬಹುದು
*
ಕುದಿವ ಕ್ರೋಧದ ಕತ್ತಿಗೆ ಕರುಳು ಕತ್ತರಿಸುವ ಹವಣಿಕೆ
ಕತ್ತಿಗೂ ಮಮತೆಯುಣಿಸುವ ತಾಯ್ಮಡಿಲ ಹೂವು.
*
ಕತ್ತಿಯ ಝಳಪಿಗೆ ನಕ್ಕ ಅನುಕಂಪದ ನಗು
ಹೂವ ನಗುವಿಗೆ ಸೋತು ಒಸರಿದ ಆನಂದಬಾಷ್ಪ
*
ನಾವು ಅನುಗಾಲ ಪಕಳೆಗಳ ಮೇಲೆ ಕಾಲಿರಿಸಿಕೊಂಡು
ನಗುತ್ತಾ ನಿಮ್ಮ ರೊಚ್ಚಿನ ಕಿಚ್ಚು ಹಾಯುತ್ತೇವೆ
ನೀವು ದಿನವೂ ಹೊಸತಾಗಿ ಕತ್ತಿ ಮಸೆಯುತ್ತೀರಿ
ಮುಂದೊಮ್ಮೆ ಕತ್ತಿ ಕರಗುವುದು
ಹೂವು ಮತ್ತೆ ಮತ್ತೆ ಪ್ರೀತಿ ಕಲಿಸುವುದು.

ಕಿಟಕಿ ಮತ್ತು ಬಾಗಿಲು

ತೆರೆದರೆ ಆಬಾದು ಮಾಡುವ, ಮುಚ್ಚಿದ ಮೌನಕ್ಕೇ ಹರಸುವ
ಕಬ್ಬಿಣದ ಕಿಟಕಿ
ತೆರೆದರೆ ಮುಚ್ಚುವ, ಮುಚ್ಚಿದರೆ ಉಸಿರುಗಟ್ಟಿಸುವ
ಮರದ ಬಾಗಿಲು
*
ಕಿಟಕಿಯ ಕಿಂಡಿಯಲ್ಲಿ ಚಂದಾಗಿ ನಗುವ ಜಗವು
ಬಾಗಿಲು ತೆರೆದರೆ ಅಣಕಿಸಲು ಸಜ್ಜಾಗುವುದು
*
ಪ್ರೀತಿ ಆಹ್ಲಾದಕ್ಕೆ ಕಿಟಕಿಯ ತಂಗಾಳಿ ಸಾಕು
ಅಗಾಧ ಕತ್ತಲ ಭಯಕ್ಕೆ ಬಾಗಿಲು ಮುಚ್ಚಲೇಬೇಕು
*
ಮನದ ಬಾಗಿಲು ತೆರೆದು ನೋವುಂಡವರ ಸಾಲು ಉದ್ದವಿದೆ
ಎದೆಯ ಕಿಟಕಿಯ ಬಳಿ ಸಂತಸದ ಪುಟ್ಟಹಕ್ಕಿ ಕೂಗಿದೆ
*
ದೊಡ್ಡ ಬಾಗಿಲಲಿ ಬಿರುಗಾಳಿ ನುಗ್ಗಬಹುದು
ಪುಟ್ಟ ಕಿಟಕಿಯಲಿ ತಂಗಾಳಿ ಮಾತ್ರ ನುಸುಳಬಹುದು
*
ಬಾಗಿಲಿಗೆ ನೆಂಟರ ಸಂಭ್ರಮ, ಅತಿಥಿಗಳ ಹಡಾಹುಡಿ
ಕಿಟಕಿಗೆ ಸ್ನೇಹಿತನ ಬಂಧ, ಪ್ರೀತಿಯ ಚುಂಬನ

ಅಂಗಳದ ತುಳಸಿ ನೀನು

ಖಾಲಿ ಅಂಗಳದಂಥಾ ದಿನಗಳಿಗೂ
ತುಳಸಿಯ ತಿಳಿ ಘಮಲಿತ್ತು ಅವಳಿದ್ದಾಗ..
ಅಂಗಳದಲ್ಲಿ ಗಲಾಟೆ ಮಾಡುತ್ತಿದ್ದ ಚುಕ್ಕಿಗಳನ್ನೆಲ್ಲ
ಹಿಡಿದು ಸೇರಿಸಿ ಬಾಂಧವ್ಯದ ರಂಗೋಲೆ
ಮಾಡುತ್ತಿದ್ದ ಅವಳು,
ಆಗೊಮ್ಮೆ ಈಗೊಮ್ಮೆ ನಾವು
ಮುನಿಸಿಗೋ ಅಹಮಿಗೋ ರಂಗೋಲೆ ತುಳಿದು ಅಳಿಸಿದರೆ
ತುಳಸಿ ಸಾಕ್ಷಿಯಾಗಿ.. ತುಳಸಿ ಸಾಕ್ಷಿಯಾಗಿ
ಸಂಜೆಗೆ ಇನ್ನೊಂದು ರಂಗೋಲೆ
ಜೊತೆಗೆರಡು ಮಣಿದೀಪ!
ಕಾರುಣ್ಯದ ಬೆಳಕು ಕಂಗೊಳಿಸುವಂತೆ

ಸಿಟ್ಟು ಸೆಡವುಗಳನ್ನೆಲ್ಲಾ ಸಗಣಿ ಬಗ್ಗಡ ಮಾಡಿ
ಎರಚಿದಲ್ಲಿ ನೆಲವೆಲ್ಲಾ ಮಟ್ಟಸ, ಹುಳುಹುಪ್ಪಡಿಗಳಿಲ್ಲ
ಹಬ್ಬಕ್ಕೆ ಹೂಚೆಲ್ಲಿ ಸರಸವಾಡಿ
ಹೈಕಳನೆಲ್ಲಾ ಬಾಚಿ ತಬ್ಬಿ ಲಲ್ಲೆಗರೆದು
ಹಳಗುಳಿ ಮಣೆಯೊಳಗೇ ಇಳಿದು
ಸಂಸಾರದ ಉಸಿರು ಹೀರುವ ವಿಷಾನಿಲಗಳ
ಮೊಗೆದು ಕುಡಿದು...
ಉಸಿರ ಬಳುವಳಿಯಿತ್ತ ಅಂಗಳದ ಮರ ಅವಳು
ನೂರ್ಕಾಲ ನೆರಳಾದವಳು

ಕತ್ತಲೆಗೆ ಬೆಳಕ ತೇಪೆ ಹಚ್ಚಿ
ನೂರು ಮಾತಿಗೆ ಇದಿರು ಒಂದು ಮೌನವ ತೂಗಿ
ಜಡತೆಯ ನಡುವಿನ ಅಡಿಗೆ ಬಿಸುಪಾದವಳು

ಊಟ ಬಿಟ್ಟಾಗ ಎರಡು ಹನಿ..
ಮನೆ ಬಿಟ್ಟಾಗ ಮುಸಲಧಾರೆಯಾಗಿ
ಕಣ್ಣ ಕಾರುಣ್ಯದ ತೇವ ಆರದಂತೆ ಉಳಿದವಳು

ಶ್ರಾವಣಕೆ ತಂಬಿಟ್ಟು ಕಾರ್ತಿಕದ ದೀಪ..
ಎಂದೂ ಖಾಲಿಯಾಗದಂತೆ ತುಂಬಿದ್ದವಳು

ಈಗೀಗ ಕೆಟ್ಟ ರಂಗೋಲೆಗಳ ಚುಕ್ಕಿಗಳು
ಬೆರೆಯುತ್ತಲೇ ಇಲ್ಲ,
ಖಾಲಿ ಅಂಗಳಕೆ ಚಿತ್ತಾರದ ಉಸಿರಿಲ್ಲ.
ವಿಷದ ಘಾಟಿಗೆ ಒಣಗಿದ ತುಳಸಿಯ ಬುಡದಲ್ಲಿ
ಹಸಿಯಿಲ್ಲ, ದೀಪಕ್ಕೆ ಕಸುವಿಲ್ಲ.
ಕಣ್ಣಿಗೆ ಕಾರುಣ್ಯದ ಪಸೆಯಿಲ್ಲ
ವೈಯ್ಯಾರಕ್ಕೆ ಬಾಂಧವ್ಯದ ಹಸೆಯಿಲ್ಲ

ಅವಳಿದ್ದಾಗ ಅಂಗಳದಿ ತುಳಸಿಯಿತ್ತು
ಮೌನಕ್ಕೂ ಮಾತಿನ ಸೊಗದ ಘಮಲಿತ್ತು...

ನಿನಗೆ ಬರೆದೆ

ಸುಮ್ಮನೇ ಕಾಲ ಉರುಳುವುದು
ನೆನಪಿನ ಹಂಗು ತೊರೆದು
ಸಿಹಿನೀರ ಒರತೆಯಾದ ನಾನು
ಸಾಗರದಂತಹ ನೀನು..
ಸೇರುವ ಕ್ಷಣವೂ ಬರಬಹುದು.
ಕಾಲ ಸುಮ್ಮನೇ ಹೀಗೆ ಉರುಳುವುದು
ನೆನ್ನೆಯೊಂದು ಮತ್ತೆ ಮರಳಬಹುದು
* *
ಮುಂಗೈ ಮುಟ್ಟಲೂ ನೆಪ ಹುಡುಕುವ
ನಿನ್ನ ಕಂಜೂಸು ಮನಸು..
ಧಗಧಗದ ಬಿಸಿಲಿನಂತಹ ನನ್ನ
ಧಾರಾಳ ಮುನಿಸು!
ತುಂಬಾ ಜಾಣನೆಂಬ ನಿನ್ನ ಅಹಂಕಾರ
ತೋಪೇಳಿಸಿ ಬಿಡುವ ನನ್ನ ಸಮಸ್ತ ಹುನ್ನಾರ;
ಕಾಣುವಷ್ಟು ಮುಗುದೆಯಲ್ಲ ಇನಿಯಾ...
ಜಾಗ್ರತೆ,
ಪ್ರೀತಿಯಲಿ ಅಹಮ್ಮು ಒಳ್ಳೆಯದಲ್ಲ.
* *
ಸ್ನಾನದ ಮನೆಗೆ ಬಾಗಿಲಿರಬಾರದಿತ್ತು
ಬೇಗ ಹೊರಬರುವ ಉಮೇದೂ ಬೇಡವಾಗಿತ್ತು
ಕಿಟಕಿಯಲಿ ಕದ್ದು ಇಣುಕುವ ಗಾಳಿಯ ಕೂಗಿ ಕರೆದು
ಮೈಗೆ ಮುತ್ತಿಡುತಾ ಜಾರುವ ಸಾಬೂನು
ಯಾವ ಕಂಪೆನಿಯದೋ? ಘಮ್ಮೆಂದು ಕರಗುವುದು
ಹಾಗೇ ಮೀಯುತ್ತಾ..
ನಿನ್ನ ನೆನಪು ಎದೆಯೊಳಗೆ ಹೆಪ್ಪುಗಟ್ಟುವುದು.

* *

ಬೇಜಾನ್ ಹುಡುಗರ ಪಾಲಿಗೆ ಹುಳಿದ್ರಾಕ್ಷಿ
ನಿನಗ್ಯಾಕೆ ಸಿಹಿಯಾಗಬೇಕಿತ್ತು
ಕಂಠಮಟ್ಟ ನಖರಾ ತುಂಬಿದವನೇ
ನೀನೇ ಯಾಕೆ ಹಿಡಿಸಿಬಿಡಬೇಕಿತ್ತು?
ಕಿತ್ತೊಯ್ದುಬಿಡು ಜೀವ, ಬೇಕೇ ಈ ಬವಣೆ?
ಸುಂಟರಗಾಳಿಯಂತೆ ಬದುಕಬೇಕಿದೆ
ಇದೇನು ಗುಲಾಮಗಿರಿ
ದ್ರಾಕ್ಷಿ ಇನ್ನೂ ಹುಳಿಯೇ ಇರುವಾಗ!

* *

ಸುಮ್ಮನಿರು, ನೀರವ ರಾತ್ರಿಗಳು
ಹೀಗೇ ಮೌನದಲಿ ಮಲಗಿ ನೆಮ್ಮದಿ ಉಳಿಯಲಿ
ಮಾತಿನಲಿ ತೇಲದ ಅಹಮ್ಮು
ಮೌನಕ್ಕಾದರೂ ಬಗ್ಗಿ ನೆಲ ಮುಟ್ಟಲಿ
ಹೂಗಳೂ ಗದ್ದಲ ಮಾಡದಂತೆ ದುಂಬಿಗಳಿಗೆ
ತಾಕೀತು ಮಾಡಿವೆ, ಬನವೆಲ್ಲಾ ಯಾವುದೋ
ಹುಚ್ಚು ಮತ್ತಿನಲಿ ನರ್ತಿಸುವ ಹಾಗಿದೆ
ಇನ್ನಾದರೂ ಈ ಅನ್ಯಮನಸ್ಕತೆ ಅತ್ತ ಎಸೆದು ನನ್ನ ನೋಡು
ಬನದ ಹೂಗಳು ಆಡಿಕೊಳ್ಳುವ ಮುನ್ನ
ಏನಾದರೂ ಮಾಡು..

ಮರ ಮತ್ತು ಕಬ್ಬಿಣ

ಮರದ ಕಾಲೊಂದು ಕುಂಟುತ್ತಿತ್ತು
ಮರದ ಬಾಯೊಂದು ಬಡಕೊಳ್ಳುವಾಗ
ಮರದ ಕೈಗಳು ಸುಡುವ ಪಾತ್ರೆಗಳನ್ನು
ಲಟಲಟನೆ ಹಿಡಿದು ಸಾಗಿಸುತ್ತಾ
ಮರದ ಹೊಟ್ಟೆಗಳಿಗೆ ಉಣಬಡಿಸಲು
ತವಕಿಸುತ್ತಿತ್ತು...

ಕಬ್ಬಿಣದ ಕೈಗಳು ಬಂದವು
ಮರದ ಕುತ್ತಿಗೆಯ ಅಮುಕಿ ಹಿಡಿದವು
ಮರದ ಗಂಟಲಲ್ಲಿ ಮೆಲ್ಲಗೆ ಜಾರುತ್ತಿದ್ದ
ಅರೆಬೆಂದ ಹಿಟ್ಟು ಹೊರಕ್ಕೆ ಬಿತ್ತು

ಕಬ್ಬಿಣದ ಕೈಗಳು ಹೇಸಿಗೆ ತುಂಬಿದ
ತಲೆಗಳೊಡನೆ ಏನೋ ಮಾತಾಡಿದವು
ಎರಡೂ ಸೇರಿ ಮರದ ಆಕೃತಿಗಳನ್ನು ಬಡಿದವು
ಮರದ ಕೈಕಾಲುಗಳು ಮುರಿದು ಬೇರ್ಪಟ್ಟು
ಮರದ ಹೊಟ್ಟೆಯೊಡೆದು ಉರಿಗೆ ಆಹುತಿಯಾದವು

ಕಬ್ಬಿಣವೂ ಹೇಸಿಗೆಯೂ ಗಹಗಹಿಸಿ ನಕ್ಕವು
ಎಲ್ಲ ನೋಡುತ್ತಿದ್ದ ಎರಡು ಮರದ ಬಾಯಿಗಳು
ಪಿಸುಗುಟ್ಟುತ್ತಾ ಹೆಬ್ಬಂಡೆಯ ಹಿಂದೆ ಸರಿದು
ಮೆಲ್ಲನೆ ಮರೆಯಾದವು...
ಹೀಗೆ ಮರದ ಉಸಿರು ನಿಂತು ಹೋಯಿತು.

ಬಂಗಾರ ಕೊಕ್ಕಿನ ಗಿಣಿ

ರಾತ್ರಿಗಳಲಿ ಮೋಡ ಕವಿದಾಗ ಮೊಲ ಕದ್ದು
ಎದೆಗಿಟ್ಟುಕೊಂಡ ಚಂದ್ರನೆಂಬೋ ಅವನು
ಪೆದ್ದನೂ ಮೂಕನೂ ಎನಿಸುವನು
ಕಣ್ಣುಗಳು ಬರೇ ನೋಡಿ ನಲಿಯಲೇ ಅಲ್ಲ
ದಣಿವಾದಾಗ ಮುಚ್ಚಲೂಬಹುದು, ಅಡ್ಡಿಯಿಲ್ಲ.
ಬದುಕು ತೀರಾ ಅಚ್ಚರಿಯೇನಲ್ಲ, ದುರ್ಗಮವಂತೂ ಅಲ್ಲವೇ ಅಲ್ಲ

ಯಾಕಾಗಿ ನಾವಿಬ್ಬರೂ ಈ ಸುಳಿಯೊಳಗೆ ಹಾರಿದೆವೋ?
ಈಗಲೂ ನೆನೆದರೆ ಮೈ ಝುಮ್ಮೆನ್ನುವುದು!
ಏನೇನೋ ಒಪ್ಪಂದಗಳು ಬೆಳುದಿಂಗಳಲಿ
ಕರಗಿ ನೀರಾಗಿ ಹರಿದ ರಾತ್ರಿಗಳಿಲ್ಲವೇ..?
ಚಂದಿರನೊಬ್ಬ ಜ್ಯಾಮಿತಿಯ ಗುಂಡಾದ ಕಲ್ಲಿನ ವೃತ್ತವೆಂದೇ
ಗುರುಗಳು ಹೇಳಿದ್ದು ನೆನೆದು ನಿನ್ನ ಪಾದಾರವಿಂದಕ್ಕೆ
ಎರಗಿ 'ಗುರುವೇ...' ಅನ್ನಲಿಲ್ಲವೇ

ತೊಟ್ಟಿಲಿನ ಪುಟ್ಟ ಮಗುವಿನಂತೆ ನಿನ್ನ
ಮಡಿಲಿನಲಿ ಎಷ್ಟು ಸಲ ನಿದ್ರಿಸಿಲ್ಲ!
ಎಲ್ಲ ಮರೆತಿದ್ದೆ ಅಷ್ಟೇ...
ಹುಣ್ಣಿಮೆಯ ಇರುಳುಗಳುರುಳಿ
ಕಗ್ಗತ್ತಲು ಆವರಿಸುವಾಗಲೂ ಪ್ರೀತಿಗೆ ಚಂದದ
ಮುಖವಿತ್ತು, ಮತ್ತು ಅದನ್ನು ಈ ದುನಿಯಾ
ಉಡಾಫೆಗೆ ಇಟ್ಟು ತೂರಿತ್ತು.
ತಮಾಷೆಯೆಂದರೆ ಅವರಿಗೂ ಗೊತ್ತು, ಪ್ರೀತಿಯೇ ಗೆಲ್ಲುವುದೆಂದು!

ನೀನು ನಾನೂ... ನಾನು ನೀನೂ ಆಗಿದ್ದ
ಪಗಡೆಯಂಥಾ ಹುಚ್ಚು ಕ್ಷಣಗಳಿಲ್ಲವೇ?
ನೀನು ಫಕೀರನೆಂದು ತಿಳಿದೂ ತಿಳಿದೂ
ಮತ್ತೆ ಮತ್ತೆ ಅದೇ ಕನಸಿನಂಥಾ ಇರುಳಿಗೆ ಸೋತು
ನಾಳೆಗಳ ಗಾಳಿಗೆ ತೂರಿ ಹಾರಲಿಲ್ಲವೇ...
ಅರುಹಿದ ಸುಳ್ಳುಗಳಿಗೆಲ್ಲ ಬಂಗಾರ ಬಣ್ಣವಿಟ್ಟು
ಗಿಣಿ ಕೊಕ್ಕಿನ ಎಂಜಲು ಹಚ್ಚಿ ಮೇಯಲಿಲ್ಲವೇ...

ಇದು ಪದ್ಯವಲ್ಲ.
ಹರಿದ ಕನಸ ಚಾದರದ ಚುಂಗೆಂದರೆ
ಪಕ್ಕನೆ ನಕ್ಕು 'ಮಲಗು ಸುಮ್ಮನೇ?' ಅನ್ನುವ
ನಿನ್ನ ನೀಚ ನಗೆಯೊಂದೇ ಚಂದಿರನಷ್ಟು ಶಾಶ್ವತ,
ಆ ದಿನ ನೀನೂ ನಾನೂ ಒಟ್ಟಿಗಿದ್ದೆವು.
ಮುಂದೆ ಅದೇ ದಿನ ನಾವಿಬ್ಬರೂ ಒಂದೇ ಆಗುವೆವು
ಬಂಗಾರ ಕೊಕ್ಕಿನ ಗಿಣಿ, ಚಂದ್ರನ ಕಿವಿಯಲ್ಲಿ
ಇದನ್ನೇ ಹೇಳುತ್ತಿದೆ!

ಎದೆಯ ಮೇಲಿನ ಚಿಟ್ಟೆ

ಜಾರಿ ಏರುವ ಹಾರುವ ಈ ಕ್ಷಣಗಳನ್ನು
ಹೀರಿ ಹಿಡಿಯುವ ಹುಚ್ಚೇಕೆ?
ಗಾಳಿಗೆ ತೂರಿಬಿಡು ನಗುವನ್ನು
ಹರಡಿ ಹೊನಲಾಗಲಿ, ಒಡೆದು ಹೂವಾಗಲಿ
ಮೊಟ್ಟೆಯೊಡೆದ ಹುಳು ಚಿಟ್ಟೆಯಾದಂತೆ
ಗಿಡದ ತೆಕ್ಕೆಗೆ ಬಣ್ಣದ ಹುಡಿಯಂಟಿ
ಎಲ್ಲೆಲ್ಲೂ ರಂಗು ಕಂಗೊಳಿಸಲಿ

ಕಳೆದ ಗಳಿಗೆಗೆ ಒಲವೇ ಛಾಪು ಹುಡುಗಾ...
ನೆನ್ನೆ–ಇಂದು–ನಾಳೆ
ಕಾಲಕ್ಕೆ ಒತ್ತೆಯಾದ ಚಿತ್ರಗಳು
ಏನೂ ಬೇಕಿರದ ಹಂಗಾಮಿ ಹೃದಯಕ್ಕೆ
ಅದೇನು ಪ್ರೀತಿಯ ಹುಚ್ಚು ಗೀಳು?

ಚಿಟ್ಟೆ ಇರಲೆಂದು ಅಂಗೈಯೊಳಗಿಟ್ಟೆಯಲ್ಲ
ಅದು ಹಾರುವುದೆಂದು ತಿಳಿದೂ
ಹಾಗೆ ಗೇಲಿ ಮಾಡಬಹುದೆ?
ಮಾಸಿದ ಚಿಟ್ಟೆಯ ರೆಕ್ಕೆಗಳ ಕೆಳಗೆ
ತಲೆಯಿಟ್ಟು ಆಲಿಸಿದಾಗ,
ಹೃದಯವಲ್ಲಿತ್ತೆಂದು ಹೇಳಬಹುದೇ..?
ಕದ್ದು ನೀಡಿದ ಕಾಗೆ ಎಂಜಲ ಪ್ರೀತಿ
ತುಸು ಹಳತೇ ಬಿಡು ಈ ದ್ವಂದ್ವನೀತಿ
ಹಾರಿದೆ ಇಕೋ?
ನಿನ್ನ ವಿರಹಕ್ಕೇ ಬಸುರಾದ ಚಿಟ್ಟೆ!
ಬುವಿಯ ಸೆಳೆತವ ತೊರೆದು
ಹಗುರಾಗಿ ಹಾರಿ ಬಿಟ್ಟೆ?

ಸುಮಧನು

ನೀನು ಮುಟ್ಟಿದಲ್ಲೆಲ್ಲಾ
ಹೂವು ಹುಟ್ಟುವ ಮೈ ಇದು?
ತನುವು ಸುಮಧನುವೆಂದ ಆ ಕವಿಯನ್ನೇ
ದಿನ ರಾತ್ರಿ ನೆನದಿರುವೆ
ಅಲ್ಲೊಂದು ಇಲ್ಲೊಂದು ಹೂವು ಪಟಪಟನೆ ಅರಳಿ
ಇಡೀ ಉದ್ಯಾನವಾಗುವ ಮೈಯೊಳಗೆ
ನಿಧಾನವಾಗಿ ಕವಿದ ಪ್ರಣಯ ಮೇಘಗಳು
ಕರಗಿ ಹುಚ್ಚು ಹೊಳೆಯಾಗಿ ಹರಿದು
ಹಗಲು ರಾತ್ರಿ ಋತುವಿನ ಅರಿವಿಲ್ಲದ ಓಟ
ಒಬ್ಬರನೊಬ್ಬರು ಹೊದ್ದು ಮಲಗುವ ಪರಿಗೆ
ಯಾಕಾದರೂ ಇಹದ ಪರಿವೆ..?

ಮೆಲ್ಲನೆ ಮಳೆಯಾಗುವ ನೀನು...
ತಣ್ಣಗೆ ಹಸಿರಾಗುವ ನಾನು...
ಚಿಗುರಿದ ಹೂಗಳ ಕಿವಿಗೆ ಮುಡಿದ
ವಿರಾಗಿಣಿಯ ಈ ವಿರಹಗಾಥೆ
ಭುವಿಗೆ ಒರಗಿದ ಕಾಯಕ್ಕೆ ಗಾಳಿಯ ಪರದೆ
ನಾವಿಬ್ಬರೂ ಬೇರೆ ಬೇರೆ ಪರಿಧಿಯಲ್ಲಿ ಪಯಣಿಸುವಾಗ
ಮಲಗು, ಇಂದು ರಾತ್ರಿಯಾಗುವುದಿಲ್ಲ.

ಬೇಕುಗಳ ಪಟ್ಟಿ ದೊಡ್ಡದಿದೆ

ಓ ಗಂಡಸೇ?
ನನ್ನ ಬೇಕುಗಳ ಪಟ್ಟಿ ದೊಡ್ಡದಿದೆ
ಜತನವಿರದೇ ದಿನದಿನಕ್ಕೂ ಬೆಳೆಯುತ್ತಿದೆ

ಧುಮುಗುಡುವ ಎದೆಯ ಸದ್ದಿಗೆ ಕಿವಿಯಾಗಲು
ಉಸಿರುಗಟ್ಟುವಷ್ಟು ಹತ್ತಿರಕ್ಕೆ
ನಿನ್ನ ಕಿವುಡು ಆಲಾಪಗಳ ಎಳೆದು ತರಬೇಕಿದೆ
ಕಣ್ ತಣಿಯುವವರೆಗೂ ನಿನ್ನ ತುಂಟಾಟದ
ಎದೆ ಹರವನ್ನು ಮಣಿಸಬೇಕಿದೆ

ಆಗಾಗ ಮಿಂಚುವ ನಿನ್ನ ಕಣ್ನೋಟ,
ಚರ್ಮದ ಹೊದಿಕೆ ಸೀಳಿ ಒಳಹೊಕ್ಕು
ಹೆಣ್ಣಾಗಿಸುವ ನನ್ನೆಲ್ಲಾ ಅಂಗಗಳ ಮೇಲೆ ನರ್ತಿಸುವುದನ್ನು
ಮತ್ತೂ ಮತ್ತೂ ಅನುಭವಿಸಿ ಸಾಯಬೇಕಿದೆ

ನಡುಗುತ್ತಿರುವ ಅಧರಗಳು
ಅಪರಾಧವೆಸಗಿದ ತುಸು ಹೊತ್ತಿನಲ್ಲೇ
ತಮ್ಮ ಆಧಿಪತ್ಯವೀಗ ಗಟ್ಟಿಯಾಗಿ
ಅವಾಕ್ಕಾದ ಗಳಿಗೆ ಕರಗಿ ಹೋಗುವ ಮೊದಲೇ
ಮೆಲ್ಲನೆ ಕಚ್ಚಿ ತಬ್ಬಿಬ್ಬುಗೊಳಿಸಬೇಕಿದೆ

ನೀ ನನ್ನ ಇಂಚಿಂಚೇ ಆವರಿಸುವಾಗ
ಕಿರಾತಕ ಹೂಂಗುಡುವಿಕೆಯೊಂದನ್ನು
ನಿನ್ನ ಕಿವಿಗೆ ಸುರಿದು
ವಿಲವಿಲನೆ ಹೊರಳುವ ಪೌರುಷವನ್ನು ಕಂಡು
ಕಣ್ಣಲ್ಲೇ ಮುಸಿಮುಸಿ ನಗಬೇಕಾಗಿದೆ.

ದಟ್ಟ ಮೋಡಗಳ ಕಾರಿರುಳಿನಲ್ಲಿ
ಬಟ್ಟ ಬೆಳಕಾಗುವಂತೆ ಬತ್ತಲೆಯಾದ ಆತ್ಮಕ್ಕೆ
ನಿನ್ನ ಬೆನ್ನ ಚಾದರದೊಳಗೆ
ಸ್ವಲ್ಪವೇ ಸುಖದ ಇಂಬು ಬೇಕಿದೆ

ಏನೇನೋ ಸಪ್ಪಳಕೆ ಕಿವಿಯಾಗಿ ಕಂಗೆಟ್ಟ
ನಿನ್ನ ಮೆತ್ತೆಯ ಸುಕ್ಕುಗಳಲ್ಲಿ
ಮತ್ತೆ ಸಂಧಿಸುವ ಕನಸನ್ನು ಬಚ್ಚಿಟ್ಟು
ನೇಸರನ ಹಾದಿ ಹಿಡಿಯಬೇಕಿದೆ.

ಓ ಗಂಡಸೇ..
ಸುಮ್ಮನಿರು! ಹೆದರದಿರು,
ಕೆಲವಾದರೂ ತೀರಿಸುವ ಭಾಷೆ ಕೊಡು
ನನ್ನ ಬೇಕುಗಳ ಪಟ್ಟಿ ದೊಡ್ಡದಿದೆ.

ಹರಳುಗಟ್ಟಿದ ಕಣ್ಣೀರು

ಮೊದಲೆಲ್ಲಾ ಕಣ್ಣೀರು ಜಾರುತ್ತಿತ್ತು
ಬರುಬರುತ್ತಾ ಅದು ಗಟ್ಟಿಯಾಗಿ ಕಣ್ಣುಗಳು
ಊದಿಕೊಂಡವು,
ಕಣ್ಣ ಕೆಳಗೆ ದಪ್ಪಗೆ ಕಾಯಿಗಟ್ಟಿತು,
ನಂತರ ಜೆಲ್‌ನಂತಹ ಆ ವಸ್ತುವು
ಹರಳುಗಟ್ಟಿತು, ಥೇಟ್ ನನ್ನ ನೋವುಗಳಂತೆ!
ಯಾವುದೇ ಸಂವೇದನೆಗೆ ಸಿಲುಕದೇ
ಹನಿಗಳು ವಜ್ರದ ಹರಳುಗಳಂತಾದವು
ಆಗ ಅವು ಕಣ್ಣುಗಳಿಂದ ಕೆಳಗೆ ಹರಿಯಲಿಲ್ಲ.

ನೀನು ಎಷ್ಟು ನೋಯಿಸಿದರೂ...
ಆ ಹನಿಗಳು ಅಲ್ಲೇ ಕುಹಕದ ಉಂಡೆಗಳಾದವು
ಹಾಗೇ ಹರಳುಗಟ್ಟುತ್ತಾ
ಕಣ್ಣಿನ ಮಸೂರದ ಹೊರಗೊಂದು ಗೋಡೆ ಕಟ್ಟಿ
ನಿನ್ನನ್ನು ನಾನು ನೋಡುತ್ತಿದ್ದ ಆ
ದೈನೇಸಿ ದೃಷ್ಟಿಯನ್ನೇ ಬದಲಿಸಿಬಿಟ್ಟವು!

ಈಗ ನೋಡುವುದಾದರೆ ನಾನು
ಆ ಹರಳುಗಳ ಒಳಗಿನಿಂದ ನೋಡುತ್ತೇನೆ
ಬೇಕಾದರೆ ಮಸೂರದ ಬಿಸಿ ತಾಕಿ ನೀನು ಸುಡಬಹುದು,
ಆದರೆ ನಾನಿನ್ನು ತುಳುಕುವ ಹನಿಯಾಗುವುದಿಲ್ಲ
ಗಟ್ಟಿ ವಜ್ರವಾಗಿದ್ದೇನೆ.

ನೋಡು... ಮಳೆ ಸುಡುತ್ತಿದೆ

ಎಷ್ಟಾದರೂ ಹೆಣ್ಣು,
ಮೊದಲ ಮಳೆಯ ಘಮ ನನಗೂ ಹುಚ್ಚು ಹಿಡಿಸುತ್ತದೆ.
ಏನೂ ಇಲ್ಲದ ಇಂದುಗಳಿಗೆ
ಎಲ್ಲವೂ ನನ್ನವಾಗಿದ್ದ ನೆನ್ನೆಗಳ ಘಮದಂತೆ
ಕಾದ ಭೂಮಿಗೆ ಸುರಿದ ಓತಪ್ರೋತ ಹನಿಗಳು,
ಬೆಂಕಿ ಹೊತ್ತಿಸಲೆಂದೇ ಬೀಸುವ
ಹುಂಬ ತಂಪು ಗಾಳಿ?
ಯಾಕೆ ನಾನಿನ್ನೂ ಸುಟ್ಟು ಬೂದಿಯಾಗಿಲ್ಲ ಎಂದರೆ
ನೀನೇ ಹೇಳಿರುವೆಯಲ್ಲಾ...
ಮರಳಿ ಯಾವುದೇ ರೂಪದಲ್ಲೂ ಬರಬಹುದೆಂದು.

ಮಳೆಯ ಹನಿಗಳಿಗೆ ನಿನ್ನದೇ
ತುಂಟತನವಿದೆ
ಕಿಟಕಿಯೊಳಗೆ ಕದ್ದು ಇಣುಕಿ
ಕೆನ್ನೆ ಮುಟ್ಟುತ್ತಿವೆ.
ಮಧ್ಯೆ ಮಧ್ಯೆ ನಿನ್ನ ಕಣ್ಣುಗಳಿಂದ ಕದ್ದ ಮಿಂಚನ್ನು
ಲಕಲಕನೆ ಝಳಪಿಸುತ್ತಿವೆ.
'ಧೋ...' ಎಂದು ನಿನ್ನ ಪ್ರೀತಿ
ಧಾರಾಕಾರ ಸುರಿದಂತೆ,
ನಡುರಾತ್ರಿಯಲ್ಲಿ ನಿಲ್ಲದಂತೆ ಸುರಿಯುತ್ತಿದೆ
ಇದೋ
ಇಂದು ನನ್ನೂರಿನಲ್ಲಿ
ಮಳೆ ಸುರಿಯುತ್ತಿದೆ.

ನನ್ನ ಮೇಜನ್ನು ಹಾಗೇ ಬಿಡಿ

ನನ್ನ ಮೇಜನ್ನು ಹಾಗೇ ಇರಲು ಬಿಡಿ
ಅದು ಚೊಕ್ಕವಾಗುವುದು ಬೇಡ
ಅಲ್ಲಿ ಕುಡಿದಿಟ್ಟ ಕಾಫಿ ಕಪ್ಪಿನ ತಳದ
ಗುಂಡನೆಯ ಕಲೆಯಿದೆ
ಹರಡಿದ ಪುಸ್ತಕಗಳಿವೆ,
ಒಂದು ಹಳೇ ರಬ್ಬರ್ ಬ್ಯಾಂಡ್
ಬೇಗ ಕೈಗೆಟುಕುವ ಒಂದು ಲಿಪ್ ಕಲರ್
ಒಂದಷ್ಟು ಬರೆದು ಕೆಡವಿದ ಕವನಗಳು
ಕದ್ದು ಎತ್ತಿಟ್ಟ ಒಂದು ಫೋಟೋ
ತಿಂದುಳಿದ ಸ್ಯಾಂಡ್‌ವಿಚ್ ಚೂರು ಇರಬಹುದು

ಹಾಗೇ ಇರಲಿ
ಒಂದಷ್ಟು ಹಳೇ ಚಿತ್ರಗಳು ನಗುತ್ತಿರಬಹುದು
ಅಳುತ್ತಲೂ ಇರಬಹುದು
ಒಂದು ಹೇರ್‌ಪಿನ್ನು ಒಂದು ಬಾಚಣಿಗೆ
ಕುರುಳು ಹೆಣೆದು ಹೂ ಮುಡಿದ ನೆನಪು?
ಬಾಡಿ ಬಿದ್ದ ಗುಲಾಬಿ ಪಕಳೆಗಳು
ಒಂದು ಬೀಗ ಕಳೆದುಹೋದ ಬೀಗದ ಕೈ
ಖಾಲಿಯಾದರೂ ಬಿಸುಟಲು ಮನಸಾಗದ
ಅಂತರಂಗ ಬರಿದಾದ ಪೆನ್ನಿನ ಡಿಂಭ..

ಇರಲಿ ಹಾಗೇ...
ಟೇಬಲ್ ಒಪ್ಪವಾಗುವುದೇ ದೊಡ್ಡ ಪ್ರಶ್ನೆಯಲ್ಲ
ಅಲ್ಲಿ ಅವನಿಗಾಗಿ ಬರೆದ ಕವಿತೆಯ ನೆರಳಿದೆ
ಬಿಕ್ಕಳಿಸಿದಾಗ ಬಿದ್ದು ಒಣಗಿದ ಕಣ್ಣೀರಿನ ಅಂಟಿದೆ
ಅಮ್ಮನ ನೆನಪಲ್ಲಿ ಗೀಚಿದ ಅರ್ಥಹೀನ ಚಿತ್ರವೊಂದಿದೆ
ಮಗಳು ಬರೆದು ಕೊಟ್ಟ ಗ್ರೀಟಿಂಗ್ ಕಾರ್ಡಿದೆ
ಕೈಯ ನರಗಳನು ಕತ್ತರಿಸಿಯೇ ಬಿಡಬೇಕೆಂದು
ಹಟದಲ್ಲಿ ತಂದಿಟ್ಟ ಬ್ಲೇಡಿನ ಚೂರಿದೆ...
ಸ್ವಲ್ಪ ಧೂಳುಗಟ್ಟಿರಬಹುದು ಅಷ್ಟೇ
ಇನ್ನೇನಿದೆ ನನ್ನ ಮೇಜಿನ ಮೇಲೆ!?

ಹೊಸ ಗೆಳೆಯನ ಹುಚ್ಚು ಹರಟೆಗಳು,
ಅವು ಹೊತ್ತು ತರುವ ಬೇಸರದ ಮುಲುಕುಗಳನ್ನು
ಸ್ವಲ್ಪ ಇಂಗಿಸಿ ತಣಿಸುವ ಹಾಡುಗಳಿವೆ.
ಒಂದಷ್ಟು ಸತ್ತ ಗತದ ವಾಸನೆ
ಒಂದು ಹಿಡಿ ನಿರ್ಜೀವ ವಾಸ್ತವ
ಒಂದಂಗುಲ ಹೆಣದಂತಹ ಬದುಕು
ಕದಡಿ ಚಿತ್ರಗಳಾದ ರಾಶಿ ರಾಶಿ ನೆನಪುಗಳು
ಕಡೆಗೊಂದಷ್ಟು ಸಂಜೀವಿನಿಯಂತಹ ಪುಸ್ತಕಗಳು

ಏನಿದೆ ನನ್ನ ಮೇಜಿನ ಮೇಲೆ?
ಬಲವಂತದ ಓರಣ ಬಹುಕಾಲ ಉಳಿಯಲಾರದು
ಅದನ್ನು ಅದರಂತೆ ಬಿಟ್ಟುಬಿಡಿ.

ಪ್ರಳಯ ಹೊಸತಲ್ಲ

ಕೇಳು...
ವಿರಮಿಸುವ ದಿನಗಳು
ಹತ್ತಿರಾಗುತ್ತಿವೆ
ಮತ್ತೇನೂ ಬೇಡಿಕೆಗಳಿಲ್ಲ
ನಕ್ಕುಬಿಡು, ಹೋದ ಮೇಲೂ
ಉಳಿಯುವುದು ನಗುವೊಂದೇ

ಕಾಲಕಾಲಕ್ಕೆ ಕಗ್ಗಂಟಾದ ಜಗಳಗಳೂ
ಎಂದೋ ಒಮ್ಮೆ ನಾಟಕದ ಸರಸವೂ
ಗಿಣಿ ಬಣ್ಣದ ಸೀರೆಯ ಮೇಲೆ
ಕೆನ್ನೆಗೆ ಕೈ ಬೀಸಿದಾಗ ಮೂಡಿದ
ರಕ್ತದ ಕಲೆಗಳ ಉಡುಗೊರೆಯೂ
ನೋವಿನ ಚೀತ್ಕಾರದ ಕಸೂತಿ ಕಡುಗಪ್ಪೂ..

ನೋಡು...
ಜಗತ್ತು ಕುಣಿಯುತ್ತಿದೆ, ಅರ್ಥಹೀನ
ಲಯಕ್ಕೆ ತಲೆದೂಗುತ್ತಾ
ಒಂದೊಮ್ಮೆ ಎಲ್ಲವೂ ಮಣ್ಣಾಗುವುದು
ಇಲ್ಲವೇ ಉರಿದು ಬೂದಿಯಾಗುವುದು,
ನಾವೂ ಕೂಡಾ

ಪ್ರಳಯ ಪ್ರಕೃತಿಗೆ ಹೊಸತಲ್ಲ
ನಾವೇನೂ ಇಷ್ಟೊಂದು ಶಾಶ್ವತರಲ್ಲ
ಇಲ್ಲಿ ಅಸ್ತಮಿಸುವುದು
ಅಲ್ಲಿ ಉದಯಿಸುವುದು
ಎಲ್ಲವೂ ಮಾಯಾದರ್ಪಣದಷ್ಟೇ ವರ್ಣರಂಜಿತ
ಖಾಂಡವ ದಹನದಲ್ಲಿ ಹುಟ್ಟಿದ್ದೇ
ಇಂದ್ರಪ್ರಸ್ಥ!
ಮತ್ತೆ ಅದೇ ಕುರುಕ್ಷೇತ್ರ
ಎಲ್ಲವೂ ವಿರಮಿಸಿದ ಮೇಲೆ,
ಯುದ್ಧ ಮುಗಿದ ಮೇಲೆ, ಮತ್ತದೇ
ಸ್ಮಶಾನಮೌನ.

ಪಯಣ

ಸುಟ್ಟ ಹಾಳೆಗಳ ಹಿಂದೆ ಪುಟ್ಟ ಕವನವಿತ್ತು
ಉಟ್ಟ ಬಟ್ಟೆಯ ಮೇಲೆ ರಕ್ತದ ಕಲೆ
ಎಲ್ಲವನ್ನೂ ಬಿಟ್ಟು ಹೊರಟೆ,
ಉಸಿರು ನಿಲ್ಲುವ ಹೊತ್ತಿಗೂ
ಕಾಮನಬಿಲ್ಲಿನ ಧ್ಯಾನ
ಏನಾಗಿದೆ ಈ ಹುಚ್ಚು ಮನಸಿಗೆ?

ದೆವ್ವಕ್ಕೆ ಹೆದರುತ್ತಿದ್ದ ರಾತ್ರಿಗಳೇ
ಮಧುರವಾಗಿದ್ದ ನೆನಪು
ಕತ್ತಲು ಬೆಳಕಿನ ಬಾಲವೆಂದು
ತಿಳಿದ ಮೇಲೂ ಏನೋ ಆತಂಕ
ಕ್ರೌರ್ಯದ ಕದ ಮುಚ್ಚುವ ಹುಚ್ಚು ಹಂಬಲ,
ಈಗ ನಾನೇ ದೆವ್ವ!

ಬೆಳಗಿನ ಜಾವ ಎದ್ದು ಪ್ಯಾಕ್ ಮಾಡಿದ
ಚೀಲದೊಳಗೆ ನ್ಯಾಪ್‌ಕಿನ್ ಇಡುವಾಗ
ನಗಬೇಕೋ ಅಳಬೇಕೋ...
ಹೀಗೆ ತೊರೆದು ದೂರ ಹೊರಡುವಾಗ
ನಾನೂ ನೀನೂ ಮತ್ತಿನ್ನೆಂದೂ ಸೇರುವುದೇ ಇಲ್ಲ
ಕಪಿ ಮನಸು, ಗೂಬೆ ಹೃದಯ!
ನಿರ್ಗಮನವೂ ನಾಂದಿಯಲ್ಲವೇ

ಟ್ರೇನಿನ ಸದ್ದು, ಕೆಮ್ಮುವ ಅಜ್ಜನ ಬಾಯಿಯ
ಸಿಗರೇಟಿನಂತೆ ಅದೇ ರಾಗ ಅದೇ ಹಾಡು
ತಲೆ ಕೊಡವಿ ಎದ್ದು ನಿಲ್ಲಲು
ತೊಡೆಗೆ ಕಸುವಿಲ್ಲ
ಕಾಲೆಳೆದು ಒಬ್ಬಂಟಿ ದಾರಿ ಸಾಗಬೇಕು
ಟಿಕೇಟಿಲ್ಲದ ಪ್ರಯಾಣ, ಕ್ಷಣ ಕ್ಷಣವೂ ಭಯ

ಈಗ ಆ ಸುಟ್ಟ ಹಾಳೆಯ ಕಣಗಳು
ಗಾಳಿಯಲ್ಲೂ ಹಳೇ ಪ್ರಣಯದ
ಗಮಟು ಹರಡಿಬಿಟ್ಟಿವೆ!
ಮತ್ತೆ ಸಂಧಿಸದ ತೀರಗಳ ನೋಡಿಲ್ಲಿ
ಗೌಗುಟ್ಟುವ ಕಾನನದ ಹರವು
ರೈಲು ನದಿ ಬೆಟ್ಟ ಬಯಲು ದಾಟಿ
ನಾನೂ ನೀನೂ ಇನ್ನು ಸೇರಲಾರದಷ್ಟು
ದೂರ.. ದೂರ...

ಇದೋ, ನಾನು ಇಲ್ಲಿಯವಳಲ್ಲ

ಆತ್ಮದ ತಳದಿಂದೆದ್ದ ತಣ್ಣನೆಯ ಆನಂದ
ನಿದ್ದೆ ಮಂಪರಿನಲ್ಲಿ ನಗುವ ಮಗುವಿನ ಹಾಗೆ,
ಹಸಿವು ನೀರಡಿಕೆ ಮೈಥುನಗಳ ಮೀರಿ
ಮಂದಹಾಸವೊಂದು ಕೆಂದುಟಿಯ ಮೇಲೆ
ಬಾನಿನ ನೀಲಿ ತೋಟದಿಂದ
ಏರಿ ಬಂದ ಮಿಂಚೊಂದು
ಭೂಮಿ ತಲುಪಿ ಮಂಗಮಾಯ
ನಕ್ಷತ್ರಗಳು ‘ಉಫ್... ’ ಎಂದು ಊದಿದ
ಪರಿಮಳದ ಬೆಳಕೊಂದು
ಇದೋ...
ನನ್ನೊಳಗೆ ಲೀನ, ನಿಮಗ್ನ!
ಕಾಣುವುದೆಲ್ಲವೂ ನಿಜವಲ್ಲ
ಕಂಡದ್ದು ಇರುವುದೇ ಇಲ್ಲ
ಕೈಚಾಚಿ ಬಾಚಿ ಎದೆಗವಚಿಕೊಂಡರೆ
ಮಾತ್ರ ನನ್ನದು, ಹಾಗೂ
ಅದೋ... ಆಕಾಶಕ್ಕೆ ಸೇರಿದವಳು
ನೆಲಕ್ಕೆ ಬರೀ ಉಂಗುಷ್ಠ ತಗುಲಿಸಿ ನಿಂತು
ನಭಕ್ಕೆ ಹಾರಿ ಹಬ್ಬುವವಳು ನಾನು,
ಅಲ್ಲಿ, ನೀಲಿಯಲ್ಲಿ ಲೀನವಾಗುವವಳು.

ಮೂಕ ನಕ್ಷತ್ರಗಳು

ನೀನು ಒಡೆದ ಒಲವ ಕನ್ನಡಿಯ
ಚೂರುಗಳು ಹೃದಯ ಇರಿಯುವ
ಮೊದಲೇ ಕಸೂತಿ ಹಾಕಿದ್ದೇನೆ
ಅವೀಗ ನನ್ನ ದುಪ್ಪಟ್ಟಾದ ಮೇಲೆ ನಗುತಿವೆ...
ಅಳುವ ಕನಸಿಗೂ ಈ ಬಣ್ಣ
ಇಷ್ಟವಾಗಿದೆ!
ಪ್ರೀತಿ ಹೇಗೂ ಉಸಿರಾಡಬಹುದು
ನಮ್ಮುಸಿರುಗಳು ಯಾವ ಲೆಕ್ಕ..?

ದೂರದಲ್ಲಿ ಆಂಬ್ಯುಲೆನ್ಸ್
ಸದ್ದು ಮಾಡುತ್ತಾ ದಿಕ್ಕೆಟ್ಟು ಓಡುತ್ತಿದೆ
ಕನ್ನಡಿಯನ್ನೇ ಬಳಸಿ ಕಟ್ಟದ ಆಸ್ಪತ್ರೆ
ಜೀವ ಹಿಡಿದಿಟ್ಟೀತೇ?
ಆಸ್ಪತ್ರೆಯ ತಾರಸಿಯ ಮೇಲೂ
ಇವೇ ಕನ್ನಡಿಯ ಚೂರುಗಳು ದಿಕ್ಕಾಪಾಲಾಗಿ
ದಿಕ್ಕುಗಾಣದೇ ಆಕಾಶಕ್ಕಂಟಿವೆ
ಯಾರದೋ ಕಪ್ಪು ಸೆರಗಿಗೆ ನೊರೆದುಕೊಂಡಿವೆ
ನೇತಾಡುವ ಶಿಕ್ಷೆ ಎಂದು ಮುಗಿಯುವುದೆಂದು
ಜೋಲು ಮುಖ ಹೊತ್ತು ನಗುವಂತೆ ನಾಟಕವಾಡುತ್ತಿವೆ

ಈಗ ಅವು
ನಕ್ಷತ್ರಗಳು ಎನಿಸಿಕೊಂಡಿವೆ!
ಯಾರ ಒಡೆದ ಹೃದಯದ ಚೂರುಗಳೋ...
ಆಕಾಶಕ್ಕೆ ಊರಿದ ಪಾದಗಳು ಸುಟ್ಟು
ಪಾಪ,
ದಿನವೂ ದಿಕ್ಕೆಟ್ಟು ನಿಲ್ಲದ ಓಟ ಓಡುತಿವೆ.

ಓಟ ನಿಲ್ಲಬಹುದು ಬಿಡು

ವಿಪರೀತ ದಣಿವಿನ ಹಗಲುಗಳು
ನಿದ್ದೆಗೆಟ್ಟ ರಾತ್ರಿಗಳು
ಎದ್ದು ಬಯಲಿಗೆ ಮುಖ ಮಾಡಿದರೆ
ಹಿಮದ ರಾಶಿಯೋ ರಾಶಿ
ಹುಲ್ಲಿಗೆ ಹಲ್ಲು ತಾಗಿಸಿ ಮುತ್ತಿಡುವ ಮಂಜು
ತೊರೆದ ನೆನ್ನೆಗಳ ಭ್ರಾಂತು
ಮನದುಂಬಿ ನಗಿಸುವ ಇಂದು–ನಾಳೆಗಳ ನಡುವೆ
ಏನೋ ಒಂದಾಗಿ ಅರಿವಿರದೇ ಹರಿವ ನಾನು
ಮಣ್ಣಿನಲ್ಲೇ ಬೆರೆತು ಹೂವಾಗುವ ಬಯಕೆ
ನಿಚ್ಚಂ ಪೊಸತು
ಬೆಳಗಾದರೆ ಮೇಲೇಳುವ ಸೂರ್ಯನಿಗೆ
ಅದೇಕೆ ದಿನವೂ ಸುಖ ನೀರಾಜನ..
'ಶ್... ಬಾ.. ಪ್ರಶ್ನೆಗಳು ಎಂದೂ ಉತ್ತರಗಳಾಗದಿರಲಿ'
ಸ್ವಚ್ಛ ಕಾವೇರಿಗೂ ಸ್ವಚ್ಛಂದ ಬೆಳ್ಳಕ್ಕಿಗೂ
ಮಮತೆಯ ನೂಲೊಂದು ಕಟ್ಟಿಟ್ಟಂತೆ
ನಾಳೆಗಳಿಗೆ ಇನ್ನೂ ಬಣ್ಣ ಬಳಿಯುವುದು
ಬಾಕಿ ಇದೆ,
ಈಗಲೇ ಮಲಗುವುದು ಬೇಡ!
ಮಣ್ಣೂ ಕಾಯಲಿ ಕೆಲಕಾಲ,
ಹೇಗೂ ಅದಾಗಲೇ ಹಾಸಿಗೆ ಸಿದ್ಧವಿದೆ
ಒಂದಷ್ಟು ಉಂಡುಟ್ಟು, ಮನದಣಿಯೆ ನಕ್ಕು
ಹೊರಟು ಬಿಡೋಣವಂತೆ,
ಇನ್ನೇನೋ ಸ್ವಲ್ಪ ಬಾಕಿಯಿದೆಯಲ್ಲ
ಅವಸರವೇಕೆ?

ಒಂದು ಜೊತೆ ರೆಕ್ಕೆಗಳು ಬೇಕಿತ್ತು

ಆಕಾಶವು ಎಂದೂ ಒಂದು ಸಂಭ್ರಮ
ಭೂಮಿಯಿಂದ ಸೂರ್ಯ, ಸೂರ್ಯನಿಂದ ಚಂದ್ರ
ತಾರೆಗಳ ಉದ್ದಗಲ...
ಯಾಕಾದರೂ ಅಳೆಯಲಿ, ಅವು ಹಾಗೇ ಹೊಳೆಯುತ್ತಿರಲಿ
ಅಲ್ಲಿ ನೆತ್ತಿಯ ಮೇಲೆ
ಪಿಳಪಿಳನೆ ಮುಲುಗುಡುವ ಉಂಡೆಗಳು ಏನೆಂದು
ಎಂದೂ ತಲೆ ಕೆಡಿಸಿಕೊಂಡವಳಲ್ಲ
ಬೆಳಕಿನ ವೇಗ ಒಂದು ಅಚ್ಚರಿಯಲ್ಲ, ಸೊಬಗು!
ಅತೀತ ಕಾಲದೊಳಗೆ ಯಾವ ರಹಸ್ಯವೂ ಕಾಣುವುದಿಲ್ಲ
ಹುಟ್ಟು ಸಾವುಗಳಾಚೆ ಏನಿದೆಯೋ...
ಯಾಕಾದರೂ ತಿಳಿಯಬೇಕು ನನಗೆ?
ಕಣ್ಮುಚ್ಚಿ ಕಾಲದೊಳಗೆ ಪಯಣಿಸುವ ಅಚ್ಚರಿ ನಾನು

ಬೇರೇನೂ ಬೇಕಿಲ್ಲ ಇನ್ನು
ನನ್ನ ಸ್ಫಟಿಕದ ಬೆನ್ನಿನ ಮೇಲೆ ಒಂದು ಜೊತೆ
ಪುಟಾಣಿ ರೆಕ್ಕೆಗಳ ಹೊರತು,
ಅಷ್ಟೇ...

ಹಾರಿ ಆ ಪಿಳಪಿಳದ ಚುಕ್ಕಿಯ
ನನ್ನ ಬೊಗಸೆಯಲ್ಲಿ ಅಡಗಿಸಬೇಕಿತ್ತು
ಚಂದಿರನನ್ನು ಮುದ್ದಿಸಿ ರಾತ್ರಿಗಳಲ್ಲಿ
ಕಾಡಬೇಡವೆಂದು ಗುಟ್ಟು ಹೇಳಬೇಕಿತ್ತು,
ಬೆಳಕಿನ ವೇಗ ಮೀರಿಸುವ ಖುಷಿ ಬೇಕಿತ್ತಷ್ಟೇ
ಸತ್ತ ಮೇಲಲ್ಲ, ಇಂದು, ಬದುಕು ರಮ್ಯವೆನಿಸುವಾಗಲೇ
ಹಾರಲು ಒಂದು ಜೊತೆ
ಒಂದೇ ಒಂದು ಜೊತೆ, ಪುಟ್ಟ
ರೆಕ್ಕೆಗಳು ಬೇಕಿತ್ತು ನೋಡು..

ಸೈಕ್ಲೋನೂ ಮೋಡವೂ

ಮೋಡ ತಿಳಿಯಾಗಿ ಬರುಬರುತ್ತಾ
ನೀಲಾಕಾಶದ ಎಲ್ಲೆಗಳನ್ನು ದಟ್ಟವಾಗಿ ಹಬ್ಬುತ್ತಾ
ನಿನ್ನ ನೆನಪೂ ಗಾಢವಾಗಿ
ಹೀರುವ ಚಹಾ ಕೂಡ ಕಹಿಯಾಗಿ

ಈಗೀಗ ಮಳೆ ಗಾಳಿ ಚಳಿಗಳಿಗೂ
ಅಪರ್ಯಾಪ್ತ ಶುರುವಾತುಗಳು, ನಿಲ್ದಾಣಗಳು
ಋತುಮಾನಕ್ಕೆ ತಲೆ ಕೆಟ್ಟಂತಿದೆ
ಈಗೀಗ ಮೋಡ ಕಟ್ಟಲು ಸೈಕ್ಲೋನೂ ಕಾರಣವಾಗುತ್ತಿದೆ
ಅರ್ಥಗೆಟ್ಟ ತಿರುಗಾಟದ ದಿನಗಳು
ಬೀದಿನಾಯೊಂದಿಗೆ ಗುದ್ದಾಟಕ್ಕಿಳಿವ ರಾತ್ರಿಗಳೂ
ನಗು, ಅಳು, ಕುಹುಕ, ಜಗಳ, ಬಡಿದಾಟಗಳ
ಸುಮ್ಮನೇ ಕಂಡು ಮುಖ ತಿರುಗಿಸಿದ ರಸ್ತೆ ಬದಿಯ
ಚಾ ಅಂಗಡಿಗಳು.. ಎಲ್ಲವೂ ಈಗ ಮೂಕ!

ಒಂದು ದಿನ ಈ ಸೈಕ್ಲೋನಿನ ಮೋಡಗಳು
ಪ್ರವಾಹವನ್ನು ಹೊತ್ತು ತರಬಹುದು..
ನಾವು ಹುಚ್ಚೆದ್ದು ತಿರುಗಿದ ಬೀದಿಗಳು ಮಸಣವಾಗಬಹುದು,
ಒಂದು ಮಳೆಯ ರಾತ್ರಿ ನೆತ್ತಿಸೂರಿಗೆ ನಿಂತ
ಆ ಮನೆ ನೆಲಕ್ಕುರುಳಬಹುದು,
ಇಹದಲ್ಲಿ ನಾನೂ ನೀನೂ ಅಳಿದುಹೋಗಬಹುದು

ಈಗ ಸೈಕ್ಲೋನಿನಂತೆ ಎರಗುವ ನಿನ್ನ ಗಾಢ ಪ್ರೀತಿ
ನಾಳೆ ಈ ಮೋಡಗಳಂತೆ
ನಾಮೋನಿಶಾನ್ ಆಗಿಬಿಡಬಹುದು
ಅಥವಾ ಉಸಿರುಗಟ್ಟಿಸುವಂತೆ
ಎದೆಯ ಮೇಲೆ ಕವಿದೇ ಇರಬಹುದು
ಈಗೀಗ ಮಳೆಗೆ ಕಾಲವೆಲ್ಲಿದೆ ಹೇಳು?
ಮತ್ತು ಎರಗಿ ಕವಚುವುದೆಲ್ಲಾ
ಅಕಾಲದ ಸೈಕ್ಲೋನೇ ಅಲ್ಲವೇ?

ನಿನ್ನ ದಾರಿಗೆ..

ದಾರಿಗೆ ಹತ್ತಿದ ಮಳೆಯೂ
ತುಟಿಗೆ ಹತ್ತಿದ ನಿನ್ನ ಘಮವೂ
ಎರಡೂ ಸೇರಿ ನಗುವಾಗ
ಒದ್ದೆ ಪಾದಗಳು ಆಯತಪ್ಪಿ
ಸುಮ್ಮನೇ ಹಾಯಾಗಿ ತೂರಾಡುತ್ತಾ ನಡೆದಿರುವೆ
ಜಡಿಮಳೆ 'ನೀನು ಏನೋ ಮಾಡಿದೆ... '
ಎಂದು ಸುಮಧುರವಾಗಿ ಹಾಡುತ್ತಿದೆ

ತಲೆಗೂದಲ ಪದರಗಳಲ್ಲೂ
ಕಿವಿ, ಕೆನ್ನೆಗಳ ನವಿರು ಚರ್ಮದಡಿಯೂ
ನಿನ್ನ ಪರಿಮಳವೇ ಇನ್ನೂ ಹರಡಿ..
ಮೀಯುವ ಮನಸಿಲ್ಲದೇ ಸುಮ್ಮನಿರುವೆ,
ನನ್ನ ಏದುಸಿರಿಗೆ ನಾನೇ ನಡುಗಿ
ಇಳೆಯ ನಾಚಿಕೆಯೊಂದಿಗೆ
ನಾನೂ ಕೂಡಿ ಪರಿಮಳವಾಗಿ
ನಿನ್ನ ತೂಫಾನಿನಂಥಾ ಉಸಿರೇ
ಕಿವಿಗೆ ಎಡೆಬಿಡದೆ ಅಪ್ಪಳಿಸಿ
ಅದೊಂದು ಮಹಾಯುದ್ಧವೆಂಬಂತೆ
ನೀನು ನನ್ನ ಎಳೆದೆಳೆದು ಮುದ್ದಿಸಿದ ರಾತ್ರಿಗೆ
ಅರ್ಥವಿಲ್ಲವೆಂದು ಹೇಗೆ ಬರೆಯಲಿ?

ನನ್ನ ತವರು ಹೆಜ್ಜೆ ತುಳಿದ ಹಾದಿಯ ತಿರುವಲ್ಲಿ
ನೀನು ನನ್ನ ಬಿಡಲಾರದೇ ಬಿಟ್ಟುಹೋದದ್ದು
ಕನಸೋ ನಿಜವೋ?
ಹಿಂದಿರುಗಿ ಓಡಿಬಂದು
ಅಪ್ಪಳಿಸಿ ಮುದ್ದಿಸಿ
ಕಿವಿಯೊಳಗೆ ಮತ್ತದೇ ತೂಫಾನು ತುರುಕಿ..
ಮಾಯವಾಗಿಬಿಟ್ಟೆ
ದೊಡ್ಡ ಮಾಯಾವಿ.

ನನ್ನವರು ತುಳಿದ ಹಾದಿಯ ನಾನೇ ಕೆಣಕಿರುವೆ
ನಿನ್ನ ಪರಿಮಳ ಪೂಸಿ ಪವಿತ್ರವಾಗಿಸಿ
ಗಹಗಹಿಸಿ ನಕ್ಕು ಸುಖಿಸಿರುವೆ
ಮಳೆಗೂ ಹೇಳಿರುವೆ..
"ಶ್.. ಸುಮ್ಮನಿರು.. ಅವ
ತಿರುಗಿ ಬರುವವನಿದ್ದಾನೆ.
ಎಲ್ಲರಲ್ಲೂ ದೂರದಿರು..."

ಈಗ ಜಡಿಮಳೆ ನಿಂತು ಹನಿಗಳು
ಬುವಿಯ ಎದೆಯ ಕಚ್ಚಿ ಮುಲುಕುತ್ತಾ ಮಲಗುತ್ತಿವೆ
ತೂಫಾನು ಹೊರಡುವ ರಾತ್ರಿಗಳಿಗೆ
ಸದ್ದಾಗದಂತೆ ಕಾದಿರುವ ನನ್ನ ನೋಡುತ್ತಾ
ತೊಟ್ಟಿಕ್ಕದ ಹನಿಯೊಂದು
ಎಲೆಯ ಮರೆಯಲ್ಲಿ ಕೂತು
ನಮ್ಮ ಮಹಾಯುದ್ಧದಂಥಾ ಪ್ರಣಯವನ್ನು
ಕಣ್ತುಂಬಿಕೊಳ್ಳಲು ಕಾಯುತ್ತಿದೆ...

ತಣ್ಣನೆಯ ಕ್ರೌರ್ಯ

ಹಾವಿನ ವಿಷದಂತಾ ನಿನ್ನ ತಣ್ಣನೆಯ ಕ್ರೌರ್ಯ
ತುಸುವೇ ಕಚ್ಚಿ ಸಾಯಲೂ ಬಿಡದೇ,
ಬದುಕಲೂ ಆಗದೇ ನರಳಿಸುವ
ಪ್ಲಾಸ್ಟಿಕ್ ದಾರದಂಥಾ ನಗು,
ಕುತ್ತಿಗೆಯ ಸುತ್ತ ಇದ್ದೂ ಇರದ ಹಾಗೆ,
ನರಳುವುದೂ ತಿಳಿಯದ ಹಾಗೆ ಕೊಲ್ಲುವುದು

ಹಾಗೂ ಹೀಗೂ ಉಸಿರಾಡಲು ಯತ್ನಿಸುವ
ಆಸೆಗಳ ನಾಳವನ್ನು ಪದೇ ಪದೇ ಇರಿಯುವ
ಒರಟು ಕೈಗಳಂಥಾ ನಿನ್ನ ಉಪಾಯದ ಮೋಸ
ನಾಜೂಕು ಮಾತು ಹಾಗೂ ಪ್ರಪಂಚ
ಹೀಗೆಂದೇ ತಿಳಿಯಲಿ ಎಂಬಂಥ
ವಂಚಕ ನಗು...
ನನಗೆ ಮಾತ್ರ ತಾಗುವ ಆ ಕತ್ತಿಯ ಮೊನಚು

ನಿದ್ದೆಗೆಟ್ಟು ನಾನು ಅಳುವಾಗ
ನೀನು ಗೊರಕೆ ಹೊಡೆವ ಸದ್ದು...
ಕೊಂಚ ನೀರೂ ಇಳಿಯದೇ ಕಟ್ಟಿದ
ನನ್ನ ಗಂಟಲು,
ದಾಹ ತೀರಿದ ಮೇಲೆ ಶವದಂತೆ
ಮಲಗಿರುವ ನಿನ್ನ ಪ್ರೀತಿ..
ಮೊದಲ ಪ್ರೇಮಪಾಠವೇ ದೊಡ್ಡ ಕೌಟಿಲ್ಯ ನೀತಿ.

ಇರಿಯುತ್ತಲೇ ಸುಖಿಸುವ ನಿನ್ನ ಗೋಮುಖ
ಚೀರುತ್ತಾ ಮರಣಿಸುವ ನನ್ನ ಮೊಲದಂಥಾ ಮೈ
ಅನಾದಿಯಿಂದಲೂ ಉನ್ಮತ್ತ ನಯವಂಚಕರ ಪರಂಪರೆಗೆ
ಮತ್ತೊಂದು ಮುತ್ತಾಗಿ ಸೇರಿದ ದೊಡ್ಡ ಅಹಮ್ಮಿನ ಮೂಟೆ ನೀನು,
ಹಾಗೂ ನಿನ್ನ ಗಂಡಸುತನದ ಗಡುಸು..
ಎಲ್ಲವೂ ಕವಿತೆಯಾಗಿರಲಿ ಹುಡುಗನೇ,
ಈಗ ನರಳುತ್ತಾ ಗುನುಗಿಕೊಂಡಿದ್ದನ್ನು
ಮುಂದೊಮ್ಮೆ ಹಾಡಿ ನಲಿಯಬಹುದು.
ಅರಳಲು ಬಿಡದೇ ಹೊಸಕಿದ ಈ ಚರಿತೆಯನ್ನು
ನಿನ್ನ ಚರಮ ಗಳಿಗೆಗಳಲ್ಲಿ ಉಲಿಯಬಹುದು.

ನನ್ನ ಅಡುಗೆಮನೆ

ಅಡುಗೆಮನೆಯೆಂಬ
ಅದೊಂದು ಭಯಂಕರ ಚಂದದ ಒನಪಿನ
ಮಾಯಾಂಗನೆಗೆ ಸೋತು ಆಡುತ್ತಾ
ಅಲ್ಲೇ ಅವಳ ಒಡಲಲ್ಲೇ
ಸಮಯದ ಪರಿವೆಯಿಲ್ಲದೇ ತಲೆದೂಗುತ್ತಾ,
ಯೌವನದ ಹಾಡೊಂದನ್ನು ಗುನುಗುತ್ತಾ
ನಡುನಡುವೆ ತಾಳಕ್ಕೆರಡು ಹೆಜ್ಜೆ ಹಾಕುತ್ತಾ
ಮುಖವಾಡ ಕಳಚುತ್ತಾ
ಮೆಲ್ಲನೆ ತೆರೆದುಕೊಳ್ಳುವ ಪ್ರಪಂಚಕ್ಕೆ
ನಿಧಾನವಾಗಿ ಮುತ್ತಿಡುತ್ತಾ
ಯಾರು ಕೂಗಿದರೂ
ಆರದ, ತೀರದ, ಆಗದ ಹೋಗದ
ಕೆನೆಯುವ ಕುದುರೆಯೊಂದಕ್ಕೆ
ಲಗಾಮಾದರೂ ಯಾಕೆಂದು ಬಿಟ್ಟುಬಿಟ್ಟಿದ್ದೆ.

ಕುಕ್ಕರಿನ ಆರ್ತನಾದ,
ಸಿಂಕಿನಲ್ಲಿ ಹರಿವ ಜಲಪಾತ
ಸುಳ್ಳನೆ ಮೈ ಸುಟ್ಟುಕೊಳ್ಳುವ ಹಪ್ಪಳ ಸಂಡಿಗೆ
ನನ್ನ ಎದೆಯಂತೆ ಕುದಿವ ಎಸರು
ಹಿಡಿಯಿಟ್ಟರೂ ಬೊಗಸೆಗೆ ಮೀರುವ
ಅಮ್ಮನ ಪ್ರೀತಿಯಂತಹ ಪಕ್ವಾನ್ನ!
ಕೈ ಕಾಲು ಕಣ್ಣು ಮೂಗು ಮೆದುಳು
ಯಾವುದಕ್ಕೂ ಬಿಡುವಿರದ ಕಮತ.
ಒಮ್ಮೊಮ್ಮೆ ನಗು ಉಕ್ಕಿ ಬರುವುದು
ಪೆದ್ದುಪೆದ್ದಾಗಿ ಮನಸು ಕುಣಿವುದು

ಹಲವೊಮ್ಮೆ ಏನೋ ಅಜ್ಞಾತ ವಿಷಾದ
ಅನವರತ ಕಣ್ಮುಂದೆ ಕಾಲಾಗ್ನಿ ರುದ್ರ!
ಎದೆ ದಹಿಸುವ ಬೆಂಕಿಯಲಿ ಬದುಕ ಅಡುಗೆ.

ಮಸಾಲೆಗಳ ಇಂದ್ರಜಾಲಕ್ಕೆ ಸೋತು
ಮತ್ತೇನೂ ಘ್ರಾಣಿಸದ ಮೂಗು,
ಉದ್ದ, ಚಿಕ್ಕ, ತೆಳ್ಳನೆಯ ದಪ್ಪನೆಯ
ಕನಸಿಗೆ ಆಕಾರ ಕೊಟ್ಟಂತೆ ಚಕ್ಕೆ ಮೊಗ್ಗು ಲವಂಗ
ಏಲಕ್ಕಿ ಜೀರಿಗೆ ಮೆಣಸು..
ಮೆತ್ತನೆಯ ಘಮಗುಡುವ ಅರಿಶಿನ..
ಹಾಗೇ ಕೆಳಗಿಳಿದರೆ ಆ ಅಗೋಚರ ರುಚಿಯನ್ನೇ
ನೆನೆದು ಕೊರಗುವ ತುಟಿಗಳು
ಗಡಿಯಾರದ ಗೊಡವೆಯಿಲ್ಲದ ಈ ಮಾಯಾವಿ
ಅಡುಗೆಮನೆ..
ನನ್ನ ಸೊಂಟ ಬಳಸಿ ನಿತಂಬಗಳ ಹಾದು
ಕಾಲು ಕಟ್ಟಿದೆ.
'ಶ್.. ಸದ್ದು ಮಾಡಬೇಡ,
ಅಡುಗೆ ಮಾಡುವಾಗ ಪಾತ್ರೆಗಳು ಸದ್ದಾಗಬಾರದು!'
ಅಮ್ಮನ ತಾಕೀತು
ನಾವೆಲ್ಲರೂ ಇಲ್ಲಿ ನೆಪಮಾತ್ರ
ಸಿಹಿ–ಕಾರಗಳೆರಡೂ ಪಕ್ವವಾಗಿರಲಿ
ಇರು, ಸ್ವಲ್ಪ ಸಮಯ ಸರಿಯಲಿ,
ಆತ್ಮವಿನ್ನೂ ಬೇಗುದಿಯಲ್ಲಿ ಬೇಯುತಿದೆ, ಬೇಯಲಿ
ಬೆಂದು ಮಾಯೆ ಹರಿದ ಮರುಕ್ಷಣವೇ
ತಣ್ಣಗೆ ಸುಡುವ ದಾವಾನಲ ಆರಿದರೆ
ರಸ ಪಕ್ವ ಹಿತವಾದ ಉಣಿಸು,
ನನಗೆ ನಾನು ದಕ್ಕುವ ಪರಿಮಳದಂಥಾ ಅಡುಗೆ.

www.ingramcontent.com/pod-product-compliance
Lightning Source LLC
LaVergne TN
LVHW060420051026
849518LV00007B/2634
9788195615261